生活安全課0《ゼロ》係

バタフライ

富樫倫太郎

祥伝社文庫

目次

プロローグ

平成二一年八月二〇日（木曜日）

「わたしは死ぬのが怖いのです」

「恐れることはありません。主《しゅ》のもとに帰るだけなのですから」

中年の神父は、小さな声でアーメンと口にすると、胸の前で十字を切る。

「悪いことばかりしてきたから、きっと地獄に墜《お》ちます。主が救って下さるでしょうか？」

涙で目を潤《うる》ませながら、老人が張りのない声で訊く。不健康そうに黄ばんだ顔色を見るだけで、何か深刻な病を患《わずら》っていることが想像できる。

「悔い改めなさい。心から許しを請《こ》い、犯した罪を償《つぐな》えば、必ずや主は救って下さいます」

翌日、老人は「家」を後にした。

門を出て、しばらく歩いてから足を止めて振り返る。ここで長い時間を過ごした。正確に計算したことはないが、人生の半分くらいは、ここで暮らしたに違いないと思う。すっかり住み慣れてしまい、いくらか不便なところはあるが、特に居心地が悪いということもなかった。友達もいるし、三度の食事もきちんと出るし、着るものも用意してくれる。病気になれば医者が診察してくれる。

「わたしは、まだ罪を償ってはいない」

老人がつぶやく。世の中は不景気で、生活苦に追い込まれた中高年の自殺者が増えているという。それなのに自分のような役立たずが手厚く保護され安穏《あんのん》な生活を享受《きょうじゅ》してきた。そんな生活をしながら罪を償えるはずがない。自分の手で改めて罪を償わなければならない……首からぶら下げた銀の十字架をぎゅっと強くつかみながら心に誓った。

夜道を自転車が軽快に走っている。

乗っているのは若い男だ。

空も暗いし、道路沿いに明かりもないので、どれくらいの年齢なのかわからない。機嫌よさそうに鼻歌を歌っているが、発声が不明瞭《ふめいりょう》なのでどんな歌なのかわからない。

児童公園が見えてくる。その手前でブレーキをかけて速度を落とす。入口に向かおうとしたとき、ベンチに高校生のカップルが坐《すわ》っているのが目に入る。おしゃべりに夢中になっていて、周囲にはまったく注意を払っていないが、咄嗟《とっさ》に男は後退《あとずさ》りする。ちっと舌打ちすると、顔を顰《しか》めて、また自転車を漕《こ》ぎ出す。

一五分くらい走ると、別の児童公園が見えてくる。入口の近くに自転車を停め、公園の様子を窺《うかが》う。

今度は誰もいない。それを確認すると、自転車を降りる。植え込みの方に歩いて行き、茂《しげ》みの陰にしゃがみ込む。背負っていたリュックを下ろし、その中から何かを取り出す。その何かをアルミ皿に載せるとポケットから取り出した百円ライターで火をつける。燃えやすいように、ちぎった脱脂綿を混ぜてある。ぽーっと小さな炎が上がる。

しかし、脱脂綿はすぐに燃え尽きてしまう。残り火がちろちろと残っているだけだ。そこから、うっすらと白い煙が立ち上る。

男は、じっと待つ。

何分かすると、茂みががさがさ揺れる。

そこから白と黒の斑猫《ぶちねこ》が顔を出す。

にゃあ、にゃあ、と甘えた声を出しながらアルミ皿に近寄り、その傍《かたわ》らにごろりと横たわる。口から涎《よだれ》を垂《た》らし、喉《のど》をごろごろ鳴らしながら身をよじる。恍惚《こうこつ》とした表情で快感に酔い、何の警戒心も見せていない。燃やしたのは、マタタビだったのだ。

男は素早く猫に首輪を装着する。首輪には紐《ひも》がついているから猫は逃げることができない。左右の後ろ脚にも足枷《あしかせ》をつける。足枷は短い鎖で繋《つな》がっているので、これをつけられると猫は普通に歩くことができなくなる。この男が自分で作った装置だ。

猫が怯《おび》えた様子で悲しげに鳴く。

「怖がらなくていいんだよ。野良猫みたいなみじめな人生、もう嫌だろ？　何もいいことなんかないじゃないか。おれが変えてやるよ」

男が猫を引き寄せると、猫の鳴き声が大きくなる。

「すぐに終わるよ。心配するな」

バタフライ

一

九月一一日（金曜日）

「人間は何のために結婚するのかねえ……」

冷や酒の入ったコップを傾《かたむ》けながら、亀山良夫《かめやまよしお》係長が溜息《ためいき》をつく。

「好きな人と一緒にいたいからじゃないんですか？」

卵を頬張《ほおば》りながら三浦靖子《みうらやすこ》が言う。

あ、親父さん、がんもと大根もちょうだい、それなら、お酒もお代わりね、と空のコップを振る。

屋台のおでん屋で、杉並《すぎなみ》中央署生活安全課総務補助係「何でも相談室」通称「0係《ゼロ》」に所属する亀山係長と事務職員の三浦靖子が飲んでいる。もっぱら靖子が聞き役である。亀山係長の妻・美佐江《みさえ》と靖子は同期だが、亀山係長とも古い付き合いなのだ。恐妻家の亀山係長が何の気兼ねもなく結婚生活に関する愚痴《ぐち》をこぼすことのできる相手は靖子しかいない。

　普段は仕事帰りに寄り道して酒を飲むことなど許してもらえないが、今夜は、たまたま美佐江が泊まりがけで実家に帰っているので靖子と飲んでいる。とは言え、日々、乏《とぼ》しい小遣《こづか》いをやりくりしているので屋台のおでん屋で冷や酒を飲むくらいの余裕しかない。

「誰かを好きになるという気持ち、昔は自分にもあったなんて信じられないよ。結婚は人生の墓場なんて言われるけど、まさか自分がそんな境遇に陥《おちい》るとは思ってもいなかった」

「美佐江って、そんなに悪妻なのかなあ。気が強いのは確かだけど、涙もろいところもあるし、面倒見もいいし、気前もいいし」

「気前がいいの？」

「たまにランチなんかすると必ず奢《おご》ってくれますよ。先月会ったときも銀座《ぎんざ》でフレンチをごちそうしてくれたし。あ、すいません。係長の給料でごちそうになったっていうことですよね」

「友達としてはいいかもしれないけど、結婚相手としてはどうなのかなあ……」

「わたしは係長のことも美佐江のこともよく知ってるけど、どっちも悪い人間じゃないんですよねえ。やっぱり、相性なんじゃないですか。結婚が悪いわけじゃなく、ただ相性が悪いだけ。肝心《かんじん》なのは相性のいい相手と結婚できるかどうか、それで幸せになれるかどうかが決まる。理想の相手を見付けられれば幸せになれるんじゃないのかなあ」

「そんな相手、そう簡単に見付からないよ。青い鳥を追いかけるようなもんだろう」

「係長と話していると夢も希望もなくなるじゃないですか」

「わたしはどうにもならないけど、三浦ちゃんは独身なんだから、これからいい人を見付ければいいじゃないか」

「いくつだと思ってるんですか。バツイチの子持ちですよ」

「子持ちといっても一緒に暮らしてるわけじゃないし、今の時代、あまり関係ないんじゃないのかな。雄馬《ゆうま》くん、高一だっけ？」

「ええ」

「その年齢なら、母親の再婚だって理解してくれるだろう」

「別に雄馬がどう思うかを気にしてるわけじゃないんですけどね」

「まだ四〇前だし、子供だって産めるじゃないか。諦めるのは早いんじゃないか」

「出会いもありませんよ」

「探してもらえばいいじゃないか」

「係長が探してくれるって言うんですか？　嫌ですよ、同じ署内の警察官なんか」

「そうじゃないよ。最近、婚活っていうのが流行《はや》ってるらしいじゃないか。いろいろな年齢層の婚活があるらしいよ。五十を過ぎてから婚活に励《はげ》む人たちも少なくないらしい」

「そんな年齢《とし》じゃないですよ」

「もっとチャンスがあるっていうことじゃないか」

「何で、そんなに熱心に勧《すす》めてくれるんですか？」

「自分が幸せになれなかったから、せめて三浦ちゃんには幸せになってほしいんだよ……」

亀山係長が目頭を押さえて嗚咽《おえつ》を洩《も》らす。

「はいはい、泣かないで下さいね。酔うとすぐに泣くんだから。泣き上戸なんだよねえ、係長は……」

酔って、めそめそ泣く亀山係長を駅まで送って、靖子もバス停に向かう。

（出会いねえ……）

馬鹿馬鹿しい、わたしなんかに素敵な出会いがあるはずないじゃないの。「鉄の女」とか「永遠の処女」なんて陰口を叩《たた》かれているのを知らないとでも思ってるのか？　何が処女だ。ちゃんと結婚もしたし、子供だって産んだことがあるよ。うまくいかなくて、すぐに別れちゃったけどさ。結婚なんて面倒臭い、うんざりだよ……そう思いながらも、誰もいない暗い部屋に帰るのは決して楽しくはない。これから先、ずっと同じ毎日を一人で繰り返すのかと想像すると、さすがに暗澹《あんたん》とした気持ちになる。

そのとき、

Butterfly　今日は今までの　どんな時より　素晴らしい
赤い糸でむすばれてく　光の輪のなかへ

という歌声が聞こえた。どこかで有線放送が流れているらしい。

靖子は、体に電流が走ったような衝撃を受けて、足を止める。

君は今誓い　愛する人の側で
幸せだよと　微笑んでる
確かなその思いで　鐘が響くよ

ふと顔に手を当てると、頬が濡れている。

涙が溢《あふ》れていたのだ。

「そうだよね。わたしだって女なんだよね。開き直って女を忘れなくてもいいじゃないの。もう一度、女に戻って恋をしたっていいじゃないの」

二

九月一二日（土曜日）

早速、靖子はネットで婚活について調べ始めた。

ウェブで「婚活」と打ち込んで検索すると一〇〇万件以上もヒットする。手探り状態で何もわからないので適当に拾い読みしていくと、パーティー形式や合コンスタイルで複数の男女が顔合わせするお見合いが多いことに気が付いた。バスに乗って観光地に向かい、現地でグルメを堪能《たんのう》し、行き帰りの車内で交流するという形のお見合いもある。どれも料金はさほど高くないし、中には「女性無料」というものもある。

業者のホームページをチェックしつつ、体験者の投稿を拾い読みしていくと、女性参加者の平均年齢が自分よりもかなり若いことがわかる。大人数が集まるパーティー形式というのも自己PRの苦手な自分には合っていない感じだ。着飾った女たちの中に自分が出ていく姿を想像するだけで気が滅入《めい》る。

「婚活」というキーワードでは幅が広すぎるし、自分が目指しているものとはずれている感じがするので、次に「結婚相談所」で検索してみる。「婚活」よりは少ないが、今度も数十万件ヒットした。上位からずらりと業者が並ぶ。それをひとつずつチェックしていく。

「あら、よさそうじゃないの」

ホームページの作りもしっかりしているし、テレビや雑誌で目にしたことのある有名な業者も多い。信頼できそうに思える。

しかし、業者の数が多いので、どこに登録すればいいのかという迷いが生じる。多くの業者をチェックしていくうちに、登録料が安かったり、登録料を取らなかったりするような業者は、どことなく胡散臭《うさんくさ》いことに気が付いた。口コミ体験記をチェックしても、料金が安いところは事務所の対応がいい加減だったり、いつまで待っても紹介してもらえなかったり、いろいろ問題があるとわかる。評判がいい業者というのは、やはり、それなりに高い料金を取っている。

ネットでの評判を頼りに、靖子はいくつかの業者をピックアップした。いきなり業者に連絡を取るような軽率な真似はしない。事務職員とはいえ、長年、警察に勤めているせいか、そう簡単に人を信じることができなくなっている。まずは疑ってかかる癖がついているのだ。騙《だま》されてからでは遅い。騙されないように、しっかり下調べをするのだ。

仕事が終わってから、業者の事務所に足を向けるようになった。すべて都内の業者だが、住所がまちまちなので一日にひとつしか行けないし、他の用事で都合が悪い日もあるから週にふたつか三つの業者にしか行けなかった。

実際に足を運ぶと、中に入るまでもなく、外から事務所を眺めるだけでも多くのことがわかる。

ホームページは立派なのに、事務所がぼろぼろというのも珍しくない。見栄《みば》えが悪いだけならいいが、繁華街《はんかがい》の雑居ビルに事務所があって、イメクラやヘルスなどの風俗店と隣接している場合もある。

「これはダメ、こっちもダメね」

どんどん消去していって、最後にひとつの業者が残った。

「ここしかないか……」

安くはない。入会金は一〇万円で、プロフィールを作成したり、相性がよさそうな男性会員をピックアップしたりという初期段階の費用が二〇万円かかるから、入会するときには三〇万円払わなければならない。毎月の会費が二万円、それ以外に男性会員と会うことになれば、その都度、一万五千円請求される。出会いがなくても二万円、誰か一人と会えば三万五千円、二人に会えば五万円が口座から引き落とされる。馬鹿にならない出費である。靖子は預金通帳の残高を睨《にら》みながら唸《うな》る。二晩迷った末、

「一年だけやってみよう」

と決めたのが九月二三日（水曜日）である。

靖子は携帯を手に取り、「カシオペア結婚相談所」に電話した。

次の夜、定時に仕事を切り上げると、靖子は西新宿《しんじゆく》に向かった。駅から徒歩で一〇分弱、こぎれいなビルに事務所がある。ガラス張りのきれいなオフィスで、受付の女性もはきはきしていて感じがいい。言葉遣いも丁寧《ていねい》だ。しっかり教育されているな、と靖子は感心する。

「三浦さまですね」

高そうなスーツを着たイケメンが現れた。年齢は三〇前後、身長は一八〇近くあり、筋肉質の引き締まった体つきだ。こんがりと小麦色に日焼けし、やけに歯が白い。

「お待ちしておりました。コンシェルジュの柏原《かしわばら》と申します」

腰を四五度に曲げて、両手で名刺を差し出す。

「ど、どうも」

イケメンと間近で向かい合って、思わず胸が高鳴る。柏原からは何とも言えず、いい匂いがする。

「こちらへどうぞ」

柏原が靖子を個室に案内する。白で統一されたお洒落《しやれ》な部屋だ。

「飲み物は何がよろしいですか？」

小さなメニューを差し出す。

「煎茶《せんちや》でお願いします」

靖子が柄《がら》にもなく恥ずかしげに小声で言う。

柏原は、いかにも仕事ができそうな男で、てきぱきと無駄なくシステムの説明をする。そうかと言って、決して一方的に説明を押しつけるというのではなく、時折、

「何かご質問はございませんか」

と白い歯を見せる。

「大丈夫です」

靖子が柏原を見つめながらうなずく。説明されている内容は、とっくに頭に入っている。ホームページを隅から隅までチェックしたし、「カシオペア結婚相談所」の評判も口コミでチェックしたからだ。柏原の声が耳に心地よいので、うっとりと聞き入っているのだ。

「いかがでしょうか」

説明が終わると、靖子はハッと我に返り、

「入ります！　入会します」

と叫んだ。

クレジットカードで支払いを済ませると、

「まず三浦さまのプロフィールを作成して、コンピューターに登録いたします。それから、三浦さまのご希望を伺《うかが》い、ご希望に添える男性会員さまを紹介するという流れになり

ます。登録されている男性会員さまの中から、コンピューターが三浦さまと相性のよさそうな男性会員さまをピックアップするので、かなりの確率で素晴らしいパートナーに出会えるはずです」

「は、はい、よろしくお願いします」

靖子が深々と頭を下げる。

三

一〇月八日（木曜日）

朝礼が終わると、靖子は椅子《いす》に坐《すわ》り込み、帳簿を開いた。自然と口から溜息が洩れる。

（世の中、甘くないよね……）

「カシオペア結婚相談所」に入会して二週間経ち、その間に二人の男性会員を紹介された。

最初に会ったのは四〇過ぎの公務員で、地味な印象だが、さほど見栄えは悪くなかった。同じ公務員同士だから収入格差もないだろうし、話も合うのではないか、と期待して出かけた。渋谷《しぶや》の喫茶店で待ち合わせをした。コンシェルジュの柏原が立ち会ってくれたので、あまり緊張せずに自己紹介することができた。

「では、この後は、お二人でどうぞ」

三〇分ほどで柏原が立ち去り、二人はイタリアンレストランで食事をすることにした。

（何かおかしい）

と感じたのは、前菜のサラダを食べているときだ。

話題を振って話しているのは靖子だけで、相手の公務員は「はい」「いいえ」「そうですね」という返事しかしない。しかも、ほとんど靖子の顔を見ず、うつむいて黙々と食事をしている。靖子が黙ると、何の会話もなくなってしまう。自分だけが話すことに疲れてしまい、

（嫌われたのかな）

そっと溜息をついた。料理をコースで頼んだので、食後のコーヒーとデザートが出て来るまで九〇分以上かかった。苦痛だけの時間だった。

店を出て、せめて気持ちよく別れようと思って、

「ごちそうさまでした。失礼します」

笑顔で挨拶《あいさつ》して、さっさと帰ろうとした。

「あの……」

「何か？」

「また会えますか」

「すごく楽しかったから」

靖子から目を逸《そ》らし、まるで他の誰かに話しかけているかのようにうつむきながら言う。その姿を見て、この人は並外れた照れ屋というだけで根は悪い人じゃないのかもしれない、だからこそ、結婚相談所に登録して出会いを探しているのだろう……そうは思ったが、この年齢になって、こんなに疲れる相手と一緒に過ごすなんて冗談じゃない、と翌日、柏原に断りの連絡を入れた。

その次に紹介されたデブは最悪だった。

柏原を交えて三人で会ったときから、妙にイライラした様子で、貧乏揺すりしながら、すぱすぱタバコを吹かした。靖子はタバコが嫌いだし、「吸っていいですか」という断りの言葉もなく勝手にタバコを吸い出した時点で、

(この男はアウトだ)

と思った。

柏原が帰って喫茶店を出ると、

「腹減ってます？」

「いいえ、それほどでも……」

「じゃあ、このままホテルに行かない？　最近のラブホはルームサービスも充実してるか

ら、腹が減ったら何か食えばいいし。やった後でさ」

「は？」

「きれい事を言ってても仕方ないでしょう。男と女って、やっぱり、体の相性が一番大切だから。おれ、こんな体型だけど、セックスは強いんだ。絶対、イカせてあげるよ。正直言えば、三浦さん、おれのタイプじゃないんだけど、女のよさは見かけじゃわからないもんね。今日じゃなくてもいいけど、婦人警官のコスプレもいずれお願いしたいな」

「……」

ふざけるな、馬鹿野郎、てめえみたいなデブなんか、こっちからお断りなんだよ、と怒鳴りつけたいのを必死に堪《こら》えて、

「何か勘違いなさってますね。さようなら」

にっこり笑って、その場から立ち去った。振り返らなかったし、デブも追ってこなかった。その夜のうちに柏原に電話をして断った。

(わたしが高望みしてるってこと？　そんなこともないと思うんだけど、あんな男たちと相性がいいと診断されるって、どういうことよ？)

また溜息が洩れる。そのとき、

「恋の悩みですかな、お嬢さん」

「ん？」

顔を上げると、寺田高虎《てらだたかとら》がにやにや薄ら笑いを浮かべながら見下ろしている。

杉並中央署に設置されている「何でも相談室」の正式名称は「生活安全課総務補助係」だ。役に立たない連中ばかりが集まっているので陰では「0係」と揶揄されている。ゼロをいくつ掛け合わせてもゼロだからである。責任者が亀山係長、ただ一人の事務職員が三浦靖子で、所属する捜査員は寺田高虎巡査長、安智理沙子《あんちりさこ》巡査部長、樋村勇作《ひむらゆうさく》巡査、小早川冬彦《こばやかわふゆひこ》警部の四人だ。冬彦はキャリアなので、警部補である亀山係長より階級が上なのである。

「何を見てんのよ」

「ちゃんと声をかけたぜ。虚《うつ》ろな目で、ぼーっとしてるから聞こえなかったんじゃねえの。顔はおばはんだが、目だけは恋する乙女っていう感じだった」

「朝っぱらからキモイことを言わないでよ」

「用がなければ声なんかかけねえよ。仮払い、早く精算してくれよ」

「来週初めに、他の伝票と一緒に処理するわよ」

「懐《ふところ》が淋《さび》しくってよ」

「仮払いって、一万二千円くらいでしょうが。どうせまた麻雀《マージャン》かパチンコで負けて、すってんてんなわけね」

「うるせえばばあだ」

「こっちの台詞《せりふ》だ、クソじじい。いい歳したおっさんが一万くらいのことでぎゃあぎゃあ騒ぐな」

靖子が歯を剝《む》き出して、高虎を威嚇《いかく》すると、

「すごい。チョー恐い！」

小さな女の子が靖子に携帯を向けて写メを撮っている。

「本当だ。大人がマジで喧嘩してる」

三人の男の子たちが女の子のそばに集まり、自分たちも写メを撮ろうとする。

「ちょっと、何なのよ、この子たちは？　うちはいつから託児所になったわけ？」

靖子が金切り声を発する。

「おばさん、わたしたち小学校一年生ですよ。小学生は託児所なんかに行きません。学童保育には行くけど、それは放課後だし」

女の子が口を尖《とが》らせる。

「やめなよ、陽子《ようこ》ちゃん。このおばちゃん、睨《にら》んでるよ。怒られるよ」

気の弱そうな男の子が陽子ちゃんの袖《そで》を引く。

「富美男《ふみお》くんは黙ってて」

「どうしたのかな？　そんなに怖がらなくて平気だよ。この人たちは、三浦さんと寺田さんといって、確かに顔は恐そうだけど、中身は悪い人たちじゃないよ」

小早川冬彦が子供たちを宥《なだ》めるように言う。

「この子たち、何なの？」

靖子が訊く。

「課外授業の一環で職場見学に来たらしいですよ」

「それはおかしいでしょう。職場見学なら一階の交通課と署長室、二階の通信指令室あたりをざっと見学させて、あとは地下のパーキングでパトカーに乗せてお茶を濁《にご》し、お菓子とジュース、記念品の鉛筆セットを配ってさようなら、というパターンですよ。三階から上にはあげないはずです」

樋村勇作が言う。

「さすが地域課で雑用に追われていただけのことはあるね」

安智理沙子が感心したように言う。

「そう言われるとそうだね。先生も付き添ってないし、四人で職場見学というのはおかしいと思った。君たち、どうしてここに来たのかな？」

冬彦が腰を屈《かが》めて陽子ちゃんに訊く。

「だって、『何でも相談室』って面白そうだと思ったの。何でも相談に乗ってくれるんですか？」

「まあ、一応、そういうことになってるけどね。何か相談があるの？」

「富美男君のお父さん、浮気してるの。毎晩、お父さんとお母さんが喧嘩してるんですけど、何とかしてもらえますか？」

「それは……ちょっと無理かもしれないね」

「隆志《たかし》君のお父さんはリストラされちゃって、うちにお金がないんですけど、それはどうですか？」

「う〜ん、それもねえ」

さすがの冬彦も歯切れが悪い。

「光男《みつお》君は次の算数のテストで八〇点以下だとゲームが禁止されるんですけど、それはどうですか？」

「自分で勉強しないとなあ」

「なあんだ、何もしてくれないんですね。何でも相談していいって言ったのに」

陽子ちゃんが不満そうに口を尖らせる。

そこに、

「君たち、ここにいたの。びっくりした。探したのよ。先生やお友達が待ってるから一緒に行きましょうね」

広報課の女性警察官が子供たちを迎えに来た。

四人の子供たちが婦人警官に促《うなが》されて相談室から連れ出される。出て行く前に光男君が

振り返り、

「動物がいじめられたら警察は助けてくれますか」

「警察が動くか保健所が動くかわからないけど、動物がいじめられたら助けるよ。知らん顔はしない」

冬彦がうなずく。

四

一〇月一三日（火曜日）

勤務中に柏原から電話がかかってきた。

よほどのことがなければ勤務先に電話をしないでほしいと釘《くぎ》を刺しておいたにもかかわらず電話がかかってきたのだから、よほど大切な用件なのだろうと靖子は考える。

「お仕事中に申し訳ありません……」

と謝罪してから、柏原が用件を切り出す。

お見合いをセッティングしたい男性会員がいるという内容だ。それを聞いた途端、靖子のテンションは一気に下がる。根暗の公務員と助平なデブのせいで、所詮《しょせん》、自分に釣り合うような相手はこの程度なのか、それなら独り身でいる方がましじゃないかというネガティブな方向に気持ちが傾いていたからだ。男性会員と女性会員のデータをコンピューターにインプットして、コンピューターが相性のよさそうなカップリングをするのが基本システムだから、この先、最初に紹介してもらった二人の男性会員よりもましな男を紹介してもらえる可能性は低いだろうと半ば諦めてもいた。

「相手の方ができるだけ早く三浦さんにお目にかかりたいとおっしゃっておりまして……」

職場では話しづらいだろうから、こちらの話を黙って聞いてくれるだけで結構です、と言って柏原がどういうことなのか説明を始める。

それによると、コンピューターによる相性診断で異性を紹介するというやり方の他に、会員自身が異性会員の写真やプロフィールを見て、お見合いのセッティングを依頼するというやり方もあるという。プロフィールには年齢、結婚歴の有無、職業、趣味、性格、学歴、好きな食べ物、嫌いな食べ物、喫煙の有無などが記載されている。もちろん、個人名や住所を特定できないように配慮してある。

パスワードを打ち込むことで、自宅のパソコンでも閲覧《えつらん》できるシステムを取っている業者が多いが、「カシオペア結婚相談所」では万が一の情報流出を防ぐため、事務所に置いてあるファイルを閲覧するというやり方をしている。

もちろん、ただではない。ファイルの閲覧をするのにも一回一万円の別料金がかかる。

そういうセッティングの仕方もあるという説明を最初に受けたな、と靖子が思い出す。

しかし、その場合、気に入った異性が見付かってセッティングを依頼すると、相手側の紹介料も自分が負担するので、それだけで三万円、更に特別料金として三万円を支払わなければならない。コンピューターの相性診断を利用するより四万五千円も高くなるのだ。とてもそんなお金を出す余裕はない、自分には無縁のシステムだ、と気にも留めなかった。

ちなみに女性会員の方からは、例えば、

「年収二千万以上の三十代の医師」

「年収五千万以上の四十代の自営業者」

などというように希望する条件を事務所に伝えて紹介してもらうこともできる。言うまでもなく、好条件を望めば望むほど紹介料は高額になる。

「こう申し上げては何ですが、大変に条件のいい会員さまです。間違いなく三浦さまにも満足していただけると思います」

「はあ……」

根暗の公務員と助平なデブのせいで、すっかり疑い深くなっており、

(そんな条件のいい男が何でわたしなんかに会いたがるわけ？　きっと何かあるんだよ。また変な奴に違いない)

そう考えると、まったく前向きになれない。

「先方の会員さまは、できれば今夜にでもお目にかかれないだろうかとおっしゃっているのですが、三浦さまのご都合はいかがでしょうか？　いきなり連絡して、その日にセッティングというのが非常識であることは承知しておりますが、何しろ、とてもいいご縁ではないかと思いまして」

「はあ……」

「今夜は何かご予定が入ってらっしゃいますか？」

「え……。いや、別に……」

考えるまでもなく予定など何もない。

定時になったら署を出て、自宅近くのスーパーで買い物をして帰宅する。風呂に入り、一人分の食事を作る。テレビを観るか、本を読む。二日に一度は洗濯してアイロンがけもする。いつもと代わり映えのしない平凡な夜を過ごすだけのことだ。

つい慌ててしまい、見栄を張る余裕もなく、何の予定もないことを正直に答えてしまった。

「よかった！」

電話の向こうで柏原が明るい声を発する。続けざまに、柏原が口にした待ち合わせの場所と時間についても、

「ええ、大丈夫です」

と返事をしてしまう。

柏原は靖子の勤務先も勤務時間も把握しているので、六時半に新宿での待ち合わせならば、余裕を持って間に合うと承知しているのだ。

（冗談じゃないわよ）

我に返って急いで抗議しようとするが、ふと誰かの視線を感じて顔を上げると、スポーツ新聞を読む振りをしながら高虎が靖子の様子を窺《うかが》っていることに気が付く。こいつ、こそこそ誰と電話しているんだとダンボの耳になって探ろうとしている顔である。ここで柏原と言い合いになれば、高虎に秘密を知られかねない。そうなるくらいなら黙って電話を切る方がましだ。

五

いつものように相手の男性と靖子、それに柏原を交えて喫茶店で三〇分ほど過ごす。それから柏原が去り、二人だけでデートする。それが普通の流れだ。

今夜、普通でなかったのは靖子である。

待ち合わせの喫茶店に入り、柏原から金村誠一《かねむらせいいち》を紹介された瞬間、

（え）

と息が止まった。

柏原からは、靖子よりひとつ年上の三九歳と聞いていたが、金村は三〇歳くらいにしか見えない。地味なスーツを着ていてもそうなのだから、カジュアルな格好で若作りすれば二〇代でも通りそうだ。驚いたのは年齢だけではない。容貌《ようぼう》が普通ではなかった。イケメンなのだ。テレビの連続ドラマでよく見かける有名な俳優によく似ているなあ、と思ったほど整った顔立ちをしている。

初めて柏原に会ったとき、なんていい男なんだろうと溜息が洩れ、柏原に好印象を抱いたことが「カシオペア結婚相談所」に入会する理由のひとつになったほどだが、金村は柏原より数段いい男だった。身長にしても、一八〇近くある柏原より、五センチくらい背が高い。

柏原と金村が並んでいると、出勤前の売れっ子ホストがくつろいでいるかのようで、実際、喫茶店に居合わせた水商売風の女たちがちらりちらりと二人の方に視線を走らせることに靖子は気が付いた。

（わたしはホストクラブの客なのか……）

いや、そうじゃないな、ホストに貢《みつ》ぐにしては格好がみすぼらしすぎるもの、と自嘲《じちょう》気味に溜息をつく。まさかお見合いをすることになるとは思っていなかったから、もう一〇年以上も愛用しているくたびれたスーツを着ている。

毒舌を吐けば、杉並中央署で並ぶ者がいないと言われるほどの三浦靖子が金村誠一に会った途端、初《うぶ》な高校生のように口が利けなくなってしまったのだから、これは前代未聞の珍事といっていい。

そうは言っても、ただ単に、いい男に出会ったというだけで、靖子がこれほど自分を見失ってしまうはずもない。信じられないことだが、金村誠一は靖子が夢に思い描いていた白馬の王子さまそのものだった。だからこそ、心臓の鼓動《こどう》が速くなり、息が詰まるほど胸が苦しくなって言葉が出てこなくなったのである。

喫茶店ではほとんど話もできなかったが、柏原が気を遣《つか》ってくれたので、靖子が黙り込んでいてもさほど不自然ではなかった。

困ったのは柏原が去り、金村に連れられてフレンチレストランに行ってからだ。当たり前だが差し向かいで話をすることになる。

しかし、話をするどころか、まともに金村の顔すら見られないのである。

(何だよ、これじゃ、わたしが根暗の公務員じゃないのさ)

自分に腹が立つものの、どうしようもない。

ウニとキャビアをコンソメのジュレで固めた前菜に始まり、フォアグラと松茸《まつたけ》を使ったスープ、トリュフソースのかかった鴨のローストなど、靖子の給料では一年に一度も食べられないような高級食材を使った手の込んだ料理が次々に出て来るが、それらをじっくり味わう余裕もない。

（きっと馬鹿な女だと腹の中で笑ってるよね。ああ、嫌だ。さっさと帰りたい。こんなところに来なければよかった……）

ようやく理想の相手に巡り会ったというのに、すっかり気後れして自分の悪いところばかりが出てしまい、自分がどんどんみじめになっていく気がして、靖子は居たたまれなくなってきた。靖子がまともに返事もしないのに、金村は気を悪くする様子もなく、いろいろな話題を振ってくる。傍《はた》から見れば、会話が弾《はず》んでいるようだが、実際には金村が一人で話しているだけで、靖子はろくに口を利いていない。

「突然のことで驚いたでしょうね。連絡を受けたその日に会いたいなんて言われて……。ぼくが柏原さんに無理にお願いしたんですよ」

「別に驚きはしませんでしたけど……」

つい嘘をついた。

「それなら、これはどうですか？」

「は？」

何の気なしに顔を上げて、靖子は思わず、

「げ」

と声を発した。

金村が自分の鼻を左の人差し指で持ち上げて豚顔になっている。しかも、そのままの状態を保ったまま、右の親指と中指を使って目尻を吊り上げ、歯茎《はぐき》をむき出しにする。

「変な顔」

靖子が笑う。

「お。笑いましたね。それなら、これはどうですか?」

金村は自分の顔をいじって、また違う顔を見せる。

「何ですか、それは?」

「落ち込んでいるチンパンジーです」

「いやだ、もう」

笑い涙が出るほど笑いながら、

「やめて下さい。お腹が痛いです」

「食事の間、ずっと渋い顔をなさっているので、よっぽど、ぼくの話がつまらないんだと思ったんです。話がつまらないのなら、変な顔でもして笑わせようと思って」

「すいません。余計な気を遣わせてしまって」

「とんでもない。笑ってもらえて嬉しいです」

金村がにこっと笑う。

それをきっかけに、靖子は肩に力を入れずに金村と話ができるようになった。喫茶店で会ったときから金村が話し上手なのはわかっていたが、聞き上手でもあるのだなあ、と感心したのは、率直に本音で自分を語ることができるからだ。気が付いたら、「カシオペア結婚相談所」に入会した経緯や離婚歴があって息子がいることまで話していた。金村は真剣に耳を傾けてくれ、その後で自分の家族のことや仕事のことを話した。

小学生のときに母親を交通事故で亡くしたこと。

中学生のときに父親が再婚したものの、継母に馴染《なじ》むことができず、中学から高校にかけてはあまり楽しい思い出がないこと。

大学入学と共に家を出て、親に頼らずに自活するためにアルバイトに明け暮れたこと。

大学二年のときにインターネット関連のベンチャー企業を立ち上げ、幸い、それが軌道に乗って今でも経営を続けていること。

金村の苦労話を聞くうちに、つい涙ぐんでティッシュで目許を押さえた。

お互いのことを話しているうちに、ふと気が付いたら三時間以上経っていた。

「明日もお仕事なのに遅くまでお引き留めして申し訳ありませんでした。とても楽しかったです。会って下さって、ありがとうございます……」

ご迷惑でなければ、また会っていただけませんか、と金村が申し出たとき、

「よろしくお願いします」

靖子は何の迷いもなく頭を下げた。

六

一〇月二一日（水曜日）

「フレンチブルドッグってのは力が強いんですねえ。驚きましたよ。警部殿、引きずられてましたね」

高虎が笑いながら言うと、

「寺田さんがいなければ、どうにもなりませんでしたね」

冬彦がうなずく。子犬を散歩に連れて行ったきり祖父が帰ってこないという通報を受けて高虎と冬彦が捜索に出かけたのである。一時間ほどで老人は見付かった。子犬に引きずられて、いつもの散歩コースから大きく外れてしまい、疲れて坐り込んでいたのだ。その子犬というのが体重八キロのフレンチブルドッグで、老人と一緒に車に乗せて自宅に連れ帰ろうとしたところ、激しく抵抗して冬彦を一〇メートルほども引きずった。高虎と二人がかりでようやく車に乗せた。その帰りなのである。

駐車場に車を停めていると、ちょうど樋村と理沙子の乗った車も帰ってきた。樋村が不機嫌そうな顔で運転席から降りてくる。

「おまえたちはどんな仕事だったんだ？」

高虎が訊く。

「ゴミステーションに分別されていないゴミ袋が大量に投棄《とうき》されているという苦情ですよ。しかも、ゴミ袋をカラスが食い破って、ゴミが道路に散乱したんです」

「まさか、その掃除か？」

「おかしくないですか。ぼくは警察官なんですよ。なぜ、道路のゴミ掃除をしたり、ゴミの分別をしたりしなければならないんですか。しかも、一人で」

樋村が恨めしそうに理沙子を横目で見る。

「適材適所って言うじゃない。似合ってたよ」

理沙子が肩をすくめる。

「確かに安智がゴミ掃除をするのは似合わないな。樋村がぴったりだ。他に役に立つ男でもないし」

「ひ、ひどい……」

樋村が呆然とする。

「話は変わりますけど、最近、三浦さん、何だかおかしくないですか？」

理沙子が訊く。

「前から、おかしな顔だぜ」

「真面目な話ですよ。あまりしゃべらなくなったし、仕事の合間に考えごとをしたり溜息をついたり……何か悩みでもあるんじゃないですかね？」

「ぼくも気になってました」

「おまえもか？」

高虎が驚いたように樋村の顔を見る。

「この頃、嫌味を言わなくなったし、いきなり頭を叩いたりもしないんですよ」

「そう言われると、そうだなあ……。仮払いの精算を頼むと、黙ってすぐにやってくれるもんなあ。素直すぎて気持ち悪いぜ」

ふと高虎は冬彦を見て、

「警部殿、何か気が付いてるんでしょう？」

「三浦さんですか。もちろんです。何だか変ですよね。夕方になると、そわそわして時計ばかり見てますよ。早く帰らなければならない用事があるのか、それとも誰かと約束があるのか……」

「デート？」

理沙子がぎょっとした顔になる。

「それだけはないでしょう。気持ち悪いですよ」

樋村が顔を顰める。

「あいつに男ができたとしたら間違いなく詐欺《さぎ》だな。金目当てに決まってる」

高虎が断言する。

「男に騙されるタイプには見えませんよ。何か他のことで悩んでるんじゃないんですか?」

理沙子が言う。

「どう思います?」

高虎が冬彦に訊く。

「何かに悩んでいるのは間違いないと思いますが、プライベートでのことでしょうから詮索するつもりはありません。それに何かわかっても寺田さんには言いません」

「なぜですか?」

「口が軽いからです。それをネタにして三浦さんをからかうつもりでしょう?　だから、言いません」

「何だか感じ悪いなあ。おれ、そんなに口の軽い嫌な男か?」

高虎が理沙子と樋村の顔を順繰りに見る。

「自分のことはわからないものなんですねえ……」

理沙子が首を振る。

四人が部屋に戻ると、

「あんたたちにお客さんだよ！」

靖子の声が響く。

「こんにちは！」

先日、杉並中央署に職場見学に来て、「何でも相談室」を訪ねてきた四人の小学生、陽子ちゃん、光男君、隆志君、富美男君がソファに行儀よく坐っている。

「何だ、この前のチビたちじゃねえか」

高虎が言うと、

「チビだなんて失礼ですよ、おじさん」

陽子ちゃんが怒って睨む。

「おじさん、謝った方がいいよ。陽子ちゃん、恐いんだから」

光男君が言う。

「ああ、そうかい、悪かったな、おチビさんたち」

高虎がぞんざいに詫びる。

「君たち、申し訳ない。このおじさんは自分の気持ちを素直に表すことができないかわいそうな人なんだ。本心では、まずいことを言ってしまった、謝らなければ、と後悔しているのに、元々がひどい臍《へそ》曲がりなので、どうしてもひねくれた言い方をしてしまうんだ」

「ふうん、何だか、かわいそうなんですね」

陽子ちゃんがうなずく。

「そう、かわいそうな人なんだよ」

「ちょっと待てよ……」

高虎の顔が赤くなる。頭に血が上ってきたのだ。

「ところで、今日はどうしたの？　もう学校は終わったのかな」

冬彦は高虎のことなど無視して子供たちに訊く。

「あの～、この前、動物がいじめられたら警察は助けてくれるって言いましたよね？」

光男君が上目遣いに冬彦を見る。

「言ったよ」

冬彦がうなずく。

「じゃあ、この子を助けてあげて下さい」

光男君が携帯電話を差し出す。

「何だい？」

「……」

冬彦が携帯を手にして画面上の写真を見る。

「どうしたんですか？」

突然、冬彦の表情が強張《こわば》ったのを不審に思い、高虎が横から携帯を覗《のぞ》き込む。

「は？　何だ、これは……」

「どうしたんですか？」

理沙子と樋村も寄ってくる。

「真っ赤な猫？　これは血ですか」

理沙子が訊く。

「それ、光男君が撮ったんです。学校に行く途中、児童公園のそばを通るんですけど、その植え込みに隠れてたんです。そうだよね、光男君？」

陽子ちゃんが訊く。

「はい。何かががさがさ動いているから変だなあと思ってそばに寄ったら真っ赤な猫だったから、びっくりして尻餅《しりもち》をつきました。その隙に猫は逃げちゃったんです。助けてあげてほしいんです。怪我をしてるかもしれないから」

光男君が言う。

「怪我だとしたら、ものすごい大怪我だろうな。何しろ、全身が赤いんだから」

高虎が言うと、いきなり、光男君がうわーんと泣き出す。

「ごめんなさい。ぼくが尻餅なんかつかなければ猫も逃げなかったかもしれないし……」

「光男君だけが悪いわけじゃないわよ。富美男君と隆志君も一緒にいたんだから。写メを撮っただけでも光男君はエラいわよ。でも、仕方ないかな。隆志君のお父さんはリストラされちゃったし、富美男君のお父さんは浮気がばれて、お母さんと喧嘩ばかりしてるし、二人とも悩みがあるもんね」

「助けてあげてくれますか？」

光男君が涙を流しながら、冬彦たちを見つめる。

「これ、野良猫でしょう？　かわいそうだとは思うけど、警察が野良猫探しなんかねえ……。保健所に連絡すればいいんじゃないですか？」

理沙子が提案する。

そのとき、

「許せない！」

いつの間にか亀山係長がそばに来て、写メをじっと見つめている。形相が険《けわ》しい。

「何の抵抗もできない弱い動物をいじめるなんて、人として最低の行為だよ。そう思わないか、樋村君？」

「は、はあ、確かに……」

「ゴミの分別よりも大切なことじゃないのか？」

「そう思います、はい」

「よし、安智君、樋村君、早速、捜査に取りかかりなさい。かわいそうな猫ちゃんを見つけ出し、怪我をしているのなら手当てをする必要がある。もちろん、犯人も見つけなければならない。いいね?」

「……」

亀山係長の剣幕に驚いて、理沙子は言葉を失っている。それは高虎と冬彦も同じで、何も言えずに、じっと亀山係長を見つめている。

七

一〇月二二日(木曜日)

冬彦と高虎が外回りから帰って来る。エレベーターホールから「何でも相談室」に向かう途中、高虎が廊下で何かのカードを拾い上げる。それを見て、にやりと笑うと、

「警部殿、使い立てして申し訳ないんですが、三浦を相談室に連れてきてもらえませんか。この時間ならひとつくらい空いてるでしょうから」

「どうしたんですか、急に?」

「あとで説明しますよ」

高虎がまたにやりと笑う。

冬彦が首を捻《ひね》りながら「何でも相談室」に向かうのを見送ると、高虎は鼻歌交じりに廊

下を歩き出す。四階の奥には一番から三番まで三つの小部屋が並んでいる。テーブルと椅子が置かれているだけの四畳ほどの小部屋で、生活安全課に持ち込まれた相談を聞くための部屋である。

相談室は三つとも空いていたので、高虎は一番相談室に入る。椅子に坐って腕組みし、何事か思案しながら待っていると、冬彦が三浦靖子を連れてやって来た。

「何なのよ、用事って？　こっちは忙しいんだからね。あんたみたいに暇じゃないのよ」

高虎の顔を見るなり、憎まれ口を叩く。

「まあ、坐れよ。警部殿も坐って下さい」

顎《あご》を撫《な》でながら、じっと靖子を見つめる。靖子が向かい側の椅子に腰を下ろすと、

「今日は元気じゃないか。この頃、元気がないって、みんな心配してるんだぞ」

「余計なお世話よ」

「おれだって心配してた。どこか体の具合でも悪いんじゃないかってな。でも、そういうわけじゃなさそうだ……」

高虎が靖子の前に廊下で拾ったカードを置く。それを見た途端、靖子の顔色が変わる。血の気が引いて真っ青になり、ぶるぶる震え始める。

「何ですか、それ？」

冬彦がひょいとつまみ上げる。

「CASSIOPEIA……FOR　HAPPY　WEDDING……YASUKO　MIURA……これって、つまり……」

「おれの推測では、結婚相談所じゃないのかな。違ってるか？」

高虎がにたにた笑いながら訊く。靖子はしばらく黙り込んでいたが、やがて、

「笑えばいいじゃないの。笑いなさいよ。『鉄の女』が結婚相談所なんかに登録してるぜ、とうとう『永遠の処女』が処女を捨てる気になったらしいぜ……そう、みんなに言い触らして酒の肴《さかな》にして大笑いしなさいよ」

唇をひくひく震わせながら言うと、靖子の目に涙が溢れ、いきなり、うわーっと泣き出してしまう。これには高虎の方が慌て、

「おい、何も泣くことはないだろうよ。心配するな。言い触らしたりなんかしないよ。ちょっとからかっただけだって。おれに拾われてラッキーだったぜ。まあ、気持ちはわかる。どうせ誰にも相手にされず、ろくに相手も紹介してもらえなくて落ち込んでたんだよな。わかるよ、見栄えも悪いし、性格も歪《ゆが》んでるし、大して貯金もないだろうしな」

「誰がそんなことを言った？」

靖子が涙に濡れた顔を上げて、高虎を睨《にら》む。

「違うのか？」

「ええ、違うわ。まるで違う。もう放っておいて。あんたに話しても仕方ないんだから」

靖子が立ち上がろうとする。

「三浦さん、そう慌てないで坐って下さい。確かに三浦さんの言うように寺田さんに話しても仕方ないと思います。人の相談に乗れるような人じゃないし、何の役にも立ってくれないでしょうからね。でも、ぼくならどうですか？　三浦さんが悩んでいるのは知ってました。仕事のことではなく個人的な悩みだと思ったから黙ってたんです。しかし、こうして話を聞いてしまった以上、知らん顔はできません。何に悩んでいるのか話してくれませんか。三浦さん自身、一人ではどうにもならなくて困ってるんでしょう？」

「何でもお見通しっていうわけか。さすがね。高虎とは大違いだわ」

「何だか感じ悪いなあ。心配して損したぜ」

高虎が不機嫌そうに言う。

「その『ＣＡＳＳＩＯＰＥＩＡ』というのは結婚相談所なんですか？」

「ええ、『カシオペア結婚相談所』っていうの」

「何かトラブルにでも巻き込まれたんですか？」

「トラブルってわけじゃない。結婚を申し込まれたの。厳密に言えば、結婚を前提に交際してほしいという申し出なんだけど……」

靖子は、ぽつりぽつりと金村誠一のことを話し始める。背の高いイケメン、高学歴、話し上手で聞き上手、物知りでお金持ちのオーナー社長、都内の一等地にマンションを所有し、高級車に乗っている。しかも、初婚だ。金村誠一について知っている情報を、靖子は洗いざらい話す。冬彦の言うように、いくら悩んでも一人ではどうにもならず、本心では誰かに相談に乗ってほしいと思っていたのだ。

「気を悪くしないでほしいんだけどよ、それって、おまえの妄想じゃないよな？ 自分でこしらえた夢物語を語っているとか……」

「わたしの頭がおかしいって言うの？」

「だってよ、それが本当なら自分でもおかしいと思わないか？ 何だって、そんな金持ちの色男がおまえなんかに……。あ、悪い」

高虎が慌てて口をつぐむ。

「いいわよ、別に。わたしだって、そう思ってるんだから。あんな人が、なぜ、わたしなんかにって」

「相手の条件がよすぎて、かえって心配になっているということですか。正確には、どういう言葉で交際を申し込まれたんですか？」

冬彦が訊く。

「ええっとね……『靖子さんに出会うのをずっと待っていた。靖子さんでなければ駄目なんだ。どうか一生そばにいてほしい。死ぬまで大切にすると誓うよ』そんな風に言われたのよ」

「しつこいようだけど妄想じゃないよな？」

「あんたは黙っててよ」

靖子が高虎を睨む。

「金村さんは三浦さんのことをどの程度、ご存じなんですか？」

冬彦が訊く。

「別に隠し事はないわよ。相談所に登録するときに個人情報は正直に申告してあるし、それを金村さんも見ているはずだから。自分でも教えたしね。離婚歴があることとか、子供がいることとか……」

「三浦さんのどういうところに惹《ひ》かれたと言いましたか？」

「優しくて包容力があるって。外見も好きだと言ってたわよ。笑顔がとてもいいって」

「マジか」

高虎がぽかんと口を開ける。

「金村さんが言ったんだよ。もちろん、誉《ほ》められて悪い気はしないんだけど、何となく居心地が悪いっていうのかなあ。何だか自分のことじゃないみたいな気がするんだよね。だって、四〇年近く生きてきて、そんなこと一度も言われたことないんだもん」

「おまえさあ……」

高虎が声を潜《ひそ》める。

「もうやられちまったのか？」

「は？」

「つまりよ、あれをよ」

「馬鹿なこと言わないでよ！　金村さん、ものすごく紳士なんだよ。いやらしいことなんかしないよ」

靖子が真っ赤になる。

「キスもしてないのか？」

「当たり前でしょう。手も握らないんだから」

「そんなに紳士的な男からプロポーズされたのなら、もっと素直に喜べばいいだろうが」

「そう単純じゃないわよ」

「騙されているのではないか、何か下心があるのではないか……そんな疑心暗鬼に陥《おちい》って悩んでいたわけですね？」

「まあ、そういうことかしらね」

冬彦の言葉に靖子がうなずく。

「もちろん、嬉しいのよ。あんな素敵な人に交際を申し込まれて喜ばない女なんかいないわよ。だけど、どう考えても、わたしに不釣り合いな相手だもん。おかしいよね？」

「騙されてるに決まってるだろうが。体目当てでないのなら、金目当てなんだよ」

高虎がずけずけ言う。

「それは、どうですかねえ……」

冬彦が小首を傾《かし》げる。

「三浦さん、どれくらい貯金がありますか？」

「な、何で、あんたにそんなことを教えなければならないのよ」

「同じ職場で働くようになってから、三浦さんの質素な暮らしぶりに気が付きました。こつこつ堅実に貯金してるだろうと思いますが、如何《いかん》せん、給料自体が安いから、それほど貯金は多くないはずです。そうですね……六〇〇万くらいじゃないかな」

「げ」

靖子が目をむいて冬彦を凝視する。

「ふうん、六〇〇万もあれば大したもんじゃないか。警部殿は何でもお見通しだ」

高虎があははははっと笑う。

「寺田さんの貯金額も想像がつきます。言いましょうか？」

「やめておけ」

高虎が冬彦を睨む。

「話を戻しましょう。六〇〇万を端金《はしたがね》とは言いませんが、入会金や会費の高い結婚相談所みたいですから、もっとお金を持っている女性も多いはずです。六〇〇万のためにプロポーズするとは思えませんね。統計的に、男が女を騙す場合、その目的は第一がお金で、第二がセックスです。三浦さんは、どっちも当てはまりませんよね。貯金もさして多くないし、体目当てとも思えない。女性的な魅力に乏《とぼ》しいですから」

「うるせえ！」

靖子がキーッとヒステリックに髪を掻《か》きむしる。

「騙されても結構毛だらけなんだよ。お金だろうが体だろうが、金村さんが望めば喜んで捧《ささ》げるっつーの。あんたたちには関係ないんだから、放っておいてよ」

会員カードを手に取ると、靖子が荒々しい足取りで小部屋を出て行く。

「あーあー、怒っちまった。警部殿のせいですよ。あんなこと言うから……」

「なぜ、怒ったのか理解できませんね。ぼくは本当のことを言っただけなのに」

「それだけ鈍感だと、ある意味、人生が楽しいでしょうねえ。物事をすべて自分に都合よく解釈できるから」

「何とでも言って下さい。寺田さんの嫌味や皮肉はあまりにもレベルが低いので少しも応えませんよ。事情を聞いたからには、三浦さんのことを放置できませんね。何とかしないと……」

「やっぱり、騙されてると思うわけですか？」

「それはそうです。いくら蓼《たで》食《く》う虫は好き好きと言っても、三浦さんと結婚したがる男性がそういるとは思えませんからね」

八

冬彦と高虎が「何でも相談室」に戻る。靖子は何事もなかったような顔で事務仕事に精を出している。理沙子と樋村の姿は見えない。まだ外回りから戻っていないのであろう。

亀山係長が口許に薄ら笑いを浮かべながら、

「やあ、お疲れさま。帰ったばかりで悪いけど、小早川君にお客さんなんだ。話を聞いてあげてもらえるかな」

と媚《こ》びるように言う。

「お、チビっ子たちじゃないか」

四人の小学生たちがソファにちょこんと並んで坐っている。陽子ちゃん、富美男君、隆志君、光男君の四人である。

「おじさん、それって立派なパワハラですよ。わたし、ちゃんと調べたんだから」

陽子ちゃんが高虎を睨む。

「やめなよ、陽子ちゃん。このおじさんに会いに来たわけじゃないんだし」

光男君が気弱な表情で陽子ちゃんに忠告する。

「そうだったわね。わたしたち、小早川警部に用事があるんです。おじさんに用はありません」

「あ、そう」

高虎が肩をすくめて自分の机に向かう。椅子に坐ると、タバコを吸いながらスポーツ新聞を広げる。

「赤い猫ちゃんのことなら、ちゃんと調べているよ。昨日、話を聞いたばかりだから、まだ猫ちゃんを見付けることはできてないけどね」

「ありがとうございます」

四人の子供たちがぺこりと頭を下げる。

「だけど、今日はその話じゃないんです。隆志君」

陽子ちゃんに促されて、隆志君がもじもじと立ち上がり、冬彦に携帯を差し出す。

「……」

冬彦が携帯の液晶画面に視線を落とす。

写真だ。テーブルの上に茶封筒が置かれており、一万円札が覗いている。一枚や二枚ではない。かなりの枚数だ。やがて、冬彦が怪訝《けげん》な顔で、

「これは、どういうことなのかな？」

「お金を拾ったら交番に届けるんですよね？」

陽子ちゃんが訊く。

「うん、そうだよ。このお金、拾ったの?」

「違います」

隆志君が首を振る。

「サンタクロースがくれたんです」

「え、サンタクロース?」

「おばあちゃんがそう言ってたから……」

「まどろっこしいわねえ」

焦《じ》れったくなったのか、隆志君に代わって陽子ちゃんが説明を始める。

こんな説明だ。

隆志君の家の近所のマンションで母方の祖母が一人暮らしをしている。先ほど、祖母から電話がかかってきて、プレゼントがあるから来なさいと呼ばれ、家族三人でマンションを訪ねた。

祖母は台所のテーブルの上に茶封筒を置き、中に一万円札が入っているのを見せて、

「サンタクロースからのプレゼントだよ。わたしはいらないから、おまえたちが持って行きなさい」

と言った。

隆志君の両親がどういうことなんだと驚いて訊ねると、今朝、玄関に朝刊と一緒に落ちていた、と祖母は答えた。中身を数えたら三〇万円あった。最初、隆志君の両親は、大金だし、誰かが間違えて入れたのかもしれないから警察に届けた方がいいと勧めたが、祖母は納得せず、最後には両親もいったん預ってしばらく様子を見ようということで納得した。誰かが間違ってお金を新聞口から入れてしまったのなら、きっと返してくれと頼みに来るだろうから、そうなったら、すぐに返そうというわけである。

「隆志君のお父さん、リストラされちゃって、仕事もないし、お金もないから、生活が苦しいんです。だから、おばあちゃんは隆志君のお父さんにお金をあげようとしたんだと思います」

「そうなの?」

冬彦が隆志君に訊く。

「はい、大体、そんな感じです」

「どうして写真なんか撮ったんだ?」

高虎がソファの近くに来て、隆志君に訊く。

「そ、それは、その……」

隆志君が口籠《くちご》もる。

「一万円札がたくさんあるから、写真を撮って、ぼくたちに自慢したかったんです。そうだよね、隆志君？」

光男君が訊く。

「う、うん」

「悪気はなかったんです」

富美男君が庇《かば》うように言う。

「写真を見て、自分のお金でないのなら警察に届けないと駄目だよって陽子ちゃんが言い出して……」

「わたしが悪いの？」

「そうは言ってないよ」

光男君が慌てて首を振る。

「おばあちゃん、警察に捕まりますか？」

今にも泣き出しそうな顔で隆志君が訊く。

「道に落ちていたものを拾って自分のものにしたわけじゃないからね。誰かが勝手に新聞口から封筒を入れていったのだとしたら、びっくりして、どうしていいかわからなくなったのもわかる」

「それは違いますよ。隆志君のおばあちゃん、ネコばばしようとしたんですから」

陽子ちゃんが口を尖らせる。

「ネ、ネコばば……」

隆志君が青ざめる。

「そう決めつけるのは早いよ。きちんとおばあちゃんから話を聞いてみないとね」

「じゃあ、サンタクロースを探すんですか？」

富美男君が訊く。

「金額も大きいし、このまま放っておくわけにはいかないからね」

冬彦がうなずく。

九

一〇月二三日（金曜日）

生活安全課から「何でも相談室」に回されてきた区民からの苦情を二件処理してから、高虎と冬彦は荻窪《おぎくぼ》三丁目から阿佐谷《あさがや》南三丁目に向かう。新聞口から大金の入った封筒が投げ入れられた件について隆志君の両親から話を聞くためだ。

青梅《おうめ》街道を過ぎて、しばらく車を走らせると、

「安智と樋村じゃないですかね」

交番の駐車場に停まっている車を見て、高虎がスピードを落とす。

「ちょっと覗いてみましょうか」

「いいですよ」

車を駐車場に入れ、二人が交番に入る。

「あれ、どうしたんですか？」

理沙子が驚いたように訊く。

「通りかかったら車があったからよ。どんな大事件の捜査に励んでるんだ？」

「嫌味な言い方ですね。真っ赤な猫の捜索ですよ」

「あれか……。係長が珍しく気合いを入れてたな」

「係長にお尻を叩かれたら放置できませんからね」

「何かわかったの？」

冬彦が訊く。

「いろいろ話を聞かせてもらっていたところなんですが……。あの真っ赤な猫、幸いにも出血して真っ赤だったわけではなさそうです。あれは水彩絵の具みたいですね」

理沙子が答える。

「絵の具？　猫が見付かったの」

「見付かってはいないんですが、恐らく、絵の具で間違いなさそうです。そうですよね？」

理沙子が中年の巡査に顔を向ける。

「はい」

「猫の体を絵の具で染めるという事件……事件と言っていいかどうかわかりませんが、これまでにも何件かあるようなんです。今まで見付かったのが……樋村、報告して」

「真っ赤な猫以前にも、青い猫、黄色い猫、緑色の猫、紫色の猫が目撃されています」

樋村が答える。

「まるで虹だなあ」

高虎がつぶやく。

「よくご存じですね」

冬彦が感心したように言う。

「美香《みか》がよくお絵描きしてたからな」

「虹は七色です。あとの二色をご存じですか?」

「オレンジだろ。もうひとつは……」

高虎が首を捻る。

「藍《あい》色ですよ。オレンジ色と藍色の猫も見付かってるの?」

「そういう報告はないみたいです」

「水彩絵の具だと雨が降れば、すぐに流されてしまうだろうしなあ。もっとも、まだ使われていないだけという可能性もあるね。捜査は？」

「特に捜査はしていないようです。猫が傷つけられたわけではなく、絵の具を塗られただけですからね。犯罪と言うより悪質ないたずらという感じでしょうから。それに野良猫ばかりで飼い猫は被害に遭っていません」

「野良猫だと誰も被害届を出さないしなあ。本当に絵の具なの？　それは間違いない？」

「すべての猫についてわかったわけではありませんが、青と緑の猫はたまたま保護されて動物病院で検査を受けたようですよ。外傷はなく、全身に絵の具を塗られていただけだそうです」

「なるほど、それでわかったのか……」

「これで子供たちは納得してくれるでしょうか？」

理沙子が訊く。

「本当なら、真っ赤な猫を保護して、何も心配ないと言えればいいんだろうけど、それも難しそうだしなあ……。とりあえず、わかったことを教えてくれる？」

冬彦は手帳を開くと、猫たちが見付かった場所や日時をメモする。

交番を出て車に乗り込むと、

「意外とつまらない結末でしたね」

高虎が言う。

「……」

冬彦は、じっとメモを見つめている。

「何か気になるんですか?」

「気持ちを集中させたいので黙っていてもらえますか」

「あ、そう。それは失礼」

高虎が車を発進させる。

冬彦はダッシュボードから杉並区の地図を取り出すと、メモを見ながら何やら地図に書き込みを始める。それを高虎は横目で見て、冬彦が完全に自分の世界に没頭していることを察すると、もう何も話しかけなくなった。

それから一五分……。

コインパーキングに駐車してエンジンを切ると、

「警部殿、行きますよ。それとも残りますか?」

「え? ああ、着いたんですか。行きましょう」

地図をダッシュボードにしまい、手帳を閉じてシートベルトを外す。

そこから五分ほど狭い小路を歩き、小さな一戸建てが肩をすぼめるように建ち並んでいる一画に出る。その一軒の前で足を止める。「大迫《おおさこ》」と表札が出ている。

「ここですかね」

　高虎がインターホンを押す。

　返事がないので、しつこく何度も押す。五回目で、

「どなたですか？」

　少し怒ったような男の声が応答する。

「杉並中央署生活安全課の寺田です」

「警察の人が何の用ですか？」

「少しばかり伺いたいことがありまして……。お時間は取らせませんので」

「どうぞ、鍵はかかっていませんから」

　高虎がドアを開けると、奥からあまり顔色のよくない男が現れる。隆志君の父親・大迫一隆《かずたか》だ。

「寺田です」

「小早川です」

　二人が警察手帳を見せながら名乗る。

「ご用件は？」

「ご主人お一人ですか？　奥さんはいらっしゃらないんでしょうか」

冬彦が訊く。

「妻は仕事ですが……。妻に何か？」

「そうか。ご主人は失業中だから、奥さんが仕事しなければならないわけですね」

「何ですか、いきなり失礼な」

大迫一隆がムッとした顔になる。

「一昨日、おばあさまから三〇万円受け取りましたね？」

「え」

大迫一隆の顔色が変わる。

「ここで立ち話をしますか、それとも、中に入れてもらえますか？」

一〇

三浦靖子は定時に仕事を切り上げると、そそくさと帰り支度を始める。靖子が「何でも相談室」を出て行くと、

「たまには、おれも早く帰るか」

両腕を大きく伸ばしてあくびしながら、高虎が席を立つ。その三分後、冬彦も仕事を切り上げる。

南阿佐ケ谷《あさがや》駅の手前で冬彦が高虎に追いつく。その三〇メートルほど先を靖子が歩いている。

「本当にデートなんですかねえ。あいつがデートだなんて、どうにも信じられないんですが」

「ご心配なく。間違いありません。終業の一時間くらい前からそわそわして落ち着きがなくなりました。帰り際には洗面所でお化粧を直してましたが、それ自体、滅多にないことですからね。口紅も濃かったですよ。女友達と会うのなら、あれほど念入りにお化粧をしないでしょう。それに見て下さい、あのスキップしてるような足取り。幸せな気持ちを隠しきれないんですよ」

「ふうん。そういうもんですかねえ……」

高虎は半信半疑だったが、靖子が丸ノ内《まるのうち》線の改札に入っていくのを見て、

（やっぱり、デートなのか）

と信じる気になった。靖子の自宅はJR阿佐ケ谷駅の近くで、普段はバスで通勤しているのだ。真っ直ぐ帰宅するのなら丸ノ内線には乗らない。池袋《いけぶくろ》行きに乗ったので、新宿あたりでデートなのかな、と思った。

車内は混み合っているので、あまり離れると見失ってしまいそうだ。かといって、近付きすぎると見付かってしまう。

「大丈夫です。見付かりませんよ」

平気な顔をして同じ車両に乗り込むと、冬彦は靖子の斜め後ろに立つ。

「まずいですよ。振り返ったら、すぐにばれる」

「周りのことなんか気にしてませんよ。考えごとに夢中ですから」

電車が東高円寺《こうえんじ》駅に着く頃には、高虎も冬彦の言葉を信じていた。靖子は夢でも見ているような顔でぼんやりしているのだ。見付かる心配がなさそうだと判断すると高虎の緊張感も緩《ゆる》む。

「思いがけず早めに署に戻れたおかげで三浦を騙してる野郎の顔を拝《おが》めそうですね」

高虎が冬彦の耳許で囁《ささや》く。

「騙してるかどうかはわかりませんけどね」

冬彦が肩をすくめる。

大迫一隆を訪ねて、大量の一万円札が新聞口から投げ入れられた事情を訊くつもりだったが、隆志君と陽子ちゃんが話してくれた以上に詳しいことを聞き出すことはできなかった。ならば、隆志君の祖母・畑中静江《はたなかしずえ》に直に話を聞こうとしたが、自治会の旅行で今朝早く、二泊三日の予定で温泉に出かけてしまったという。帰って来るのは日曜の夜だ。わざわざ熱海《あたみ》まで出張して事情を訊くほどの大事件でもないと判断し、静江からは月曜に話を聞くことにした。帰り際、一隆から、

「あの……お金はどうしたらいいでしょうか？」

「手を付けてしまったんですか？」

「とんでもない。ちゃんと取ってあります」

「それなら交番に届ければいいでしょう。遺失物扱いで引き取ってくれるはずです。落とした人が届け出なければ、三ヶ月後には拾得した人のものになりますから」

そうアドバイスした。

畑中静江から事情を聞けなくなったので、冬彦と高虎は予定より早く署に戻った。そのおかげで靖子を尾行することができた。

電車が新宿に着くと、靖子は東口から出て、新大久保《おおくぼ》方面に歩いて行く。

「ホテルで食事ってところかな。最上階のレストランで夜景を眺めながらディナーか」

高虎がつぶやく。

「何だか腹を立てているように聞こえますよ。ひょっとして、ジェラシーですか？」

「は？　何で、おれが嫉妬《しっと》するわけですか」

高虎が怒ったように言う。

二人が予想した通り、靖子はホテルに入っていく。

電車に乗っている間も、駅からホテルに向かう間も、靖子は一度も後ろを振り返らなかった。よほど気が急《せ》いているせいに違いなかった。

ロビーに入ると、足を止めて周囲を見回す。横顔がやや不安げだ。と、その表情がパッと明るくなる。

歩み寄ってくる金村誠一の姿を見付けたのだ。

「こりゃあ、びっくりだ。確かに、イケメンの詐欺師だな」

柱の陰から様子を窺いながら、高虎が言う。

「まだ詐欺師と決まったわけじゃありませんよ」

「ふんっ、詐欺師に決まってるでしょう。そうじゃなければ、どうして三浦なんかと……」

「あ、移動するようですね」

靖子と金村が談笑しながらエレベーターホールに向かっていく。ロビーは混雑しているというほどではないが閑散としているわけでもない。十分な距離を取っていれば見付かりそうにない。そもそも靖子と金村は会話に夢中で周囲のことなど何も気にしていない。とは言え、さすがに同じエレベーターに乗るのは危険だと判断し、冬彦と高虎は二人が乗り込んだエレベーターが上昇するのを見送った。

「キスもしてない、手も握らない……きれい事を言いやがって。いきなり、ホテルじゃねえか」

高虎が顔を顰《しか》める。

「それは違うと思いますよ」

「何で？」

「三浦さんたちが乗ったのは最上階までノンストップのエレベーターです。最上階にはレストランやバーしかありませんから、たぶん、食事をするだけですよ」

「どうだかねえ」

「二時間もすれば、はっきりしますよ。食事だけなら、またロビーに下りてくるでしょうから」

「下りてこなかったら？」

「さあ……」

冬彦が首を捻る。

「食事の後、バーでお酒を飲んでいるとも考えられるし、もしくは……」

「おれの想像が当たってる？」

「そういうこともあり得ないとは言えませんね。ちょっと待っていて下さい」

冬彦は高虎を置き去りにしてフロントの方に歩いて行く。しばらくして戻ってくると、

「このホテルには専用の駐車場はないそうです。近くにある公共駐車場を利用するみたいですね。彼の車で帰るにしろ、タクシーで帰るにしろ、またロビーを通るはずです」

「それまで待つんですか？」

「ええ。それとも、上に行って二人を探しますか？」

「ここで待ちますよ」

二人はエレベーターホールが見える位置にあるソファに腰を下ろす。手持ち無沙汰だが、これと言って共通の話題もないので黙り込む。高虎がぼんやりしていると、

「寺田さん」

冬彦がじっと高虎を見つめている。

「今日は金曜ですよ。わかってますか？」

「ええ、わかってますが、それが何か？」

「最近、三浦さんの様子もおかしいと思っていたけど、やっぱり、寺田さんもおかしいなあ」

「何がおかしいって言うんですか？」

「金曜の夜は競馬新聞で予想するのが習慣じゃないですか。どうせ当たらないとわかっていながら、過去の無数の失敗を忘れ、はかない希望にすがりつく……それがいつもの寺田さんなのに」

「余計なお世話でしょうが」

「日焼けしましたよね」

「え」

「以前は、徹夜麻雀とお酒のせいで不健康な顔色だったのに、この頃、日焼けして血色もいいじゃないですか。お腹もへこみましたよね。何をしてるんですか？」

「警部殿には関係ないことです」

「詮索するつもりはありません。気になったので訊いただけです」

冬彦は肩をすくめると、手帳を取り出して考え事を始める。

「もしかして虹色に染められた猫たちの事件について考えてます？」

「ええ、そうです。でも、申し訳ないんですが、一人で考えさせてもらえますか。寺田さんと相談しても何の役にも立たないので」

「ああ、そうですか」

高虎がソファに深く腰を沈め、腕組みして目を瞑る。

それから二時間……。

「寺田さん」

冬彦が高虎の腕をぽんぽんと軽く叩く。

「起きて下さい。二人が下りてきました」

「ああ、ようやくか……」

「ここで寝てますか？」

「一緒に行きますよ」

大きな欠伸《あくび》をしながら、高虎がソファから腰を上げる。

三〇メートルほどの距離を取って、冬彦と高虎は靖子たちを尾行する。あまり人通りがないので、靖子が振り返れば見付かってしまいそうだが、靖子は金村誠一との会話に夢中で周りなどまったく気にしていない。

「駐車場に行くみたいですね」

「まさか飲酒運転ってことはないだろうから、酒を飲まずに食事したんだろうな」

「ええ、三浦さんが飲酒運転を許すはずがありませんからね」

「本気で惚れてんのかねえ。何だよ、でれっとした顔をしやがって。……。おれたちの前じゃ、絶対に見せない顔だな」

「あ」

駐車場から、あまり人相のよくない三人組が出てきた。見るからに遊び人風だ。肩でもぶつかったらしく、靖子と金村誠一を囲んで怒鳴っている。

「ああ、トラブルかよ」

高虎が溜息をつく。

「三浦さんなら放っておいても大丈夫じゃないですか？　うまく対処できそうですが」

「何を言ってるんですか。のんきだなあ。あいつは事務職員なんですよ。格闘術も護身術も身に付けてないんだから」

　高虎が駆け出そうとする。その袖《そで》を冬彦がつかみ、

「何をするつもりなんですか？　今出て行ったら尾行がばれるじゃないですか」

「だって、放っておけないでしょう。イケメンには違いないけど、大して強そうじゃないし。あんな柄の悪い連中に絡《から》まれて、びびってるでしょうよ」

「どういう対応をするか興味があったんですけどねえ……」

　冬彦が諦めて高虎の袖を放したとき、靖子が悲鳴を上げた。話がこじれたらしく、三人組の一人が金村誠一の胸倉《むなぐら》をつかみあげたのだ。

　次の瞬間、金村誠一は相手の手首をつかんで自分の体をくるりと回転させ、自分と相手の立場を逆転させた。金村誠一が男の背後に立ち、しかも、手首をつかんだままなので腕がねじれ、相手の男は痛みに耐えられずに地面に膝《ひざ》をつく。それを見た仲間たちが金村誠一につかみかかろうとするが、それを軽くかわすと相手の懐に踏み込んで足を引っ掛ける。その男はすとんと尻餅《しりもち》をつく。もう一人の男が驚いて立ちすくむ。

「さっさと消えろ。それとも続きをやるか？　もう手加減しないぞ」

　金村誠一の声が冬彦と高虎にも聞こえた。

「あのイケメン、格闘術の心得まであるらしい。インド人もびっくりだ」

「そうなんですか？」

「いや、動きが速すぎてよくわからなくて……」

「あれだけ素早く動きながら、相手を怪我させないように注意している。かなりの腕前でしょうね。警部殿も見習いなさいよ」

「あ、二人が行ってしまう」

靖子と金村誠一が駐車場に入っていく。冬彦と高虎が慌てて後を追う。

「ん？」

冬彦が立ち止まる。

「何してるんですか、見失ってしまうじゃないですか、急いで」

「これ、彼のじゃないですかねえ」

冬彦が地面から拾い上げたのは革製のパスケースだ。

「見たでしょう」

一一

一〇月二五日（日曜日）
冬彦がインターホンを押すと、
「は～い、どなた？」

ドアが開き、すっぴんの三浦靖子が顔を出した。

「げ」

冬彦と高虎が並んで立っているのを見て、靖子が両手で顔を隠す。

「うわっ、死ぬかと思った。普段でも不細工だけど、化粧してないと別人だな。普段のおまえがきれいだと思えるくらいにひどい」

高虎がぎょっとした顔で言う。

「なぬ？」

両手で顔を覆《おお》ったまま、指と指の間から靖子が高虎を睨む。

「わたしをブスだっていうの？　今日は休みなんだよ、日曜なんだよ。職場じゃないんだから、どんな格好でいようが、どんな顔でいようがわたしの勝手でしょうが。朝っぱらから二人揃《そろ》って何しに来たんだ。用があるのならアポを取れ！」

「この野郎、おまえのためを思って、こっちは休みを潰《つぶ》して出てきたってのに……」

「恩着せがましい言い方をするな。何も頼んでないでしょうが」

「まあまあ、二人とも落ち着いて下さい」

冬彦が高虎と靖子を宥める。

「突然、押しかけたことをお詫びします。でも、これは三浦さんのためなんです」

「わたしのため？　どういう意味よ？」

「性格や容姿にいろいろ問題があるにしても、三浦さんが大切な同僚であることは確かです。その三浦さんがみすみす不幸になるのを見て見ぬ振りはできないから、こうして訪ねてきた次第です」

「おかしなことを言うのね。何でわたしが不幸になるわけ？」

「金村さんにプロポーズされたでしょう？　結婚を前提に付き合ってほしい。あなたさえよければ、すぐにでも結婚したい……そんなことを言われませんでしたか？」

「な、何で、あんたがそんなことを……」

動揺を隠しきれずに靖子が訊く。図星なのだ。

「やっぱり……。まだ返事はしてませんね？」

「関係ないでしょう。放っておいてよ。どうせ金村さんを詐欺師呼ばわりするんでしょう？　わたしが騙されてるとか何とか」

「そうは言いません。昨日一日、自分なりに金村さんのことを調べてみましたが経歴に嘘はないし、お金に困っている様子もない。若くして成功した裕福な実業家で、ものすごく不自然ではありますが三浦さんを愛しているのも本当だと思います。三浦さんにとっては白馬の王子様といっていいでしょう。そんな人に今まで愛されたことはないだろうし、ほぼ確実に今後もないだろうと思います」

「黙って聞いていると失礼なことばかり言うよねえ。つまり、お祝いに来てくれたっていうわけ？」

「金村さんと結婚するかどうかは三浦さん自身が決めることで、ぼくたちが口出しすることじゃありません。ただ最終的な決断をする前にひとつだけ知っておいてほしいことがあります」

「何よ？」

「それは金村さんがいらしてから話す方がいいと思います」

「は？　金村さんが来るの？」

「ええ、一〇時にここで待ち合わせましたから、そろそろ来る頃だと思います」

冬彦が言うと、靖子がぎゃーっと悲鳴を上げ、

「あと一五分、いや、一〇分でいいから金村さんをここで引き留めておいて！　支度ができるまで絶対に部屋には入れないからね」

ドアを閉めて、靖子が引っ込む。

その直後、部屋の中からものすごい物音が聞こえ始める。

「あいつ、いったい、何をしてるんだ？」

「掃除のはずですが、部屋を片付けるというより部屋を壊しているような感じですよね」

「部屋を掃除して、念入りに化粧をして……一〇分で終わるのかねえ」

「慣れてるんじゃないですか」

冬彦が肩をすくめる。

約束した時間の三分前に金村誠一が現れた。

「小早川さんですか？」

「はい。小早川です。突然、電話でお呼び立てしてすいませんでした。こちらは寺田巡査長です。三浦さんと同じ部署で仕事をしています」

「そうですか。金村と申します……」

金村は丁寧に頭を下げながら高虎に挨拶する。

「三浦さんのことで、とても大切な話があるということでしたが、どういうことなんですか？　三浦さんに何かあったんでしょうか」

「いいえ、三浦さんはとても元気ですよ。もうすぐ現れるはずです」

「大掃除の真っ最中ですわ。普段、どんな生活をしてるものやら」

高虎が皮肉めいた物言いをする。

と、いきなりドアが開き、高虎の後頭部にドアがぶつかる。ごつんと大きな音がして、高虎が両手で頭を抱える。

「お待たせ〜！」

厚化粧した靖子がにこやかに現れる。

「どうぞ」

テーブルに煎茶《せんちゃ》を入れた湯飲みを並べると、靖子も椅子に坐る。

「それでお話って何かしら？」

靖子が気取った言い方で冬彦に訊く。

「最初に、ぼくの方から金村さんに質問させて下さい。構いませんか？」

「はい」

金村がうなずく。

「三浦さんに交際を申し込んだそうですが、それは結婚を前提にしたものと考えてよろしいですか？」

「そうです」

金村は少しも迷う様子なく返事をする。

「なぜですか？」

「なぜって……それは、靖子さんを愛しているからに決まってるじゃないですか」

「ま」

靖子が頬を赤らめて、恥ずかしそうに体をくねらせる。それを見て、高虎が小さな溜息をつく。

「質問を変えましょう。三浦さんを愛しているから結婚したいというのはわかります。それなら、なぜ、三浦さんを愛してるんですか?」

「ちょっとドラえもん君、本人の前でそんなことが言えるはずないじゃない。好みのタイプだとか、優しくて思いやりがあるとか……バカだね」

靖子が冬彦の肩をばしっと叩く。

「実は、一昨日の夜、金村さんのパスケースを拾いました。すぐに返すことができればよかったんですが、お二人を見失ってしまい、その場で返すことができませんでした」

「どういうこと? あんたたち、わたしをつけてたの?」

「おまえが悪い男に騙されてるんじゃないかと心配だったんだよ」

「余計なお世話だって言ったのに」

靖子が口を尖らせる。

「失礼ながら、パスケースの中身を拝見し、それをもとに昨日一日かけて金村さんについて調べました。さっきも三浦さんに言いましたが、金村さんは三浦さんを騙してなどいないし、何も嘘をついていないと確信しました」

冬彦が金村の前にパスケースを置く。

「だからね、金村さんはそんな人じゃないのよ」

「嘘はついてないけど、隠していることはありますよね? 本当に三浦さんを愛している、結婚したいとおっしゃるのならきちんと話すべきじゃありませんか?」

そう言われて、金村の顔色が変わる。どうしたものか戸惑《とまど》う様子だったが、すぐに、

「そうですね……」

金村は小さくうなずくと、パスケースから一枚の写真を取り出してテーブルの上に置く。その写真をじっと見て、

「あら、わたしの写真？　いつ撮ったのかしら」

「よく見て下さい」

冬彦が注意を促すと、

「え……」

靖子が目を凝らす。

「よく似てる。でも、わたしじゃないか」

その古ぼけた写真に写っている女性は確かに靖子によく似ている。瓜ふたつと言っていいほどだ。明るい色合いのワンピースを着て、カメラに向かって微笑んでいる。容貌《ようぼう》だけでなく、年格好も似ているが、眼鏡をかけていないし、髪型も違っている。ホクロの位置や顔の輪郭《りんかく》も微妙に違う。

「母です」

「小学生のときに亡くなったというお母さま……」

「優しい母でした。だけど、優しいだけでなく時には厳しく叱ってもくれました。わたし

にとって理想の女性です」

「つまり、それって、わたしがお母さまに似ていたから……」

「どうか気を悪くなさらないで下さい。ずっと母に似た女性を探し求めてきました。ようやく靖子さんに出会うことができたんです。心から愛しています。どうか結婚して下さい。一生、大切にします。必ず幸せにします」

突然のプロポーズである。高虎はあんぐりと口を開けたまま石のように固まってしまい、冬彦も言葉を失っている。靖子も驚いた様子で、しばし黙り込んでいたが、やがて、

「お断りします。わたし、あなたのママになるつもりはありません」

強い口調でぴしゃりと言った。あまりにもきっぱりとした物言いだったので、金村も何も言い返すことができなかった。

一〇月二六日（月曜日）

机に頬杖《ほおづえ》をついて溜息ばかり洩らしている靖子を見て、

「てっきり休むと思ってましたけどね」

高虎が声を潜めて冬彦に言う。

「一人で家にいるのも辛いんじゃないですか。仕事をしてる方が気が紛《まぎ》れるんじゃないのかな」

「あれで仕事になりますかねえ……」

「そういうときもありますよ。寺田さんはいつも怠《なま》けてるけど、それなりに結果を出してるじゃないですか。それよりは、ましですよ」

「どうして、いつもひと言多いのかねえ」

高虎が首を振りながらスポーツ新聞を読み始める。

冬彦が横目で見ると、靖子が溜息をつきながら何かをつぶやいている。それが『バタフライ』の歌詞だとは冬彦にもわからなかった。

名前のない馬

一

平成二一年一〇月二一日（水曜日）

その老人は目を細めて表札をじっと見つめ、

「畑中……」

と小さくつぶやく。

古い記憶を探るように、小首を傾げて、しばらく表札を眺めるが、やがて、肩にかけたリュックに手を入れて、中から茶封筒を取り出す。封がしてあるので中身を確認できないが、茶封筒の厚みから、それには三〇万円入っていると老人にはわかる。その茶封筒をドアの新聞口からそっと奥まで差し込んで手を放す。すとんと玄関に落ちる音がする。

老人は用心深く周囲を見回し、耳を澄《す》ます。

マンションの廊下は、しんと静まり返っている。

厳密に言うと、もう日付が変わって、二二日になっている。あと三時間もすれば夜が明けるだろう。

足を引きずるように、ゆっくりドアの前から離れると、老人は隣の部屋のドアの前に立つ。目を細めて、表札を見つめる。

「大崎《おおさき》……大崎か」

違う、違う、とつぶやきながら、ドアの前を離れ、その隣の部屋のドアに移動する。じっと表札を見つめて、

「池田《いけだ》……」

目を瞑《つむ》って何事か考える。

やがて目を開けると、リュックから茶封筒を取り出す。さっきの茶封筒ほどの厚みはない。一〇万円が入っていると老人にはわかっている。老人が自分で入れて封をしたのだから間違いない。

その封筒を新聞口から差し込んで玄関に落とす。すとんという音がするが、依然として廊下は静まり返ったままだ。老人は満足そうにうなずくと、次の部屋に移動する。

一一月一日（日曜日）
夜道を自転車が軽快に走っている。
乗っているのは若い男だ。

「サムホウェ～、オーバーザレインボ～～」

機嫌よさそうに口ずさんでいるのは、どうやら『虹の彼方に』という曲のようだ。児童公園の手前で速度を落とし、ゆっくり公園に入る。周囲の様子を窺う。人影はない。夜になってから公園に来ると、ラブホに行く金もない、高校生や大学生のバカップルがベンチでべたべたしていることが多いのだ。そういうカップルがいると、猛烈に腹が立つし、時間も無駄になる。夜の公園にいるカップルは、この男にとってはゴキブリと同じくらい忌《い》まわしい存在といっていい。バカップルのいない公園を探して、いくつもの公園を自転車で走り回らなければならないこともある。幸い、今夜は、そんなこともない。最初の公園が当たりだった。

自転車を停め、植え込みに入り込む。リュックからアルミ皿を取り出し、マタタビを載せて百円ライターの火で炙《あぶ》る。

やがて、ごろごろと喉《のど》を鳴らしながら真っ白な猫が現れる。アルミ皿に近寄ると、地面に横になり、お腹を見せて甘えた仕草をする。すっかりマタタビに酔っているのだ。

若い男はリュックから首輪と足枷を取り出す。猫の自由を奪うために持ち歩いているのだ。首輪を付けようとしたとき、危険を察知した猫が逃げようとした。左手で猫の首をつかみ、右手で首輪をはめようとする。

「あ」

猫が爪を立てながら嚙《か》みついた。その痛みに驚きを感じながらも、若い男は手を止めることなく何とか首輪を装着する。首輪には紐《ひも》がついているから、もう猫は逃げることができない。次にゆっくりと左右の後ろ脚に足枷をつける。これで猫の動きを完全に封じた。

「ちくしょう……」

ペンライトで手を照らすと、かなり出血している。

「バカ猫め。思い知らせてやるからな」

二

九月五日（土曜日）

寺田高虎は、妻の聡子《さとこ》と小田急線《おだきゅう》・豪徳寺《ごうとくじ》駅前の喫茶店で向かい合った。聡子の実家が近くにあるのだ。

「法事なのに、おれが顔を出さなくていいのか？」

「今更何を言ってるの。今まで一度だって出たことないじゃないの」

「仕事だったからな」

「今日だって仕事でしょう」

「もう上がったよ」

「そんな格好で法事に出るっていうの？」

半袖の白いワイシャツに花柄のネクタイ、麻のジャケットという格好だ。

「着替えてくるさ。隣駅なんだから」

「無理しなくていいの」

聡子が首を振る。

「おまえたちも世話になってるしなあ」

「わたしの実家だもの」

「今はお義兄さんの家みたいなもんだろう」

「大丈夫。兄さんはわかってくれてるから」

「夏休み中はいいとしても、そろそろ、うちに戻ってくることも考えた方がいいんじゃないのか。いくら近くだからって、やっぱり、家族がばらばらで生活するのはいいことじゃないだろう」

「……」

聡子がうつむいてしまう。

「美香はだいぶ元気になったらしいじゃないか」

「わたしが……」

「ん？」

「わたしが駄目だから」

「もう少し時間が必要だと思うの。わがままだとわかってるんだけど」

「聡子」

「おまえが駄目か」

小学校の一人娘・美香が三年生に進級した直後から、いじめが原因で学校に行くのを嫌がるようになり、それを心配した聡子がノイローゼ気味になった。しばらく実家で暮らしたい、と聡子が言い出したときも反対しなかった。仕事柄、高虎は家にいる時間が少なく、聡子と美香が二人だけで家に閉じ籠《こ》もっていると煮詰まってしまうかもしれないと心配したからだ。高虎の家は梅ヶ丘《うめおか》だから、実家のある豪徳寺とは小田急線の隣駅だし、それなら美香も転校せずに小学校に通うことができる。聡子も両親と一緒の方が落ち着くだろうし、実家には聡子の兄夫婦が同居していて、美香と同じ年頃の従姉妹《いとこ》もいるから、美香も気が紛れるだろうと考えたのだ。

高虎自身、あまり問題を深刻にとらえず、しばらく実家で骨休めすれば、聡子も美香も元気になって帰ってくるだろうと高を括《くく》っていた。

ところが、一ヶ月経っても二ヶ月経っても聡子は実家を離れようとしない。

お盆の間は警察官も交代で休みを取ることになっているし、若手よりもベテランの希望が優先されることになっているが、高虎は別に何の予定もないので、他の者たちに休みを譲り、お盆中も出勤した。今日も出勤し、定時に退庁した。聡子と美香に会いに実家に行くつもりで署から電話したら、法事でばたばたしているから実家ではなく駅前の喫茶店で会いたいと聡子が言い出したのである。

「じゃあ、仕方ないな。焦《あせ》ってもどうしようもないし」

「ごめんなさい」

聡子がまた頭を下げる。

「謝らなくていい。おまえが悪いわけじゃない」

そう言いながらも、高虎の口からは小さな溜息が洩れる。

その翌日、高虎は渋谷《しぶや》のウインズに出かけた。

日曜日だというのに何もすることがないし、家に一人でいると気が滅入《めい》るからだ。キオスクで競馬新聞を買い、駅からウインズに続く人の流れに紛れ込む。いつもは前日に競馬新聞を買い、自分なりに予想を立ててからウインズに来るのだが、ゆうべは、そんな気にならなかった。

本音では、聡子と美香に戻ってほしいのに、それを素直に口に出すことができず、あたかも世間体を取り繕《つくろ》うためだけに、まるで他人事のように、とりあえず、家に戻った方がいいのではないか、と素っ気なく口にした自分に腹が立つ。

まだ実家にいたいという聡子の願いを受け入れたのも寛大さの表れではなく、後ろめたさのせいだとわかっている。別居生活を始めた直接の原因は美香の不登校だが、そうなるに至ったのは高虎にも聡子にも問題があった。

酒やギャンブル、不規則な仕事など、いくつもの理由が絡《から》み合って夫婦関係がぎくしゃくし、ここ二年ほど、高虎と聡子は顔を合わせれば喧嘩ばかりしていた。家庭内が殺伐《さつばつ》とした雰囲気になり、それが美香に悪影響を及ぼしたのは間違いない。明るく朗《ほが》らかな子だったのに、親の顔色ばかり窺って、親子三人でいるときにはほとんど笑わず、学校の話もしなくなった。夫婦でいがみ合っていたせいで、高虎も聡子も美香の変調に気付かなかった。美香が不登校になってから、学校から紹介されたカウンセラーと面談し、そのカウンセラーに、

「不登校になる子供は、そうなる前に何らかのＳＯＳのサインを出すんです。そのサインに気が付いて、その段階できちんと対処してあげれば、問題が深刻化するのを防ぐことができたはずですよ」

と指摘され、聡子は泣き崩れた。

母親としての責務を果たさなかったために美香を追い詰めてしまったのだと自分を責め、聡子自身、精神的に不安定になった。

今にして思えば、そのときに夫として父親として、真正面からきちんと問題に向き合えばよかったのかもしれない、と高虎は思わぬではない。

しかし、そうしなかった。

「母親のくせに、しっかり子供を見ていないからだ。おまえ、専業主婦だろう。ずっと家にいて暇なんだから、いくらでも美香に手をかける時間はあっただろうが」

と傷口に塩をすり込むような言葉で聡子を更に追い詰め、仕事を理由に留守がちになった。聡子一人に問題を押しつけ、自分は知らん顔をしたのだ。無責任だと自覚していたものの、自分自身、どうすればいいのかわからず途方に暮れていたのだ。だから、しばらく実家に戻りたいと聡子が口にしたとき、簡単に承知した。聡子と美香が実家に戻ると、高虎はホッとした。それが本音だった。

義理の両親や義兄との折り合いは悪い。

彼らは粗暴でがさつな高虎を嫌っているし、高虎の方でも、お高く止まって気取っている聡子の家族が大嫌いだった。聡子と美香が実家に戻っても、たまに電話で様子を聞くだけで、実家に足を運ぼうとしなかったのは、そのせいだ。

たとえ嫌いな相手でも、本心を隠して表面上はうまく付き合うべきだし、それが人間関係を円滑《えんかつ》にする処世術だと知らないわけではないが、高虎にはそれができない。嫌いなものを嫌いだと言ってしまうし、たとえ黙っていても、その感情が露骨《ろこつ》に顔に出てしまう。意固地で不器用な性格のせいで、公私にかかわらず、避けようと思えば避けられる厄介《やっかい》ごとを引き起こしてばかりいることは承知しているが、

（こんな年齢になって、今更、自分の性格なんか変えられるもんか）

と投げやりになっている。

だが、このままでいいとは思っていない。

昨日の聡子の様子を思い返せば、問題は更に深刻になっていることは容易に察せられるし、高虎が手をこまねいていれば、聡子と美香は二度と戻ってきてくれないような気もする。

何かしなければならない。

しかし、何をすればいいのかわからない。

本当ならば、ウインズで馬券など買っている場合ではないのだろうが、他にどうしていいのかわからないのだ。

周りで、どよめきが起こる。

高虎がハッとして顔を上げる。

「ちくしょう、あんな馬が来やがった」

「新馬だからなあ。予想しようがない」

「これが競馬ってもんだよ」

第五レースの新馬戦、一八頭立ての芝一六〇〇メートル、一着が一〇番人気、二着が一四番人気で決まり、馬連3－15で七五〇倍の大万馬券だ。

自分には関係ない……そう思いながら、念のために馬券を確認する。

（え）

当たっている。

いや、そんなはずはない。こんな馬券を買った覚えはない。競馬新聞を見ると、高虎は勝ち馬の隣の馬に本命印を付けている。このレースの一番人気だ。

高虎の馬券の買い方は、自分の本命馬から他の五頭に流すというやり方だ。一点二百円、ひとつのレースで千円買うのだ。今日も第一レースから買っているが、聡子や美香のことばかり考えているせいか、まったく気持ちが集中できず、予想も適当で、当然ながら、かすりもせずに外れ続けている。

なぜ、このレースだけが当たったのか。

一着馬を間違えたとしても、二着馬まで間違えるはずがない。まったく人気のない馬なのだ。

（あ……）

高虎が買おうとした本命馬は二番で、そのとき、美香の誕生日が二月一五日であることを思い出し、人気にかかわりなく、2－15を買った。いや、買ったつもりが、マークする場所を間違えて、3－15を買ってしまったのである。それを二百円買ったから、高虎は一五万円以上の払い戻しを受けた。

三

九月一三日（日曜日）

「寺田さん、手綱《たづな》だけで動かそうとしては駄目です。力任せに引っ張っても馬は動きません。脚《きやく》を忘れないで。はい、脚、脚、脚！」

インストラクターの熊沢《くまざわ》さんが両手を叩《たた》きながら、高虎を叱咤《しつた》する。高虎が両足をばたばた動かして、何とか方向転換させようとするが、ヤマトという馬は高虎の合図にまったく反応せず、我関せずとばかりに悠然と常歩《なみあし》で歩き続ける。

（こりゃあ、思ったより、ずっと大変だ……）

顔から滝のように汗を流し、はあはあと激しく呼吸しながら、さして深く考えもせずに五級ライセンスコースを申し込んだことを後悔し始めている。

そもそもの始まりは、先週、思いがけず万馬券を当てたことだ。いつもの高虎であれば、そんな泡銭《あぶくぜに》など、麻雀か競馬ですってしまうところだが、聡子と美香のことで悩んでいるせいもあり、珍しくギャンブルに食指が動かなかった。かといって、休みに一人で家にいると気が滅入る。ふと、

（あそこに行ってみようか）

と思い出したのが山科《やましな》乗馬クラブだった。

八月下旬、ある事件を捜査する過程で、千葉市郊外の乗馬クラブで研修生として働く山科浩介《こうすけ》という少年に話を聞くことになり、相棒の小早川冬彦と二人で訪ねた。馬に乗った会員たちがインストラクターのレッスンを受けている風景を見て、

「寺田さんには競馬より乗馬の方が向いてると思うんですけどね」

と、冬彦が言った。なぜかと高虎が問うと、

「乗馬にはセラピー効果があるんですよ。馬と触れ合うことで尖った神経が和《やわ》らぐんです。寺田さん、仕事でもプライベートでもストレスが溜《た》まってるみたいですから乗馬で癒《いや》されるのがいいかと思ったんです」

そのときは軽く聞き流したが、本当にストレスが解消されるのなら、乗馬に行くのも面白いかもしれないと思いついた。

それでクラブに電話して予約を入れ、昨日の土曜日、初めて体験乗馬にやって来た。一回の体験乗馬だけなら三〇分で三千円で済む。三〇分では物足りないかもしれないと思い、体験乗馬二回コースを六千円で申し込んだ。

レッスンを担当してくれたのは、熊沢恵理《えり》という二〇代の、ポニーテールの女性インストラクターだ。捜査で訪ねたときにも応対してくれた女性で、熊沢さんも高虎を覚えていた。

ジーンズにポロシャツという服装で、ヘルメットをかぶり、軍手をはめ、ジーンズがすり切れないようにチャップスという乗馬用具をふくらはぎに巻く。

高虎が生まれて初めて乗ったのがヤマトだ。馬の背に跨《また》がったとき、思わず、

「おおっ！」

という声が出た。周りの景色がまるで違って見える。傍から見ると大した高さには思えないが、実際に自分が跨がると、まるで印象が違っている。

最初は、熊沢さんが馬を引いて、ゆっくり歩いた。

馬の背で揺られているだけなのに、何とも言えず心地よくて楽しい。今まで味わったことのない不思議な感覚だ。

「寺田さん、楽しそうですね」

「え？」

「だって、すごくにこにこしてますよ」

「そうかなあ」

乗馬ではレッスンを「鞍《くら》」という単位で数える。一鞍目が終わって、二鞍目になると、熊沢さんは引き馬をやめ、高虎は自分だけで馬を動かした。実際には、熊沢さんが馬に合図を送り、ヤマトも経験豊かな賢い馬だから、その合図に忠実に従って動いただけなのだが、そんなことは高虎にはわからない。自分が馬を動かしている、と信じて感動した。

二鞍目のレッスンが終わった後、

「すごく上手でしたね。いかがですか、すぐに会員になるのは敷居が高いかもしれませんけど、ライセンス取得コースがありますから、それにチャレンジしてみませんか」

と五級ライセンスの取得を熊沢さんに勧《すす》められた。乗馬の基本を集中的に学ぶことができるコースで、一〇鞍の騎乗レッスン、お手入れ講習、馬装講習、テキスト講習が内容に含まれ、講習の最終日に筆記試験と実技試験が行われる。受講料金はクラブによってまちまちだが、乗馬の入門コースとして安めに料金設定しているところが多い。山科乗馬クラブでは三万円で受講できる。気分よくレッスンを終えた高虎は、説明を受けるや、即座にライセンスコースを申し込んだ。

そして、今日……。

熊沢さんは、昨日とは人が変わったように厳しくなった。馬の反動に合わせて鞍に坐ったり、鞍から腰を上げたりする軽速歩《けいはやあし》という運動がうまくできず、リズムが合わなくてお尻に鞍ががんがん当たる。

しかも、軽速歩を取りながら両足を動かして馬に合図を送らなければならない。この合図を「脚」と呼ぶ。脚を忘れると、馬が止まってしまう。

(乗馬って、こんなにハードなのか……)

傍から見ていると、馬に跨がっているだけの優雅なスポーツのようだが、実際には水泳と同じ全身運動で、特に両足を絶え間なく使う。高虎は何度も足が攣《つ》りそうになった。

レッスンが終わると、熊沢さんは、

「寺田さん、よくできましたね。すごい進歩ですよ。また来週もがんばりましょう。レッスンでやったことを忘れないで下さいね」

笑顔で言う。レッスン中は鬼のような顔に見えたが、今は別人だ。

ロッカールームでシャワーを浴びて、新しい下着とポロシャツに着替える。

一日に何便か、クラブの送迎車が出ていて、駅とクラブを往復している。他の会員さんたちと一緒に高虎も送迎車で帰るつもりだ。送迎車が出るまで、まだ時間があるので、暇《ひま》潰《つぶ》しに高虎は馬房に足を向けた。運動やレッスン、お手入れ以外の時間を馬たちは馬房で過ごす。おが屑《くず》を敷き詰めた四畳くらいの馬房が二〇くらいずらりと並び、在房している馬たちが顔を覗かせている。馬房の横にパネルが貼ってあり、馬の名前、生年月日、父馬と母馬の名前が記入されている。

「ヤマトはどこだ……」

パネルで馬の名前を確かめながら、高虎は奥に進んでいく。通路に短鞭《たんべん》が落ちていたので、あとでスタッフに渡そうと思って拾い上げる。

「おう、ヤマト、そこか」

高虎が手を伸ばして、首を撫《な》でてやろうとするが、馬は頭を上げて嫌がる。

「何だよ、おれだよ。昨日も今日も乗せてくれたじゃないか。忘れちまったか？ ふうん、親父はタイキシャトルかよ。強い馬だったなあ。頼りになる連軸だったから、よく当たったぜ」

腕組みしてつぶやいていると、馬が顔を寄せてくる。高虎の肩に鼻を押しつけ、甘えるような仕草をする。

「ふふふっ、ようやく思い出したか。いい子だ。あれ、たくさんウンコしてるじゃないか。違った、馬のウンコはボロっていうんだよな。馬房はできるだけきれいにした方がいいと熊沢さんが言ってたな」

熊沢さんや他の会員さんたちがマメにボロ取りする姿を覚えていたので、短鞭を腰に差し、近くに置いてあるボロ取り道具を手にして高虎は馬房に入った。先の枝分かれしたボロ取りフォークでボロをすくい、それをスーパーで使われているような買い物籠に入れるだけだ。

「ん？」

背後で荒い息遣《いきづか》いが聞こえ、何の気なしに振り返ると、馬が興奮気味に激しく首を振っている。

（まずいぞ）

馬の目を見た瞬間、こっちを攻撃しようとしているな、と高虎は察知した。職業柄、危ない目に遭うこともあるので身の危険には敏感なのだ。急いで馬房から出ようとするが、馬の体が立ち塞《ふさ》がる格好になっている。

「おいおい、何もしないよ。心配ないから……」

壁沿いにそっと抜け出そうとするが、いきなり馬が噛もうとする。咄嗟《とっさ》に避《よ》けるが、ポロシャツの袖が裂けてしまう。それで更にテンションが上がったのか、首を振り、声を発しながら高虎に迫る。

(や、やばい……)

腕っ節には自信があるし、柔道も得意だが、相手は人間ではなく馬である。とても力ではかなわない。

血走った馬の目を見た瞬間、本能的な恐怖を感じ、高虎は、ぎゃーっと悲鳴を上げた。ボロ取りの道具で馬の攻撃を防ぎつつ、狭い馬房の中を逃げ回る。

「寺田さん、大丈夫ですか！」

熊沢さんが駆けつけ、馬房の中に入る。馬と高虎の間に両手を大きく広げて立ち、ほーっ、ほーっと馬を宥めながら、

「早く出て下さい」

と、高虎を外に出す。

馬房から出て、高虎が呼吸を整えていると、

「怪我《けが》はありませんか？」

熊沢さんが訊く。

「びっくりしたよ。ヤマトって、結構、凶暴なんだなあ」

「え？　これはヤマトじゃありませんよ。涼風《すずかぜ》といって、クラブに来たばかりの馬です」

「でも、そこにプレートが……」

「馬房を替えたんです。まだプレート取り替えてなくて……。ヤマトと涼風、全然違う顔ですよ。ヤマトの額《ひたい》には三日月形の白斑《はくはん》があるからわかりやすいんですけど」

「そう言われると、この馬にはないなあ」

「あっ」

熊沢さんが叫ぶ。高虎のポロシャツが裂けていることに気付いたのだ。

「血が出てるじゃないですか」

「平気だよ。かすり傷だから。全然痛くないし」

「申し訳ありません。涼風に代わって、お詫《わ》びします」

「熊沢さんが謝ることないでしょう。そもそも、おれが勝手に馬房に入ったのが悪いんだから」

「図々しいお願いなのは百も承知していますが、このこと、社長には秘密にしていただけませんか」

「チクるつもりはないよ」

「お客さんを襲ったなんて社長が知ったら、間違いなく出されてしまいます」

「出される？」

「涼風は、もう二三歳なんです。人間で言えば、おじいさんです。若い頃は競技会で活躍して何度も表彰された優秀な馬なんですが、年を取って思うように動けなくなってからは、いろいろなクラブをたらい回しにされて……。気位の高い馬ですから、人の言うことを聞かずにいじめられたり虐待《ぎゃくたい》されたこともあったはずなんです。だから、鞭《むち》を見ると、ものすごく怯《おび》えます。きっと鞭で叩かれて嫌な思いや怖い思いをしたせいですね」

「鞭？」

高虎がハッとして腰に差した短鞭に手を当てる。

「こいつ、これを見て……」

「たぶん、また鞭で叩かれると怯えたんじゃないでしょうか。本来、馬はすごくおとなしくて臆病《おくびょう》だから人を襲ったりしません。怖くてたまらないときに自分を守ろうとするだけです。馬房の中には逃げ場がないから」

「人間不信か……」

「この年で、うちから出されたら、もう涼風には行き場がありません」

「行き場がないって……。まさか、馬肉か？」

「そういうことは少しも珍しくありません」

「何だか、悪いことをしちまったなあ。勝手に馬房に入って、しかも、鞭を怖がってるのも知らないで……。甘えてきたから、人懐《ひとなつ》こいのかと勘違いしちまった」

「甘えてきたんですか？」

「鼻面をおれの肩に押しつけてきてさ」

「おかしいですね……」

熊沢さんが首を捻る。

「まだ怯えてますよ。耳を後ろに伏せてますよね。あれは馬が警戒しているサインです」

送迎車が出発する時間になったので、高虎は馬房から離れた。少し歩いてから肩越しに振り返ると、涼風が馬房から顔を出している。目が合った瞬間、高虎は胸がずきんと痛んだ。悲しげで淋しそうな顔をしている涼風の目に打たれたのだ。

その目には見覚えがある。

聡子と美香が実家に戻った後、鏡を見ると、いつも自分を見返してくる目だ。

四

九月一九日から二三日までの五連休、高虎は連日乗馬クラブに通って、熊沢さんのレッスンを受けた。

　厳しい特訓に耐えたおかげで、連休中に五級ライセンスを取得することができた。すぐに正会員になる踏ん切りがつかなかったので、とりあえず、三ヶ月の短期会員になった。三ヶ月経って、更に続けたければ、そこで一年会員になることができる。一年会員を三年間継続すると正会員に移行できる。

「馬は、どうしますか？」

　三ヶ月会員としてのレッスンを初めて受けるとき、熊沢さんに訊かれた。

　五級ライセンスコースでは、ずっとヤマトに乗ったから、そのまま乗り続けてもいいし、馬を指名せず、その都度、クラブが出してくる馬に乗るというやり方もある。但《ただ》し、馬を指名すると、指名料が発生する。指名料は馬のランクによって値段が違う。

「どっちがいいんですかね？」

「馬によって、性格も個性も違いますし、乗り心地も違います。人によって好みがありますから、一概にどの馬がいいとは言えないんですよね。ある程度、乗れるようになったら自分に合う馬に乗るようにした方が上達が早いと思いますけど、寺田さんはヤマトにしか乗ったことがないから、他の馬に乗った感じがわかりませんよね。いろいろな馬に乗ってみますか？」

「できれば、という話だけど……」

「はい？」

「涼風に乗せてもらえないかな」

「え、涼風にですか？」

「おれには無理ですかね？」

「そんなことはありませんよ。ちょっと神経質なところはありますが、元々、優秀な馬ですから。あまりレッスンにも使われてないし、寺田さんが指名して下さればクラブとしてもありがたいです」

涼風の指名料は一鞍三千円で、それ以外に騎乗《きじょう》料とレッスン料がかかるから、安月給の高虎にはかなりの出費になる。

（ま、いいか。最近、あまり酒も飲まないし、麻雀もしてないからな。酒とギャンブルですってた分を馬に回すだけのことだ）

そう自分を納得させた。

涼風のレッスンを受け始めて三回目のとき、

「不思議ですねえ」

熊沢さんが小首を傾げた。

「何が？」

「涼風、他の会員さんにはまったく懐かないんですよ。会員さんだけでなく、スタッフにもです。だけど、寺田さんには違いますよね。さっきも顔を近付けて甘える仕草をしていたし、寺田さんがそばに寄ると嬉しそうな顔をするじゃないですか」

「そうかな？」

「ええ、社長も驚いてますよ」

「ふうん、涼風がねえ……」

高虎、何となく嬉しい。

五

九月二六日（土曜日）

それまではレッスンが終わると、すぐに送迎車で帰っていたが、

「たまにお手入れもしてみませんか？」

と、熊沢さんに勧められて、高虎もお手入れに挑戦することにした。馬の体を洗ってやるだけなのだが、決まった手順があるし、馬の体は表面積が大きいから、なかなかの重労働である。

最初に足の泥を洗い流し、蹄《ひづめ》の裏の泥を取ってやるが、お湯を使うと蹄が傷むので、最

初は水で洗ってやる。それが終わると、今度はお湯を出して全身を洗ってやる。汚れがひどいときは、シャンプーを使って洗うこともある。熱を持ちやすい股間《こかん》、ボロで汚れている肛門、小便がかかりやすい尻尾《しっぽ》もきちんと洗わなければならない。

「ちょっと雑ですねえ」

お手入れが終わると、必ず熊沢さんがチェックに来て、涼風の体をあちこち触る。シャンプーの洗い残しがあると、

「皮膚が炎症を起こすじゃないですか」

と叱り、馬体に水気が残っていると、

「自分の体が濡れていたら気持ち悪いでしょう。馬だって同じですよ」

と小言を言い、力を入れないと駄目ですよ、こうやるんです、とタオルでごしごし水分を拭い取る。

(かわいい顔をしてるのに、おっかねえ人だなあ)

と、高虎は思う。

最初は面倒だと思ったが、丁寧にお手入れしてやると涼風も気持ちよさそうな顔をするので、次第にやり甲斐《がい》を感じてきた。

お手入れを終えて馬房に戻すと、駅前のスーパーで買ったニンジンやバナナを涼風に食べさせる。

「どうだ、仕事をした後に食べるとうまいだろう」

涼風に話しかけながら馬房のそばで過ごすのも高虎の楽しみになった。

あるとき、他の馬に比べて涼風だけがみすぼらしい馬着《ばちゃく》を着ていることに気が付いた。馬着というのは馬の胴体を覆《おお》う洋服のようなもので、夏用の薄手の馬着、冬用の厚手の馬着など、季節や用途に応じて何種類かある。

「熊沢さん、いくら涼風がじじいで愛想がないからって、こんなぼろっちいのばかり着せることはないでしょう。いくつも穴が空いてるよ」

「それはクラブの馬着なんですよ。他の馬のお下がりです」

「お下がり？」

「他の馬たちが着ている馬着は、会員さんたちが自分のご贔屓《ひいき》の馬に買って下さったものなんです。中には季節毎《ごと》に新しい馬着を買って下さる会員さんもいて、古くなった馬着をクラブに寄付してくれるんです。涼風が着ているのは、そういう馬着ですよ」

「ご贔屓の馬にねえ……。何だか、ホストクラブみたいだな。馬着って、高いんですか？」

「ピンキリですね。海外の有名ブランド品だと八万円くらいしますけど、国内のものなら一万円くらいからありますよ」

「ふうん、一万円くらいなら買ってやろうかなあ」

「本当ですか？　涼風も喜びますよ」

熊沢さんと一緒に、ゲストハウスに展示してある馬着の中から涼風用の馬着を選んだ。

早速、熊沢さんが涼風に着せてくれた。白で縁取りされたブルーの馬着だ。真新しい馬着に身を包んだ涼風を眺めていると、自然と高虎の目尻が下がってくる。

六

一〇月三日（土曜日）

「よくできました。涼風を愛撫《あいぶ》してあげて下さい」

熊沢さんが言うと、高虎は涼風の首筋をぽんぽんと軽く叩く。こうすると自分が誉められていることが馬にもわかるのだ。

レッスンの後は、馬をクールダウンさせるため、すぐには下馬せず、手綱を長く持って、ゆっくり馬を歩かせる。気持ちのいい風を頬に受けながら、涼風の背中で揺られていると、涼風と心が繋《つな》がっている気がして不思議な安心感を得られる。

（なるほど、これが癒しってものなのか……）

以前、乗馬にはセラピー効果があると冬彦が話していたが、それは本当らしく、熊沢さんが言うには、自閉症や鬱《うつ》病の治療にも役立っているという。

ふと、聡子と美香を乗馬に誘ってみようか、と思いつく。美香は今でも不登校で、それが原因で聡子は精神的に不安定になってしまった。二人とも心に傷を負っているのだ。その傷を乗馬が癒してくれるのではないか、と思ったのである。

高虎がこんなに楽しんでいるのだから、きっと美香と聡子も楽しめるに違いない、と高虎は考える。思い返してみると、もう何ヶ月もの間、家族三人が揃って笑い声を発したことなどない。家の中は陰気で殺伐としていたのだ。

家族の絆《きずな》という言葉を口にするのも気恥ずかしいほど寺田家の家族関係は断絶しており、どうすれば関係を修復できるのか、高虎にもわからない。

(乗馬がきっかけになれば……)

期待を込めて、高虎はそう願った。

七

一〇月二三日(金曜日)

高虎と冬彦は、午前中に区民の苦情をふたつ処理した。その後、大金の入った封筒が新聞口から投函《とうかん》された件について話を聞くために大迫一隆を訪ねた。

途中で、真っ赤な猫を捜索していた理沙子と樋村にたまたま出会《でくわ》した。二人の話によると、出血で赤くなったのではなく、赤い水彩絵の具を塗られただけらしいという。赤い猫以外にも、青い猫、黄色い猫、緑色の猫、紫色の猫が見付かっているというのだ。それらが虹の配色だと最初に気が付いたのは高虎である。冬彦は、

（藍色とオレンジ色にも塗られるかもしれない）

と考え、これまでに彩色された猫たちが見付かった場所や日時をメモした。

車で大迫家に移動する間、メモを見ながら冬彦は杉並区の地図に書き込みを始めた。地理的プロファイリングの手法を駆使《くし》して、次の犯行が行われる場所と時間を予想しようと考えたのだ。

その作業をしている最中に目的地に着いてしまい、冬彦は作業を中断して地図をダッシュボードに放り込んだ。

仕事が終わった後、高虎と二人で三浦靖子を尾行した。靖子が結婚詐欺《さぎ》に引っ掛かっているのではないかと危惧《きぐ》したからだ。

靖子と金村誠一が新宿のホテルで落ち合い、最上階のレストランで食事している間、二人はロビーで待つことにした。そのとき、

「寺田さんもおかしいなあ」

と、冬彦が言い出した。金曜の夜だというのに競馬新聞を読もうとしないからだ。余計なお世話だ、と高虎が言うと、

「日焼けしましたよね」

「え」

「以前は、徹夜麻雀とお酒のせいで不健康な顔色だったのに、この頃、日焼けして血色もいいじゃないですか。お腹もへこみましたよね。何をしてるんですか？」

「警部殿には関係ないことです」

「詮索《せんさく》するつもりはありません。気になったので訊いただけです」

冬彦は手帳を取り出すと、水彩絵の具を塗られた猫たちの件を考え始める。

（あぶねえ、あぶねえ……）

ソファに深く腰を沈めながら、高虎がふーっと安堵《あんど》の息を吐く。

乗馬クラブに通っていることは秘密だ。誰にも話していない。冬彦に知られたら、何を言われるかわからないし、たちまち署内に噂《うわさ》が広まることは確実だ。酒とギャンブルに溺《おぼ》れるような生活をしてきた高虎が、突然、乗馬を始めたなどと知れば、口の悪い連中によってたかって笑いものにされるのは目に見えている。そんな目に遭うのは真っ平だから、どんなことがあろうと乗馬のことは秘密にしなければならない、と高虎は自分に言い聞かせる。

八

一〇月二四日（土曜日）

軽速歩がある程度できるようになると、いよいよ駈歩《かけあし》の練習が始まる。最初は、なかなか難しい。

軽速歩から常歩に落として、内方の脚を馬腹につけ、外方の脚を後ろに引いて馬に合図を送る。涼風ほどのベテラン馬になると、きちんと合図を理解しているから高虎が外方の脚を引いた瞬間に駈歩を出そうとする。

しかし、すぐに速歩《はやあし》に落ちてしまう。

「前を放すと、そうなります。馬を伸ばしては駄目ですよ。腰も浮かさないで！　ちゃんと駈歩が出るまでは鞍に坐って、手綱も強めに持って」

熊沢さんが大きな声で指導するが、何度繰り返しても駈歩が続かない。

「駈歩は次回の課題ということにしましょう。涼風を愛撫してあげて下さい。手綱を伸ばして、少し歩きましょう」

レッスン終了だ。何となく消化不良という気もするが、あまり欲張っても仕方ないし、レッスン全体としては楽しかったから高虎は満足だ。

手綱をだらりと伸ばし、高虎もリラックスして、涼風をラチ沿いに蹄跡をゆっくり歩かせる。馬場には、馬たちが踏み固めた跡が道のようになっている。それを蹄跡と呼ぶのだ。二〇×六〇メートルの長方形の馬場を三つに区切って、それぞれの馬場でレッスンが行われている。隣の馬場でもレッスンが終わり、高虎と同じように女性会員が長手綱で馬を常歩で歩かせている。ハンカチで顔の汗を拭っている。その馬が反対方向から近付いてきて、涼風とすれ違おうとしたとき、突風が吹いてきて、その会員が手にしていたハンカチが飛んだ。

その瞬間、涼風が横っ飛びに跳ねた。

(あ)

と思ったときには、高虎の体は宙に投げ出されている。

(何だ、これは……。宇宙遊泳ってのは、こんな感じかもしれないな)

空中に浮かんでいたのは、ほんの一瞬だったのだろうが、高虎には長い時間に思われた。そうか、涼風から落とされるのか、もうすぐ地面に落ちるな、それだと落ち方が問題だな、ヘルメットを被っているから後頭部は大丈夫だろう、背骨と腰を守らないとな、受け身をすればいいのかな……そんなことをのんきに考えた。大の字になって背中から地面に落下する。体が地面に接したとき、思い切り両手で地面を叩く。柔道の受け身の要領である。それでも、かなりの衝撃だ。

目に火花が飛び、息ができなくなる。

（うっ……）

「寺田さん、大丈夫ですか！」

熊沢さんが駆け寄ってくるのが見える。

（大丈夫、大丈夫、心配ない、何の問題もないさ）

そう言おうとするが言葉が出てこない。胸が苦しくて、言葉を発することができない。

興奮した涼風が頭を振り、尻っ跳ねをしながら蹄跡を走っている姿が目の片隅に映る。隣の馬場から駆けつけたインストラクターが何とか涼風を落ち着かせようとしている。涼風の進路に立ち塞《ふさ》がり、涼風が怯《ひる》んだ隙に、すかさず手綱をつかむ。これで頭絡《とうらく》をつかんでしまえば、馬は逃げようがない。そのインストラクターが頭絡に手を伸ばすと、涼風がその手に嚙みつこうとする。カッとなったのか、インストラクターが涼風の首筋にパンチを入れる。かなり強いパンチを二発だ。それで涼風がようやくおとなしくなる。

「ほーっ、ほーっ」

涼風を落ち着かせながら、インストラクターが手綱を持って、涼風を馬場から連れ出そうとする。

涼風の横顔が目に入る。

「……」

高虎が思わず息を呑む。

涼風が目に涙を浮かべていたのだ。その涙を見たとき、体中に電流が走ったような衝撃を受ける。

「しっかりして下さい」

熊沢さんが高虎の傍らに膝をつく。

「大したことないから」

体を起こそうとするが、背中から腰にかけて、ずきっという鋭い痛みが走る。

「無理をしない方がいいです。横になっていて下さい。しばらく、じっとしていれば楽になるかもしれませんから」

「涼風……」

「え？」

「あいつが……あいつが悪いわけじゃない。ハンカチが飛んできて……」

「わかってます。急に風が吹いて、ハンカチが目の前を飛んでいったから驚いて横に逃げたんです。わざとやったわけじゃありません。でも、それじゃダメなんです。三歳とか四歳の経験の浅い馬なら仕方ないで済みますけど、あんなベテランの馬がその程度のことで跳ねてはいけないんです。すいません。昨日も他の会員さんを乗せているときに同じようなことがあったから注意していたんですが……」

熊沢さんが申し訳なさそうに謝る。

「涼風も熊沢さんも悪くないって。おれが下手くそだっただけだよ。びっくりして手綱を放しちまったからな」

「まだ初心者なんだから当然です」

「とにかく、そんなに騒ぐことじゃないから」

高虎がゆっくり体を起こし、熊沢さんの手を借りて馬場から出る。

着替えをしてクラブハウスで休んでいると、冬彦からメールが来た。

明日の朝、二人で靖子のマンションを訪ねたい、大切な用件なので、ぜひ、承知してほしい……そんな内容だ。靖子に結婚を申し込んでいる金村誠一も呼んであるが、靖子や金村に会う前に二人だけで話したいことがあるから九時頃に阿佐ケ谷駅前で待ち合わせたいという。

熊沢さんも落ち込んでいるし、涼風のことも気になるから、高虎としては明日も乗馬のレッスンを受けに来たかった。落馬したせいでレッスンを休んだとは思われたくない。

しかし、金村と結婚するかどうかは靖子の一生を左右するほどの大問題だから、それを優先しないわけにはいかない。九時の待ち合わせを了解したという返信を冬彦に送った。

九

一〇月二六日（月曜日）

朝礼が終わると冬彦はパソコンの操作を始める。

杉並中央署の管轄内で起こった事件や事故、またそれ以外に警察が関わった出来事の報告書にアクセスして、その内容をチェックするのが日課なのだ。金曜日の朝にアクセスしたのが最後だから、金土日という三日分の報告書に目を通さなければならない。わずか三日とはいえ報告書の数は百や二百ではきかないから細かいところまで目を通す時間はない。ざっと斜め読みして、気になった報告書だけを丁寧に読み直す。

「寺田さん」

突然、冬彦がパソコン画面から高虎の顔に視線を移す。

「出かけましょう」

「どこにですか？」

高虎は、スポーツ新聞を読みながらタバコを吸っている。

「阿佐谷南の交番です」

「何しに行くんですか？」

「車の中で説明します。その方が時間の節約になりますからね」

冬彦はリュックを手にして部屋から出て行く。

ちえっ、と舌打ちすると、タバコを揉《も》み消し、高虎もついていく。


「で、どういうことなんですか?」

車を駐車場から出しながら、高虎が訊く。

「大迫さんが三〇万円を交番に届け出たそうなんですよ。三ヶ月経っても持ち主が現れなければ自分が受け取るという意思表示をして帰ったようです」

「ふうん、てっきり、ネコばばするつもりだと思ってましたけどね。おれたちに知られたから諦めて届けたのかな」

「未練たらたらという感じでしたよね。でも、あのお父さん、気が小さそうだったから、ネコばばする勇気はなかったと思いますよ」

「お金を届けたことがわかったのなら、わざわざ交番に出向く必要はないんじゃありませんか?」

「それがですね、昨晩、コーポ春風《はるかぜ》に住む池田さんという人が交番に一〇万円を届けてるんですよ」

「コーポ春風……どこかで聞いた気がするなあ」

高虎が首を捻る。

「畑中静江さんが住んでいるマンションですよ」

「え？　大迫さんのばあちゃん」

「そうです。三〇万円を拾った本人です。同じマンションの住人が大金を交番に届け出たとなれば、やっぱり、気になるじゃないですか」

「確かにね。あれ、一〇万て言いましたか？」

「そうです、一〇万円です」

「畑中さんは三〇万でしょう。何で、その人は一〇万なんですかね？」

「その金額の違いは何なのか？　そもそも、何か関係があるのか？　偶然にしてはできすぎてますよね。わからないことばかりだから交番に行くんですよ」

　その交番では初老の巡査が応対してくれた。

「大迫一隆さんは金曜日の夜、八時過ぎに一人でお金を届けに来ました。必要書類に記入を済ませると、すぐに帰りました」

「その書類とお金は、ここにありますか？」

　冬彦が訊く。

「書類の控《ひか》えはありますが、現金はすでに署に送りました。それが規則ですから」

「そうですよね。もう一件の方は、どうですか？」

「池田信義《のぶよし》さんですか？　ゆうべ、九時過ぎにご夫婦でお金を届けに来ました」

「ご夫婦で？」

「ええ、二人でした。喧嘩《けんか》ばかりして、書類を書いてもらうのに手間がかかりました」

「交番で喧嘩をしたんですか？」

「奥さんが不機嫌で……どうもお金を届けることが気に入らないような感じでした」

「それで喧嘩を？」

「小声で口喧嘩をしてました。と言っても、奥さんが一方的に旦那さんを責めているようでしたが」

「その届け出用紙はありますか？」

「ええ、これです」

池田信義が記入した用紙、大迫一隆が記入した用紙のコピーを机の上に並べる。

大迫一隆が記入した用紙には、自宅を訪ねたときに冬彦と高虎が聴取した内容と同じことが書かれている。三〇万円を拾ったのは義母の畑中静江だから、大迫一隆はその代理人という形で三〇万円を持参したのだ。

池田信義の届け出た内容も、ほぼ同じだ。

木曜日の早朝、新聞と一緒に茶封筒が玄関に落ちていた。その中に一万円札が一〇枚入っていた。

「届け出が遅れた理由が書かれていませんが、何か話してましたか?」

冬彦が訊く。

「忙しくて届けに来る時間がなかった……そんな言い方をしていました」

「木曜の朝に見付けて、交番に持ってきたのが日曜の夜……そんなに忙しいのかねえ?」

高虎が冬彦を見て、にやりと笑う。

「憶測はやめましょう」

用紙に記載されている連絡先などを手帳にメモしながら、冬彦が言う。

「池田さんが届けたお金は、まだありますか?」

「ええ、まだ署には送っていません。午後に書類と一緒に送ります」

「見せてもらえますか?」

「もう封をしてしまいましたよ」

「あ、そうか」

きちんと手続きを踏まなければ、もう開封できないということだ。開封しなければ、中身を見ることもできない。

巡査に礼を言って、二人が交番を出る。

「うっかりしました。大迫さんを訪ねたとき、一万円札を見せてもらえばよかった」

冬彦が悔しそうに言う。

「一万円札に何か意味があるんですか？」

「何とも言えませんが、まさか、こんな展開になるとは予想してませんでした。この犯人……犯人と呼んでいいのかわかりませんが、とにかく、犯人に繋がる唯一の物証が一万円札です。何か手掛かりが得られたかもしれません。迂闊《うかつ》だったなあ」

「相変わらず大袈裟《おおげさ》ですね。お金が新聞口から投げ込まれて、誰がそんなことをしたかわからないってだけのことでしょう？　たまたま金額が大きいから騒ぎになっただけで……。これが千円や二千円の話だったら、どうってこともない」

「そこなんですよ。まさに金額が問題なんです。三〇万円と一〇万円、確かに、どちらも金額が大きい。そんな大金を、誰が何のために投げ入れたのか？　それ以上に気になるのは、なぜ、金額が違うのかということですよ」

「あの巡査の前では言えませんでしたが、池田さんのうちにも三〇万が投げ込まれたけど、全部を届けるのはもったいないと思って、一〇万だけ届けた……そんなところじゃないんですかね？」

「それなら全部着服して知らん顔する方がいいじゃないですか」

「夫婦で届けに来て、交番で喧嘩してたと言ってたじゃないですか。届ける届けないで揉めたんじゃないんですかね」

「そうかもしれません。ご本人に会えば、何かわかるでしょう」

「会いに行くんですか？」

「ええ、もちろん。畑中さんも池田さんも同じマンションに住んでいるから手間がかからなくていいですね」

一〇

「では、何も思い当たることはないんですか？」

冬彦が訊くと、

「あんな大金を投げ込むなんて……。全然わかりません。今にして思えば、すぐに警察に持って行けばよかったんですが、娘のところも生活が苦しいのを知っていたので、つい……」

畑中静江が溜息をつく。

「……」

冬彦と高虎がちらりと視線を交わす。何かを隠しているという様子でもなく、自宅に大金が投げ込まれたことに心底困惑しているのがわかる。

「このマンションには長くお住まいなんですか？」

冬彦が話題を変える。

「もう三〇年近くになるでしょうか。八年前に夫が亡くなってからは一人です。幸い、娘夫婦が近くに住んでおりますので、あまり心細さも感じません」

「池田信義さんをご存じですか？」

「この階の池田さんですか？　もちろん、存じておりますけど」

「親しいですか？」

「会えば挨拶くらいはしますけど、特に親しいというわけではありません。池田さんが何か？」

「このマンション、お年寄りが多く住んでおられる印象ですが、間違ってますか？」

「うちや池田さんのように分譲されたときに買って、そのまま住んでいる人も少なくないですからね。三〇年も経てば、みんな年寄りになってしまいますよ。他に引っ越したり、施設に入ったりして、自分は住まなくなったので賃貸として貸し出している人もいるし、売り払ってしまった人もいます。そういう部屋には若い人が住んでいるみたいですね。一階だと吉田《よしだ》さんと大崎さんが新しいかしら。引っ越してきたのは大崎さんが二年前、吉田さんが四年くらい前ですから」

「その後、何か変わったことはありませんか？　また何かを投げ込まれたとか、おかしな電話がかかってきたとか？」

冬彦が訊く。

「いいえ、別に何もありませんけど」

「何かあったら知らせていただけますか」

連絡先を教えて、冬彦と高虎は部屋を出る。

冬彦が手帳を取り出して、イラストを描き始める。

それを高虎が覗き込んで、

「何を描いてるんですか？」

と訊く。

「簡単な見取り図です。念のために」

表札を確認しながら手帳に書き込む。

廊下に面して、最も北側が畑中静江の部屋、そこから南に向かって大崎守《まもる》、池田信義、岩熊賢治《いわくまけんじ》、森本勇《もりもといさむ》、吉田文敏《ふみとし》という六世帯が一階に入居している。

「大崎さんと吉田さんが割と最近越してきて、あとの人たちは分譲されて以来、三〇年くらい、ここに住んでいるわけか。終《つい》の棲家《すみか》ってわけだな」

「寺田さん、ちょっと思いついたことがあるんですが……」

「あ、嫌だ。やめて下さい。聞きたくない。どうせ変梃《へんてこ》なことを思いついたに決まってるんだから」

高虎が両手で耳を塞ごうとする。

「聞き込みをしましょう」

「は？　聞き込み？」

聞き込みならば、刑事として当たり前の仕事だ。思いがけず冬彦がまともなことを言ったので、かえって高虎は驚く。

「今のところ、お金が投げ込まれたことがはっきりしているのは畑中さんと池田さんだけですが、もしかすると他にもいるかもしれません」

「ネコばばした奴がいると思うわけですか？」

「それを確かめたいんです」

「正直に白状なんかしないでしょう」

「任せて下さい」

冬彦が自信ありげに笑う。


コーポ春風は四階建てで、各階に六世帯が入居している。

冬彦と高虎は二時間かけて、二階から四階の一八世帯を訪問した。留守なのか、居留守なのか、何の応答もない部屋もあったので、実際に家人と話ができたのは一四世帯である。ひと部屋あたりの訪問時間は、平均して七分前後で、どの部屋でも最初に、

「木曜の朝、新聞口からお金が投げ込まれませんでしたか？」

と単刀直入に質問した。

どの部屋でも、質問された方は、

「は？」

と面食らった様子で、

「何のことかわかりません」

と答えた。

すかさず冬彦は、

「警察に届けないで、ネコばばしてませんか？　そんなことをすると罪に問われますよ」

と畳《たた》みかけた。

質問された相手が男性の高齢者だと、ほとんどが、

「無礼なことを言うな！」

と怒り出し、それが女性だと、

「何のことかわかりません」

と、おろおろした。

一八世帯の訪問を終えると、

「どうです、何かわかりましたか？」

高虎が皮肉めいた口調で訊く。

「こんな短時間の訪問では何もわからないだろうと、ぼくを馬鹿にしてるんでしょう? 本当にわかりやすい人ですよね。寺田さんのご期待に添えず申し訳ありませんが、いろいろなことがわかりましたよ」

「何が?」

「証拠はないから、ぼくの直感ということにしてもらってもいいんですが、二階から上に住んでいる人たちのところには、お金は投げ込まれなかったようですね」

「なぜ、そう言い切れるんですか?」

「質問をぶつけたときの相手の表情や仕草から判断しただけで客観的に立証できるわけじゃありません。でも、ぼくは自分の判断力を信頼しています」

「てことは、おれが何を言っても無駄ってことですよね? はいはい、よくわかりました。で、次は何をするつもりなんですか?」

「決まってるじゃないですか。一階の居住者を訪ねるんですよ。畑中さん以外の五軒を」

なぜ、そんな当たり前の質問をするのかわからないという顔で冬彦が高虎を見る。

その三〇分後……。

冬彦と高虎はコインパーキングに向かっている。

「手応《てごた》えはありましたか?」

「寺田さんは、どう思いますか？」

　冬彦が意地悪く聞き返す。

「岩熊と森本のじいさんは怪しいなあ。何か隠してる感じがした。ネコばばしたんじゃないのかね？　池田のじいさんは人がよさそうだったけど、ばあさんは曲者だな。やっぱり、投げ込まれた金をいくらか懐《ふところ》に入れたんじゃないのかな。吉田さんも大崎さんも隠し事ができそうな奥さんには見えなかった。旦那がどんな人間なのかわからないから何とも言えないけど……」

「寺田さんにしては、いい線をついてますよ」

「そういう言い方はやめてくれって」

「ぼくの印象でも、岩熊さんと森本さんは嘘をついています。お金をネコばばしたんでしょうね。その金額はわかりませんが……。池田さんは、たぶん、ネコばばしてないと思いますね。一〇万円投げ込まれて全額交番に届けたんですよ。あの奥さんの怒り方は、そんな感じでしたから。吉田さんと大崎さんは、寺田さんの言うように何も隠してないようですね。つまり、お金を手に入れていない」

「てことは、昔から住んでいる一階の住人だけがお金を投げ込まれたってことになりますね？」

「そういうことです」

「で、どうするんです？　このまま引き返していいんですか」

「今日のところは帰りましょう。何の証拠もないわけですからね」

車に乗り込んだ拍子にダッシュボードが開いた。きちんと閉まっていなかったらしい。杉並区の地図が出て来る。

野良猫が水彩絵の具で塗られるという事件が続いており、これまでに猫たちが発見された場所と日時を冬彦は地図に書き込んだ。次の犯行が行われる場所と時間を予想しようとしたのだ。

しかし、その作業は中途半端なままになっている。

自分が直接担当しているわけではないので、署に戻ったら理沙子と樋村に話してみようと考える。


「何でも相談室」に戻ると、樋村と理沙子がいた。

「あの猫の事件、どうなってるの？」

冬彦が樋村に訊く。

「事件だなんて大袈裟だなあ。野良猫が絵の具を塗られただけじゃないですか。水彩絵の具だし、雨が降れば流れてしまいますよ。きっと子供のいたずらでしょう」

「ということは、もう捜査していないわけ？」

「他に優先順位の高い事件がありますからね」

樋村が肩をすくめる。

「何か気になるんですか？」

理沙子が訊く。

「あの事件には周期性がある気がするんだ。今週か来週の日曜に、また何か起こるんじゃないかな」

「そうだとしても、樋村の言うように、大して実害はないわけですから、やはり、優先順位は低くなってしまいますよね」

理沙子が言う。

「実害ねえ……。そうだといいんだけど」

冬彦が首を捻りながら、三浦靖子のところに行く。

「すいません、三浦さん。拾得物の鑑定申請書を一枚もらえませんか？」

「はあ……」

靖子が溜息をつきながら、ぼんやりしている。

「三浦さん？」

「あ……小早川君。何か用があるのなら、わたしが聞こうかな」

亀山係長が口を挟む。

「三浦さん、調子が悪いみたいだから」

「そうか。結婚の夢が泡となって消えてしまいましたからね。気が抜けるのも無理ないですよね」

「……」

靖子がじろりと冬彦を睨む。

冬彦は慌てて亀山係長のそばに移動し、

「落とし物として交番に届けられた一万円札を鑑識に分析してもらいたいんです。畑中静江さんの三〇万円と池田信義さんの一〇万円です」

「落とし物を、わざわざ鑑識に依頼して分析してもらうの？　それは、どうかなあ……」

亀山係長が薄ら笑いを浮かべながら首を捻る。気が進まないのだ。

「お願いします！　どうしても必要なことなんです」

「寺田君、そうなの？」

亀山係長が高虎に訊く。

「おれに訊かれてもねえ……。警部殿は何でも自分で決めてしまう人ですから。素直に申請を認めた方がいいんじゃないですか。認められるまで食いついて離れないだろうし、係長が疲れるだけですよ」

「そ、そうだね……」

わかったよ、認めます、と亀山係長が言うと、冬彦は満足そうに大きくうなずく。

一一

一〇月二七日（火曜日）

昼前に、冬彦と高虎は「何でも相談室」に戻った。区民からの相談案件を片付けるために外出していたのだ。

「高虎～、電話があったよ。女の人から」

「おれに女から？」

「飲み屋のツケでも溜まってるんじゃないの？」

靖子がにやりと笑う。

「それはないな」

「熊沢さんと名乗ってたよ。電話がほしいってさ。そこに番号をメモしておいたよ」

「……」

高虎が受話器を持ち上げ、番号をプッシュする。

「恐れ入ります。寺田と申しますが……」

熊沢さんを呼び出してもらう。熊沢さんが出ると、その用件を聞く。高虎はほとんど言葉を発せず、じっと熊沢さんの言葉に耳を傾ける。

「すぐに伺《うかが》います」

電話を切ると、高虎が席を立って亀山係長の前に行く。

「ど、どうしたの、寺田君……？」

高虎が肩を怒らせ、鋭い目で睨んでいる。その形相の凄《すさ》まじさに恐れをなし、亀山係長は椅子から転げ落ちそうになる。

「午後から休ませてもらえませんか」

「そ、それって、つまり……半休を取りたいということなのかな、うふふふっ……」

「そうです！」

「三浦さん、寺田君が半休を取りたいと言ってるんだけど……どう思う？」

「いいんじゃないですか。有休も全然消化してないし。最近、そういうのうるさいんですよ。ちゃんと消化させろって。いっそのこと半休じゃなく、有休にしましょうよ。つまり、今日は最初から出勤してなかったということにするんです。その方がすっきりするじゃないですか」

「ど、どうかな、寺田君？　三浦さんがそう言ってるんだけど。もちろん、寺田君が不承知なら……」

「何でもいいから、とにかく、午後からは休ませてくれ！　そういうことなんですよ。いいですね？」

「どうぞ……」

　額に脂汗を浮かべながら、亀山係長がにっこり微笑む。


　その二時間後……。

　高虎は山科乗馬クラブにいた。クラブハウスで熊沢さんと向かい合っている。

「どういうことなんですか？」

「すいません、わたしも今日になって知らされて慌ててしまって、すぐに寺田さんに知らせなければと思ったんですけど、お仕事中だったんですよね、当たり前ですけど……」

　熊沢さんが申し訳なさそうな顔になる。

「知らせてくれてよかったんですよ。涼風が売られることになったたって、どういうことなんですか？」

「また会員さんを落としたんです」

「え」

　高虎が驚く。

「物見《ものみ》したんですか？」

　運動中によそみをしたということだ。

「ええ、物見はしました。強い風に煽《あお》られて、白いレジ袋が舞い上がったんですよね。それに驚いたのは確かです」

「それなら涼風が悪いわけじゃ……」

「寺田さんを落としたときにも言いましたけど、それじゃダメなんです。あんなベテランの馬がその程度のことで暴れてお客さんを落としてはいけないんですよ。それに……」

「他にもあるんですか？」

「元々、噛み癖のある馬ですが、この頃、それがひどくなってるんです。スタッフが馬房掃除に入ろうとすると威嚇《いかく》して噛もうとしたり、レッスンの後、会員さんがお手入れしているときに噛んだり……。この前はレッスン中に会員さんの足を噛みました」

「そんなに噛むのか。おかしいな。おれは一度も噛まれたことなんかないぜ。初めて顔を合わせたときに襲われそうにはなったけど」

「それが不思議ですよね。あんなに気難しい馬が寺田さんには素直に甘えるんですから。何かコツがあるのなら、こっちが教えてほしいくらいです」

「そう言われても自分でもわからないけどね。で、いつ売られるの？」

「あ……。売られるという言い方をしましたが、実際には、あんな年寄りですから、もう売れません。むしろ、こっちがお金を出さなければいけないかも……。ただで引き取ってくれるところがあれば、ラッキーですよ」

「どこの乗馬クラブに行くの？」

「乗馬クラブに行ければいいんですけど、たぶん、無理だと思います。どこかの大学の馬術部、乗馬学校、競馬学校が練習馬として引き取ってくれれば学生たちが世話をしてくれるし、涼風にとってもいいことだと思うんですが……」

「難しいんだね？」

「扱いにくい馬ですし、年寄りなので、あと何年くらい乗れるかわかりませんから。若い馬なら、いくらでも引き取り手が見付かるんですけどね」

「引き取り手が見付からなかったら、どうなるの？」

「……」

熊沢さんの表情が暗くなる。

「まさか……処分されるのか？」

「そんなことにならないように全力を尽くします」

五センチほどに切ったニンジンを掌《てのひら》に載せ、

「ほら、食え」

と、高虎は涼風に差し出す。

涼風がおいしそうにニンジンを食べる。すぐに食べてしまうと、もっとくれ、というように鼻面を高虎の腕に押しつける。

「熊沢さんの話を聞いていると、すげえ凶暴な馬みたいだよな。本当は全然違うのにな
あ。こんなに人懐こくて、かわいいじゃないか」

涼風を撫でてやりながら、おまえも誤解されやすいんだな、おれと同じだよ、と高虎が
つぶやく。

暴力刑事という烙印《らくいん》を押され、酒とギャンブルに溺れていると噂され、頭が悪いから巡査部長になれないと見下され、DVが原因で妻子が逃げ出したと白い目を向けられる。

「何でも相談室」に配属されるまで、刑事としても人間としても最低だと決めつけられ、高虎自身、その間違いを正そうとはしなかった。言いたい奴には勝手に言わせておけばいい、と思っていたからだ。ふと、

(そんな投げやりな態度が悪かったんじゃないのか……)

という気になる。

職場で何の言い訳も弁解もしなかっただけでなく、家庭でも同じような態度を取り続けた。美香が不登校になり、聡子が悩んでいるのを知りながら、

(おれは外でがんばってる。仕事の不満を家に持ち込んだりはしない。誰が稼いでると思ってる？　そのおかげで、のほほんと専業主婦をしてられるんだろう。家の中のごたごたくらい何とかしろ)

と冷たい視線を聡子に向け、時には責めるようなことすら口にした。美香をいじめから引き離すために、しばらく実家で暮らしたいと聡子が言い出したときも、真剣に話し合うこともなく簡単に承知した。

その結果、今では家族がばらばらで暮らすのが常態になってしまい、いつまた一緒に暮らすことができるようになるのか何の見通しも立たない。

「おれはおれ、他人は他人。言いたい奴には言わせておけ」

公私を問わず、そんな姿勢を貫き、それが自分の生き方だなどと強がってきたが、本当は面倒なことに巻き込まれるのが嫌だっただけではないのか、無責任だっただけではないのか、と暗い気持ちになる。

「あ……ニンジンがほしいのか」

涼風が前掻《まえか》きしながら鼻面を押しつけてくるので、またニンジンをやる。

（クラブから出されるかどうかは、涼風にとって命に関わる大問題だ。それも知らん顔でいいのか？　こいつは悪い奴じゃない。おれにには、それがわかる。だけど、涼風は自分では弁明できない。おれが黙っていたら、こいつは……）

みすみす涼風が不幸になるのがわかっていながら見て見ぬ振りをするような男が家族を取り戻せるはずがないじゃないか、という気になる。

（同じことの繰り返しだ。おれは家族を失い、大好きな馬まで失ってしまう）

このまま黙っていては駄目だ、何とかしなければならない、自分に何ができるかわからないが、とにかく、じっとしていては駄目だ、と高虎は己に言い聞かせる。

「お願いします！」

高虎はテーブルに両手をつき、頭を下げる。

正面には乗馬クラブの山科社長がいる。その隣には熊沢さんが坐っている。

「そう言われましてもねえ……」

山科社長は困惑した様子だ。

「涼風が悪さをしたことは熊沢さんから聞いてます。でも、おれが乗っているときは、そんなことはしないんですよ。馬房で噛んだりもしない。たぶん、何か理由があるんですよ。長い目で見てやってもらえませんか」

「寺田さんに懐いているのは本当ですよ」

熊沢さんが援護射撃をする。

「気持ちはわかります。しかし、うちも小さなクラブです。レッスンに使えない馬を置いておく余裕はないんですよ」

「そこを何とか……」

「意地悪してるわけじゃないんですよ。わたしだって、できることなら何とかしたい。でも、無理なんですよ」

「本当にどうにもならないんですか？　何も方法はないんですか？　この馬は……涼風は、おれなんだ！　うまく言えないけど、おれには涼風の気持ちがわかる。涼風が変われば、おれも変わることができる気がするんですよ。だから、もう少しだけ時間がほしい」

「寺田さん……」

山科社長が絶句したのは、高虎の剣幕に驚いたからではない。高虎の目に涙が滲《にじ》んでいるのを見たからだ。真摯《しんし》な訴えが胸に響いたのである。

「ないことはありませんが……」

「どうすればいいか教えて下さい！」

一二

一〇月二九日（木曜日）
朝礼が終わると、冬彦は高虎と二人で「何でも相談室」を出た。非常階段を使って四階から三階に下りる。
三階には警務課と刑事課がある。
刑事課の隣、廊下の奥の小部屋が鑑識だ。鑑識は刑事課に属しているが、仕事の内容が特殊なので別室になっている。

ノックしてドアを開ける。

「あら、小早川警部。おはようございます」

にっこり微笑んだのは水沢《みずさわ》小春《こはる》だ。

「青山《あおやま》主任、いる？」

「仕事を始める前の憩《いこ》いのひとときを過ごしてますよ。警部もコーヒー、いかがですか？

あ……コーヒーは苦手でしたっけ」

「おれにくれ」

高虎が言う。

「寺田さん、顔色が悪いですよ。二日酔いですか、それとも、徹夜麻雀……」

「うるせえ。ぎゃあぎゃあ喚《わめ》くな。頭が痛くなる」

高虎が嫌な顔をする。

「感じ悪いなあ」

顔を顰めながらも、小春はコーヒーメーカーに近付いていく。

青山主任は窓際のソファに坐っている。

冬彦と高虎がその前に腰を下ろす。

小春がマグカップを、どうぞ、と高虎に手渡し、青山主任の隣に坐る。

「あの一万円札の件ですか？」

青山主任が訊く。

「すいません。お忙しいのは承知してるんですが」

「ホントですよ。うち、今、すごく忙しいんですよ。それなのに緊急事態だから、すぐに調べてくれなんて……。落とし物の一万円札が重大事件の手がかりになるんですか？」

小春が身を乗り出す。

「おまえ、マジでうるせえなあ」

マグカップに口を付けながら、高虎が顔を顰める。

「重大事件なんかにならないことを祈りたいけどね。今のところ、手がかりが一万円札しかないんだよ。何かわかりましたか？」

冬彦が青山主任に訊く。

「水沢が言ったように、ちょっと立て込んでまして、その合間に調べているので、まだ全部のお札を調べ終わってないんです。半分くらいです。それでもいいですか？」

「もちろんです」

「ごく基本的なことですが、どのお札も古いですね。新しいお札は今のところ一枚もありません」

「どれくらい古いんですか？」

「誤差があるのを承知で言えば、一〇年以上経っているお札ばかりだと思います」

「それは変だなあ……」

冬彦が首を捻る。

「何が変なんですか？　お札なんか真新しいものが出回る方が珍しいでしょう。だから、ご祝儀袋に入れるときは、わざわざ銀行に行って新札に取り替えてもらうわけだし」

高虎が言う。

「ぷぷぷっ」

小春が笑う。

「何がおかしい？」

「一万円札の寿命は四年くらいなんですよ。千円札や五千円札は頻繁《ひんぱん》にやり取りされるから摩耗《まもう》が激しくて、せいぜい、二年くらいなんです。摩耗しにくい硬貨と違ってお札の寿命は短いんです」

「水沢さん、そんな蘊蓄《うんちく》があるなんて、すごいじゃないか」

冬彦が感心したように言う。

「昨日、青山主任に教えてもらったんです」

小春がぺろりと舌を出す。

「寿命が四年なのに、なぜか、一〇年以上も前の古いお札ばかりか。ということは……」

「どこかに保管されていたということでしょうね。だから摩耗せずに残っていた。しかし、保管状態はそれほどよくなかったみたいですね。あまりきれいではないし、汚れもひどい。もっとも、保管状態が悪かったから汚れたのか、最初から汚れたお札を保管したのか、その判断はできかねます」

「はい」

冬彦がメモを取りながらうなずく。

「あとは指紋ですね。これは、いくつも出ました。真新しい指紋もありますが、これは拾った方の指紋である可能性が強そうですね。その方たちの指紋を手に入れて照合すれば、すぐにわかります」

「古い指紋もありましたか？」

「ありますね」

青山主任がうなずく。

「真新しい指紋とかなり古い指紋が混じり合っている感じです」

「長期間、どこかに保管されていたせいですね？」

「恐らく」

「検出できた指紋は、データベースにある指紋と照合しましたが、どれもヒットしませんでした」

「犯歴のある者はいないってことか」

高虎がつぶやく。

「もしプロの犯罪者が関わっているとしたら、お札に指紋を残すような初歩的なミスを犯すとは思えませんね。手袋をして触ればいいだけですから」

「それはそうだけどね。それなら、こんなことをしても意味がないんじゃないですかね?」

高虎が嫌味っぽい言い方をする。

「寺田さん、その言い方、何だか感じ悪いですよ」

小春が注意する。

「何を言ってやがる。おまえは警部殿の普段の顔を知らないんだよ。おれの嫌味や皮肉なんかかわいいものなんだ。おれは、その百倍くらい嫌味や皮肉を言われてるんだぜ」

「それは正確な言い方ではありませんね。ぼくは寺田さんに嫌味も皮肉も言ったことはありません。ありのままの事実を正確に口にしているだけですよ。それを嫌味や皮肉と捉《とら》えるのは、寺田さんの心が歪んでいるせいじゃないかと思いますね」

「これだよ、これ」

高虎が溜息をつきながら、コーヒーを飲む。

もう冷めている。

一三

一〇月三一日（土曜日）

高虎と聡子が馬場を囲むラチに寄りかかっている。

馬場では、ヘルメットを被った美香が涼風に乗っている。熊沢さんが手綱を引いて、馬場をゆっくり周回している。乗馬は初めてなので、初めは緊張していたが、今では弾《はじ》けんばかりの笑顔を見せて涼風の背で揺られている。

「楽しそうね、美香」

聡子がつぶやく。

「傍から見ると、大したこともなさそうだけど、馬の背中に乗ると周りの景色がまるっきり違って見えるんだ。それを楽しいと思うか、怖いと思うか、それが乗馬を続けられるかどうかの分かれ道だな。おまえ、本当に乗らないのか？　試しに乗ってみろよ。案外、気に入るかもしれないぞ」

「運動音痴なの知ってるじゃない。わたしは遠慮しておく。ここで眺めてる方がいい。あとから、あなたが乗ってる姿も見たいな」

「乗るさ。おれが乗れば、その分、涼風の稼ぎになるしな」

「馬が稼ぐの？」

「あの馬は、もうじいさんなんだ。いろいろなクラブを渡り歩いて、ここに流れ着いた。だけど、ちょっと性格に歪んだところがあって、ここから出されそうになっている」

「何だか、あなたに似てる馬なのね」

聡子が口許に笑みを浮かべる。

「おれは何とかかんとか警察にしがみついているが、涼風は、そうはいかない。誰かが助けてやらないと駄目なんだ……」

行き場を失った高齢馬がどんな末路を迎えることになるのか、高虎は聡子に説明する。

「ひどい話ね。普段、何も考えずに豚肉や牛肉を食べているけど、そうか、馬だって食べられちゃうんだよね。あなたも好きだし」

「難しいところがある馬だから、どんな会員でも乗せるってわけにはいかないらしい。それだと食い扶持《ぶち》を稼げないから、クラブのお荷物になっちまう」

「だから、クラブを出されてしまうのね？」

「そうだ。それを防ぐには、涼風に稼がせないとな。多くの会員が乗らなくても稼げるようにしてやればいいんだ……」

優先馬というシステムがあるのだ、と高虎が言う。

「言ってみれば、キャバクラの姉ちゃんの指名料みたいなものだな。おれがクラブに来たときは、必ず涼風に乗れるってことだ。涼風を優先馬にして年間契約料を払う」

「高いんじゃないの？」

「うん、高い」

高虎がうなずく。

乗馬は、他のスポーツに比べてお金がかかる。

それは本当だ。

入会すると月々の会費を徴収されるが、それだけでは馬に乗ることはできない。月会費はクラブに籍を置くための権利料のようなものに過ぎないからだ。

実際に馬に乗るには、まず騎乗料がかかる。これが三千円。初心者は自分一人では馬に乗れないからインストラクターのレッスンを受けることになるが、熊沢さんのようなベテランだと一鞍《ひとくら》のレッスンで三千円かかる。馬を選り好《え》みしなければ、それでレッスンを受けられるが、馬を指名すると指名料がかかる。涼風の指名料は三千円で、年間契約だと二二万円だ。年間契約すると騎乗回数に制限がないから、数多く乗れば、一回毎に指名するよりも割安だ。

つまり、高虎が涼風を指名して熊沢さんのレッスンを受けると、一鞍で九千円かかるのだ。年間契約して二二万円を先払いしたとしても、騎乗する毎に六千円かかる。安月給の巡査長には、かなりの負担である。

「そんなお金あるの？」

「麻雀や競馬に使っていた金を充《あ》てる。酒も控《ひか》えるつもりだ。馬刺しも食うのをやめる」

「ふうん、本当に乗馬が好きなのね。痩せたもんね。顔も引き締まったし、健康そうに日焼けしてるし……。ひとつ教えて。あの涼風という馬に、どうしてそこまで肩入れするの？」

「それは……」

高虎がふーっと大きく息を吸う。

「あの馬は、おれに似てるんだ。だから、助けて面倒を見てやりたい。そうすれば、おれも変われるような気がする。夫として父親として、これからは、おまえたちをしっかり守る。今まで駄目な夫で、駄目な父親だったから、それを反省してがんばりたいんだ」

「あなた……」

聡子が驚いたように高虎を見つめる。

「何だか変わったわね」

「おれは涼風を助ける。おまえたちとも一緒に暮らしたい。やり直したいんだ。すぐに結論を出せないのはわかる。今までのことを考えれば、そう簡単におれの言葉を信じられない気持ちもわかる。だけど、考えてくれないか。おれは真剣だ」

「わかったわ。真剣に考えてみる」

聡子がにこっと微笑む。

美香の体験乗馬が終わってから、今度は高虎が熊沢さんの個人レッスンを受けた。

「あら、寺田さん、今日はすごい気合いが入ってるじゃないですか。脚《きゃく》もよく使えているし、涼風の動き、すごくいいですよ」

「こっちは必死にやってるだけだよ」

汗をだらだら流しながら、高虎が絶え間なく脚を使う。

「奥さんと娘さんがいらしてるから張り切ってるんですか？　それなら、駈歩を出して、もっとかっこいいところを見せましょうか」

「無理だって。まだ駈歩なんて……」

「いけますよ。大丈夫！　はい、一度、常歩に落として……。前を離しちゃ駄目ですよ。しっかり、手綱を持って。内方《ないほう》の脚を涼風のお腹につけて。いい姿勢です！　そこで外方《がいほう》の脚を後ろに引く！」

「……」

今まで何度も失敗しているから、どうせ駄目だろうと半ば諦めながら、高虎は熊沢さんの指示に従う。

すると、涼風がびゅっと前に出る。

（え）

と思ったときには、馬のリズムが明らかに変わっている。まるで舟に乗って、大きな波に揺られているかのようだ。何とも言えない不思議な感覚である。

「やったじゃないですか、ちゃんと駈歩が出ましたね！　すごい、すごい」

熊沢さんが大きな声で誉めてくれる。

ちらりと横目でラチの方を見ると、聡子と美香が感嘆の眼差しを向けている。それを見て、高虎は誇らしさで胸が膨《ふく》らんだ。

シャワーを浴び、下着を替えて高虎がクラブハウスのラウンジに現れる。まだ聡子と美香の姿はない。

高虎は窓辺の椅子に腰を下ろす。そこからだと馬場を見渡すことができる。レッスン風景を眺めていると、馴染みのある曲が流れてきた。クラブハウスには洋楽の有線放送がいつも流れているのだ。

静かな生ギターにちょっと暗い感じのボーカル、英語だから歌詞の意味はよくわからないが、心に染み込んでくるような物悲しいメロディーだ。それが『名前のない馬』という曲なのだと教えてくれたのは熊沢さんだ。大好きな曲なので、たまにリクエストするのだという。

I've been through the desert
on a horse with no name,
It felt good to be out of the rain.
In the desert you can remember your name,
'Cause there ain't no one for to give you no pain.

ぼくは砂漠を突き抜けていく
名前のない馬に乗って
雨が降らないところにいると気持ちいいな
砂漠では自分の名前を覚えておいた方がいいよ
だって、ここには君を傷つけようとする者はいないから

目を瞑《つむ》って曲を聴いていると、

「お父さん」

と声をかけられた。目を開けると、聡子と美香が椅子のそばに立っている。二人とも笑顔だ。

「帰る前に涼風に会っていくか。今日はよく働いたから、ご褒美《ほうび》にニンジンとバナナをやろう」

「わたしもあげていい？」

「ああ、喜ぶぞ」

三人で涼風の馬房に向かう。

馬房の前に人影がある。

一人は熊沢さんだ。もう一人は見たことがない。背の高い痩せた男だ。年齢は四十前後だろう。

「お疲れさまです」

熊沢さんがにこやかに声をかける。

「おやつをあげていいですか？」

「ええ、ありがとうございます」

高虎がおやつの食べさせ方を美香に教える。指でつかんで食べさせようとすると指を嚙まれることがあるので、掌に載せて食べさせるのだ。最初は恐る恐る食べさせていたが、すぐに慣れ、おやつをあげながら鼻面を撫でたりする。

「さっき話したように、涼風、寺田さんには甘えるんですよ」

熊沢さんがその男に説明する。

「ご紹介が遅れましたが、こちら、野田《のだ》さんとおっしゃって、以前、涼風がいた乗馬クラブの方です」

「あ、どうも、寺田です」

「涼風をかわいがって下さっているそうで、ありがとうございます。あまり素直な馬じゃないんですが、いい馬ですよ。そう簡単に人間を信用しませんが、きちんと信頼関係ができると悪さなんかしません。癖《くせ》がある馬だけに、かわいいっていうか、今でも気になって、時々、顔を見たくなるんですよ」

「野田さんと寺田さん、どうして涼風に好かれるんですかねえ？　うちのスタッフも不思議がってるんですよ」

「失礼ですが、寺田さん、タバコを吸いませんか？」

野田さんが訊く。

「吸います」

「ホープじゃありませんか？」

「ええ、ホープです」

「やっぱり」

野田さんが笑いながら、ポケットからホープを取り出す。

「わたしもホープなんです。なぜだかわからないんですが、涼風はタバコの匂いが好きみたいです」

「ああ、なるほど……」

以前、涼風をかわいがっていた男と同じ匂いがしたから甘えてきただけなのだとわかってしまうと、

(それだけか……)

何だか、がっくりと力が抜けた。

素直になれなくて

一

樋村勇作
一九八五年五月一四日生まれ　O型　牡牛座
身長　一七二センチ
体重　九五キロ
杉並中央警察署生活安全課総務補助係「何でも相談室」に所属。（署内では、「0係」と陰口を叩かれている）
あだ名は「デブウンチ」。（本人は真剣に傷ついている）
「何でも相談室」への配属を希望した理由……暇そうな部署だと思い、それなら巡査部長昇進試験対策の勉強時間を確保できると考えたから。
しかし、勉強は一向に捗《はかど》らず、今年も失敗するのではないか、と密かに不安を抱いている。

この点に関して、「何でも相談室」の同僚である小早川冬彦は、かつて、こう指摘した。

「樋村君は、ぼくほど偏差値が高くありません。いつも熱心に昇進試験の勉強をしているように見えますが、たまにテキストを見ると、馬鹿馬鹿しいくらい低レベルの問題に悪戦苦闘しています。あれでは勉強するだけ無駄です。巡査部長になれば給料も上がるし、女性警察官からもモテると夢見ているようですが、それは本当に夢のまた夢に過ぎません。樋村君の場合、物覚えも悪いわけだし、昇進なんか諦めて他のことに時間を有効に使うべきだと思います。巡査部長になるより、体重を二〇キロ減らす方が樋村君の夢が実現する可能性は高まるはずですから。もっとも、五％の可能性が一〇％になるという程度に過ぎませんが……。樋村君、君がデブで不細工なのは本当のことだから諦めるしかないけど、今は整形技術も進歩していることだし、容貌《ようぼう》に関するコンプレックスを解消するのは、そう難しいことじゃない。まあ、それにはお金が必要だから、無駄遣いせずにコツコツ貯金するんだね。そうすれば、いつかは手術を受けられる」

　みんなの前で、面と向かって冬彦に言われたとき、樋村は驚いて腰を抜かしそうになり、何ひとつとして反論できなかった。反論しようのないほど的確な指摘だったからだ。

　もっとも、いくつか明らかに間違っている点もある。例えば、巡査部長になれば女性警察官からモテるだろうと期待しているという点だが、樋村は、そんな期待をしていない。容貌に関してコンプレックスを持っているのは本当だが、それは冬彦が考えているような意味ではない。迂闊に反論すると、洞察力の鋭い冬彦に真実を見抜かれそうで、樋村は何も言えなかった。

そう、誰にでも秘密があるのだ……。

二

一〇月三一日（土曜日）

「何でも相談室」に配属されてよかったことのひとつは土日にきちんと休めるようになったことだ。地域課で交番勤務をしていた頃は休みが不規則で、土日の出勤も多かった。独身で寮生活をしていて、恋人がいるわけでもないから週末の休みにこだわる必要などなさそうだが、一般人と同じように土日は休みたいというのが樋村の希望だ。

なぜなら、土日の人混みが好きなのである。

これといった趣味があるわけでもなく、酒も大して飲まないし、ギャンブルにも興味がない。

変な奴だと思われるのがオチだから誰にも言ったことはないが、渋谷や新宿の雑踏をあてもなくぶらぶらするのが好きなのだ。映画を観たり、買い物をすることもあるが、基本的には歩いてばかりいる。

平日と週末では人の数も違うし、歩いている人の感じも違う。平日は、どうしても会社勤めの人間が多い。週末になると、華《はな》やかに着飾った若者たちの姿が目に付くようになる。スーツ姿のビジネスマンには関心がない。個性的なファッションに身を包んだ若者たち、特に若い女性たちの姿に樋村は心惹《こころひ》かれる。できることなら写真に撮りたいが、最近は下手なことをすると、すぐに盗撮だと騒がれてしまうので撮影は自重している。

その代わり、気になるファッションは、しっかり頭に焼き付ける。雑踏を歩き疲れると喫茶店に入ってアイスコーヒーを飲むが、そのときもリュックからスケッチブックを取り出して、脳裏に焼き付けたファッションを簡単にスケッチしておく。洋服の色やデザイン、コーディネーション、バッグやポーチ、サンダルやパンプスなど、何でも気になったものをスケッチする。スケッチそのものは少しも上手ではないが、樋村は気にしない。そんなやり方で描き溜《た》めたスケッチブックが寮にはすでに何十冊もある。

日中は渋谷や原宿《はらじゅく》、夜になると新宿に移動するのがいつものパターンだ。

渋谷や原宿ではあてもなく歩き回るが、新宿では、そうではない。主に仲通《なかどお》り界隈《かいわい》ばかり、ぐるぐる歩き回る。仲通りというのは新宿通りから靖国《やすくに》通りにかけて抜ける通りで、いわゆる「新宿二丁目」である。日本におけるゲイの聖地と言われる場所だ。ゲイバーやゲイのグッズを売る店、同性同士で利用できるホテル、何をするのかよくわからない秘密クラブなどが、さして広くもない一画に数百軒も密集して営業している。もう何度となく

「新宿二丁目」に来ているが、いつも新たな発見があって樋村はどきどきする。

メインストリートの仲通りだけでなく、そこから枝分かれする小路にも足を踏み入れ、時には、大人一人がようやく通り抜けられるような隙間《すきま》にも入り込む。そんな小路とも言えない小路にも、ちゃんと店が面していて驚かされる。

そういう店に入るわけではない。興味がないわけではないが、そんな勇気はない。あくまでも、この界隈を徘徊《はいかい》するだけだ。それで満足している。

三時間くらい歩き回り、どこかでラーメンかチャーハン、もしくは、その両方を食べて寮に帰る。

この日もそうだった。

歩き回って疲れてきたし、腹も減ってきたので、そろそろ引き揚げようかと考えた。もう午後八時を過ぎている。そのとき、

「お兄さん」

背後から肩を叩《たた》かれた。

「ん?」

振り返ると、せいぜい二〇歳くらいにしか見えない、ひょろりと痩《や》せた若者がじっと樋村を見つめている。

「一杯、おごってくれない? デートしようよ」

「あ……客引き？」

　場所柄、物欲しげにうろうろしていると、よく声をかけられる。見るからに柄の悪そうな客引きもいれば、やたらに愛想のいい客引きもいる。客引きの甘い言葉に乗って、のこのこついていったら、ぼったくられるだけだとわかっているから客引きは無視することにしている。さすがに樋村もそこまでバカではないのだ。その樋村がすぐに動かなかったのは、その若者の物腰や服装が素人《しろうと》っぽく、玄人《くろうと》の客引きに見えなかったからだ。それこそ渋谷や原宿でいくらでも見かけるタイプの若者なのだ。

「そんなんじゃないよ。偶然見かけて、タイプだったから声をかけてみただけ」

「え？　おれがタイプ？」

「あのね……」

　その若者が樋村の耳許《みみもと》に顔を近付ける。ツンと鼻に来る甘い匂いがする。

「おれ、あっち系だから」

「は？　あっち系って、つまり、デブ専……」

「ぽっちゃりしてて、かわいいよ」

「さようなら」

　樋村が逃げるようにその場を走り去る。

（ちくしょう、バカにしやがって！）

息切れがしてきたので足を止める。両手を膝についで呼吸を整え、額の汗を拭《ぬぐ》う。肩越しに振り返るが、あの若者の姿はない。

「どこだ、ここ……?」

闇雲《やみくも》に走ったので、どこか知らない小路に入り込んでしまったらしい。まあ、いいや、適当に歩いていれば、そのうち大きな通りに出るだろう、と考えて歩き出す。

「チンチン、ついてんだろ!」

大きな声がして、樋村はびくっと体を震わせ、思わず股間《こかん》を押さえながら、はい、ついてます、と答えそうになる。

「この変態野郎!」

「結構、いい歳だぜ。化粧なんかでごまかしても、汚い面じゃねえか」

すぐ近くで声が聞こえるものの、その罵声《ばせい》は自分に浴びせられているわけではない、と樋村は気が付く。恐る恐るビルの陰から顔を出す。二〇代半ばくらいの男二人が女性をいたぶっている。いや、女性ではなく、オカマであろう。二人は酔っているようだ。

こういう光景は珍しくない。「新宿二丁目」が有名になりすぎて、一種の怖い物見たさ、ふざけ半分でゲイをからかいに来る連中がいるのだ。最近もオカマばかりを狙った連続強盗傷害事件が話題になっている。あまり大きく報道されていないのは、怪我をして病院に搬送された者たちが被害届を出すのを渋るからだ。たまたま樋村は警察の内部情報で、その事実を知っていた。もし何も知らなければ、触らぬ神に祟《たた》りなし、を決め込んで、そっとその場を離れたに違いない。

その二人組が悪ふざけをしているだけでなく、強盗犯だったら……そう考えたとき、警察官としての本能が、

「そこで何をしてるんだ！」

と、樋村に叫ばせていた。

「お、何だ、こいつ？　おまえもオカマか」

「ただのデブだろう。ホモのデブ野郎」

「失礼なことを言うな！　とにかく、その人への暴力をやめろ」

「その人って、この気色悪いオカマのことか？」

「ぼくは、こういうものだ」

ジーンズのポケットから警察手帳を取り出す……そのつもりだったが、ポケットから出てきたのは渋谷でもらったテレクラのティッシュだ。ティッシュを取り出してから、今日は警察手帳を携行していなかった、と気が付いた。

「何だよ、ティッシュをくれるってか？」

「醜いオカマと不気味なデブかよ。マジでキモいな」

「その人から離れろ」

樋村が二人組に近付く。そのオカマを守ろうとしたのだ。

と、何かに躓《つまず》いて足がもつれる。あっ、と思ったときには顔から地面に激突している。顔面を強打し、しかも、おでこをぶつけた。

「ううう……」

地面に両手をついて、何とか体を起こそうとする。二人組が、げっ、と飛び退く。樋村の顔が鼻血で真っ赤なのだ。

「おまえら、許さん！」

「おれたち、何もしてないぞ。勝手に転んだんじゃないか。気持ち悪いなあ」

「もう行こう。変態だよ、関わらない方がいい」

「そうだな」

二人組がそそくさと立ち去る。

「大丈夫？　これで拭いて」

白いハンカチが差し出される。

樋村が顔を上げると、厚化粧をしたオカマがにっこり微笑んだ。

三

オカマが、いや、すでに樋村にはジュリアと名乗っている。女性の格好をしているし、厚化粧をしているものの、間近から見ると、四〇くらいのおっさんである。ことによると、もっと年上かもしれない。

樋村も名乗ったが、何となく自分が警察官だということは言いそびれた。警察手帳とテレクラのティッシュを間違えるような間抜けな警察官だと思われたくないという見栄のせいだ。

ジュリアがコップにビールを注いで、樋村の方に押し遣る。「エチカ」というカウンター席が七つしかない小さな店で、ジュリアが一人で切り盛りしている。午後十時開店で、閉店時間は特に決まっていない。客がいれば、何時まででも営業を続ける。

「どうぞ」

「すいません」

ジュリアが拵《こしら》えてくれた氷嚢《ひょうのう》でおでこを冷やしながら、樋村が礼を言う。鼻血は止まったが、石にぶつけたところに大きなコブができたのだ。

「とんでもない。こちらこそ、お礼を申し上げないと……。危ないところを助けていただいてありがとうございました」

ジュリアが丁寧に頭を下げる。

「よくあるんですか、ああいうこと？」

「ええ、しょっちゅうありますよ。田舎者が多いの。そうでなければ本心を隠している連中」

「本心を隠す？」

「ゲイに対する憧《あこが》れがあるけど、恥ずかしいから、それを認めたくない。それで必要以上にゲイに敵意をむき出しにする……そんな連中」

「ひどいな、八つ当たりじゃないですか」

「樋村さんって男らしいのね。普通は見て見ぬ振りをするものよ。今まで助けてくれた人なんていないもの。初めてよ」

「とんでもない。ぼくなんか、ただのデブです」

「もしかして絵描きさん？」

カウンターに樋村のリュックが置いてある。リュックの口が開き、スケッチブックがはみ出ている。何の気なしにジュリアが手に取って、開く。

「あら」

ページをめくって、ジュリアが驚いたように横目で樋村を見る。

「絵描きさん……じゃないわよね？」

「違います」

「デザインの勉強、という感じでもない」

「違います」

「女性に興味があるの？」

「え……」

「違うわね。そうじゃない。女性になることに興味があるんでしょう？」

「……」

　樋村の顔が真っ青になる。図星なのだ。

「ああ、そうか。誰にも言えない秘密だったのね。でも、気にしなくていいのよ。二丁目で生きている人間は、わたしもそうだけど、みんな、同じだから。肉体的には男なのに、心は女。肉体的には女なのに、心は男。男だけど女を愛することができない。女だけど男を愛することができない。一般社会で当たり前のように暮らしている人たちから見れば、わたしたちは普通じゃないってわけね。樋村さんも、そうなの？」

「そこまで極端ではないんですが……。男性が好きだというわけでもないですし、きれいな女性は大好きなんです。でも、時々……正直に言うと、頻繁になんですが、男として生きることに疲れるというか、女性に変身したら、どんな感じなのかなあとか、ふと、そんなことを想像してしまうんです」

「わかるわ、その気持ち」

「本当にわかりますか？」

「よくわかる。何よりも辛いのは誰にも相談できないことよね。親にも兄弟にも友達にも……。笑われるんじゃないか、バカにされるんじゃないか、変な目で見られるんじゃないか……心配で、迂闊なことを口にできないわよね？　自分一人で抱え込んで、自分はおかしいんじゃないか、どうかしてるんじゃないか、異常じゃないかって夜も眠れずに悩む」

「そうです。そうなんです！」

樋村の体が小刻みに震える。ようやく自分を理解してくれる人に出会えたという興奮のせいだ。

「ジュリアさんが羨ましいです。カミングアウトして、今は悩みもないんでしょうから」

「そんなことはないわよ。わたしにだって悩みはあるわよ」

「そうなんですか？」

「心は女だけど、体は男のままだもの。チンチン、ついてるのよ。身も心も女になりたいけど、お金だってかかるし、なかなか難しいわ」

ジュリアが溜息をつく。

「大変なんだなあ」

「そうだ、樋村さん。わたしの友達がやってる店に行ってみない？　そこでは男性が女装してお酒を飲んだり、会話を楽しんだり、ゲームをしたり、ショーを観たりするの」

「でもなあ……」

「大丈夫よ。会員制だから、身元のしっかりした人ばかりだもの。秘密厳守よ」

「ここは、どうするんですか？」

「平気よ。どっちみち客が来るのは、一二時過ぎだもん。フリの客なんか来ないしね。うちに来るのはお馴染みさんばかりだし、みんな、早い時間には来ないのよ」

四

ジュリアは樋村を「エチカ」から数分のところにある「バッカス」という会員制クラブに案内した。

ママはジュリアと同年配のオカマで、ダフネと名乗った。酔っ払った二人組に絡まれているところを樋村に救われた顚末《てんまつ》をジュリアが説明すると、

「ステキ！　樋村ちゃんには大サービスよ。わたしが変身させてあげる」

樋村の手を取ってメイク室に案内すると、まず念入りに洗顔するように言う。

「髭《ひげ》は、わたしが剃《そ》ってあげる」

「嫌ねえ、ダフネったら。樋村さんを独り占めしないでよ」

「じゃあ、一緒にやりましょうよ」

二人のオカマが喜々として樋村の髭を剃る。もう一度、洗顔してから化粧を始める。

「やっぱり、剃り跡が残るわね。髭隠し、使おうか」

「何ですか、それ?」

「ドーランよ。俳優さんが舞台で使うもの。これを塗ると剃り跡がきれいに隠れるわよ」

説明しながら、ダフネは、開いている毛穴にドーランを手際よく塗り込んでいく。違和感がないように口の周りだけでなく首筋にも塗る。それに続いて、コンシーラーを載せ、フェイスパウダーを使い、チークカラー、ハイライトカラー、ローライトカラーと順に付けていく。それが済むと、目許と口許のメイクだ。

「あら、かわいいわ。すっかり別人よ」

「樋村ちゃん、化粧のりがいいのよね。肌がきれいだから」

ダフネとジュリアがきゃあきゃあ騒ぐ。

「……」

樋村は鏡の中の自分を呆然と見つめている。

そこに、もう一人の自分がいる。今までの自分とは違う人間だ。何の違和感も覚えず、むしろ、気持ちが落ち着いて、しっくりくる。

「ウィッグは、どれがいいかな……」

「え？　ウィッグって、かつら？」

「そうよ。樋村ちゃんは、どちらかと言うと丸顔だから、顔の輪郭《りんかく》をごまかすようなタイプがいいと思うわ。毛の量が多かったり、ウェーブがきつかったり、カールが強すぎると顔が大きく見えてしまうのよ。ストレートのロングヘアーにしましょうか」

ダフネがウィッグを選んで、樋村の頭に被《かぶ》せてくれる。

「すっかり女らしいわ。きれいよ」

「あ、ありがとうございます」

樋村は動悸《どうき》が速まるのを感じた。

「これで、お化粧は完成。立って」

「は、はい」

「脱いで」

「え」

「下着と服を着替えないとね。恥ずかしがらなくても大丈夫よ。わたし、プロだから」

ダフネがにこっと笑う。

樋村が洋服を脱いでいく。パンツ一枚になると、さすがにためらいが出る。ジュリアとダフネがにこにこ見つめている。勇気を出して、パンツを脱ぐ。

「肌はきれいだけど、ちょっと毛深いわねえ。いずれ脱毛した方がいいわよ。特に足ね。ストッキングがきれいにはけないもの」

「初めてだもの。いきなりは無理よ。慌てずに少しずつ変えていかないと。心の準備もあるだろうし」

「まあ……」

ダフネが驚いたようにジュリアを見る。

「優しいのね、ジュリア。樋村ちゃんのこと好きになったんじゃないの。あんた、惚《ほ》れっぽいから」

「馬鹿言ってないで早く何か着せてあげて。樋村さんが風邪を引いちゃうじゃないの」

「はいはい」

ブラジャーの選び方や装着の仕方を説明しながら、ダフネがブラジャーを選んでくれる。

「オカマの場合、大変なのはブラよりもパッドの選び方なのよね。種類がたくさんあって、それぞれ特徴があるから。形も素材も全然違うのよ」

「わたしは吸着タイプを使ってるの。ブラの紐《ひも》を見せるのが好きじゃないんだけど、これだとブラを付けなくても平気なのよ。ジュリアは生シリコンタイプが好きなのよね？」

「一番自然な感じがするものね。樋村さんは初心者だし、スポンジがいいんじゃない？」

「そうね、軽いからね。最初から重いと戸惑《とまど》うかもしれない。ねえ、樋村ちゃん、おっぱいって、実はかなり重いのよ。知ってた？」

「い、いや、詳《くわ》しくは……」

樋村がどぎまぎする。

それからダフネは樋村のためにショーツとガードルを選んでくれた。パンストのはき方も教えてくれたが、すね毛の量が多く、しかも、硬い毛なのでうまくはくことができない。苦労して何とか、はく。

「いいことがあるわ」

ダフネが網タイツを取り出す。

「パンストの上に濃いめで網の細かい網タイツをはくの。すね毛があまり目立たなくなるはずよ」

「あ、本当だ」

樋村が驚く。

「やだもう、樋村ちゃん、意外と美脚よ」

「ステキ！」

中年のオカマ二人が歓声を上げ、つられて樋村も笑顔になる。あとは洋服と靴を選んで、樋村の女装は完成だ。

「どうぞ」

ダフネが樋村を大きな立ち鏡の前に案内する。

（あ……）

鏡の中に見たことのない女がいる。

樋村が口角を上げ、にこっと微笑む。

すると鏡の中の女も同じように微笑む。

言いしれぬ感動が心の底から湧き上がってきて、理由もなく樋村は泣きたくなる。

「さあ、デビューよ」

ダフネとジュリアが両脇から腕を差し出す。樋村は二人に挟《はさ》まれ、二人と腕を絡めてメイク室から店に続く細い廊下を歩く。まるで雲の上を歩いているようにふわふわした感じで、これが夢なのか現実なのか区別がつかない。たとえ夢だとしても、これほど幸せな夢を見たことがなかった。

五

一月一日（日曜日）
夜道を自転車が軽快に走っている。

「サムホウェ〜、オーバーザレインボ〜〜」

若い男が『虹の彼方に』を口ずさんでいる。

公園に着くと自転車を停め、植え込みに入り込む。

マタタビを焚《た》くと、猫がごろごろと喉《のど》を鳴らしながらやって来る。真っ白な猫だ。

若い男はリュックから首輪と足枷を取り出す。猫の自由を奪うためだ。猫が逃げようとするが、若い男は素早く猫をつかまえる。首輪をはめようとしたとき、猫が爪を立てて噛みついた。痛みに耐えながら何とか首輪を装着する。足枷をつけると、猫は逃げようがない。にゃあにゃあと哀れな声で鳴く。

しかし、若い男はそんな声には心を動かされない。

「ちくしょう……」

噛まれたところから、かなり出血している。それを見て、怒りが膨《ふく》れあがる。

「バカ猫め。思い知らせてやるからな」

いつもは水彩絵の具を猫の体に塗りたくる。

こんなことを始めたのは、ちょっとした思いつきからだ。『虹の彼方に』という曲が好きなので、

（猫を七色に染めたら面白いかな）

と考えたのだ。

一匹の猫を七色に染めたら一日で終わってつまらないから、一匹の猫を一色に染め、全部で七匹の猫を染めることにした。すでに赤色、青色、黄色、緑色、紫色には染めた。残りは、オレンジ色と藍色の二色だ。自分だけが面白がるのではなく、様々な色の猫が歩き回るのを見れば、他の人たちも面白がってくれるのではないかと期待した。

「こんな愉快なことをしたのは誰なんだよ」

と評判になり、テレビが取材するかもしれない、とわくわくした。

しかし、そんなことにはならなかった。テレビどころか、新聞の地方欄にすら取り上げられなかった。

(絵の具を使ったのがよくなかったかな……)

水彩絵の具であれば、雨に当たれば流れ落ちてしまうから、あまり猫の体にも負担にならないだろうと気を遣った。それが裏目に出たのではないか、という気がした。雨に当たらなくても、猫が水溜《みずた》まりにでも転がれば、色が落ちてしまう。せっかく、きれいに塗っても、その苦労が水の泡になってしまうではないか。そう考えて、絵の具の他にペンキも用意した。

だが、なかなか、ペンキを使う踏ん切りがつかなかったのは、絵の具に比べて毒性が強そうだと思ったからだ。猫を殺したいわけではない。ただ自分のしていることをみんなに知ってほしいだけなのだ。水彩絵の具では効果が薄い。

その点、ペンキを使えば、そう簡単に色落ちしないから否《いや》が応《おう》でも変わった色の猫が目に付くことになる。自然界に存在しない色彩の猫を作ることができるのだ。

傷口からだらだら流れ出る血を見て、心の迷いが消えた。

「おまえが悪いんだぞ」

若い男がリュックから取り出したのは絵の具ではなく、ペンキ缶だった。


同じ夜……。

樋村は「バッカス」でくつろいでいる。

カウンターに肘《ひじ》をつき、足を組んでスツールに坐り、モスコミュールを飲んでいる。テーブル席とカウンター、三〇人も入れば満席になってしまう小さな店だ。店の片隅に小さなステージがある。気が向くとダフネがピアノの弾き語りをする。常連客が詩を朗読したり、シャンソンを歌うこともある。今も老いたオカマがしわがれた声で、エディット・ピアフの曲を歌っている。

店には二〇人ほどの客がいる。パッと見ると、男性客と女性客が入り交じり、年齢も二〇代から六〇代まで様々だが、実は、すべてゲイである。

皆、酒とタバコの匂いが満ちた狭い空間でくつろいでいるに過ぎない。友人と談笑している者もいれば、静かにグラスを傾《かたむ》けている者もいる。樋村に奇異な目を向ける者もいない。何もせず、じっと物思いに耽《ふけ》っているだけだが、これほど落ち着きを感じたことはない。居心地がいいのだ。

「樋村ちゃん、お代わりは？」

ダフネが声をかける。

「いただきます」

樋村が背筋を伸ばして答える。それを見て、ダフネが笑う。

「何かおかしいですか？」

「姿は女性でも、まだ女性になりきっていないわね。今の台詞、『いただきます』じゃなく『いただくわ』と語尾を上げて答えるところよ。それに発声の練習もする必要がありそうね」

「声を変えるということですか？」

「変えるわけじゃないんだけどね。腹式呼吸の習慣が付くと楽に高い声を出せるようになるわよ。あとで教えてあげる」

「お願いします」

「もう少ししたら、『エチカ』に顔を出してみない？　きっと、ジュリアが一人で暇にしてるわよ。樋村ちゃんの顔を見たら喜ぶわ」

「そうですね。行きたいです」

「そのままの姿で行ってみる？」

「え……。そ、それは……」

女装したまま外に出る勇気は、まだない。

「冗談よ。すぐには無理よね。でも、いずれは挑戦しないとね。ものすごく気持ちいいわよ」

「は、はい」

自分が女装したまま往来を歩く姿を想像して、樋村の胸はときめく。

六

一月二日（月曜日）

夕方四時過ぎ……。

冬彦がパソコンを操作して報告書を作成していると、高虎が新聞から顔を上げて、

「あいつ、何だか、おかしくないですか？」

ちらりと樋村に視線を向けて、冬彦に訊く。樋村は席を立って「何でも相談室」から出て行くところだ。

「寺田さんも気が付きましたか。鋭いじゃないですか」

「誰だって気が付くでしょう。朝から、ずっと、すーすー、はーはーの繰り返しだ。変な宗教にでもはまったんですかね？」

「車の中でも、あれをやってるんですよ。普段から樋村の呼吸音が癇《かん》に障《さわ》るのに、運転中にまであんなことされたらたまりませんよ」

理沙子が顔を顰める。

「あれは腹式呼吸ですよ。お昼休みに廊下に出たら、非常階段のところで、壁にもたれてやってました。宗教じゃありません」

「じゃあ、何のためにやってるんです？」

「ダイエットですか？」

高虎と理沙子が訊く。

「理由はわかりませんが、ぼくたちが普通にしている胸式呼吸に比べて、腹式呼吸は空気の吐き出し方をコントロールしやすいと言われています」

「そうすると何かいいことがあるんですか？」

高虎が訊く。

「声の調節が容易になりますね。だから、俳優とか歌手を目指す人は、必ず、レッスンで腹式呼吸をやらされるみたいですよ」

冬彦が答える。

「樋村が俳優や歌手を目指しているとは思えませんがね。変な奴だから、何を考えてもおかしくないけど……」

高虎が首を捻る。

「とうとう壊れちゃったのかな」

理沙子がつぶやく。

「いいじゃないか。樋村がいなくなっても業務に支障はないだろうからな」

「ええ、まったくないですね。むしろ、いない方が円滑《えんかつ》に進むかも」

「そんなことはありません……そう庇いたいところだけど、残念ながら庇えないなあ」

冬彦が真顔で言う。

三人がそんな話をしていると、

「小早川警部！」

どたどたと「何でも相談室」に子供たちが走り込んでくる。陽子ちゃん、富美男君、光男君、隆志君の四人だ。いずれも小学一年生だ。

「やあ、学校の帰りなの？」

冬彦がパソコンの画面から顔を上げて笑う。

が、その笑顔がすぐに消える。

陽子ちゃんが泣いているからだ。他の三人も半べそをかいている。

「どうしたんだい？」

冬彦が訊くと、陽子ちゃんが黙って携帯を差し出す。写メだ。

「……」

その写メを冬彦がじっと見つめる。

「どうしたんです？」

高虎が覗き込む。オレンジ色の猫が横たわっている写真だ。

「これ……」

死んでるのか、と言おうとして、さすがに高虎も言葉を飲み込む。

「行きましょう」

冬彦が立ち上がると、

「そうだね」

と、高虎もうなずく。

「安智、おまえも来いよ。子供たち四人だから、一台じゃ無理だ」

「わかりました」

子供たちをうながして部屋から出て行こうとするところに樋村が戻ってくる。

「あれ、皆さん、どこに行くんですか？」

「おまえも行くぞ、デブウンチ。呑気《のんき》に腹式呼吸してる場合じゃないんだよ」

理沙子が樋村の後頭部を叩く。パチンと気持ちのいい音がする。

七

冬彦たち八人は二台の車に分乗して現場に向かう。

公園の前に車を停めると、

「こっちです」

陽子ちゃんが先導して、皆を案内する。

植え込みの陰にオレンジ色の猫が横たわっている。

「君たちは、そっちにいて。樋村君、よろしく」

一目見ただけで猫が死んでいるのがわかったので、子供たちの目に触れさせたくなかった。猫を調べる間、樋村に子供たちの世話をさせることにした。

「同じ犯人がやったわけですよね？」

猫の傍《かたわ》らにしゃがみ込んで、高虎が言う。

「間違いないでしょうね。次にやるとすれば、オレンジ色か藍色だと予想した通りです。ただ……」

「何です？」

「水彩絵の具で塗るだけなら、たちの悪いいたずらで済んだはずです。猫にも大した害はないから」

「これは絵の具じゃありませんね」

理沙子が人差し指で猫の体に触れる。

「ペンキじゃないですか?」

「たぶん、そうだと思う」

「生き物の体にペンキを塗るなんて……。とんでもない奴だわ」

理沙子の顔に怒りが滲む。

「ペンキにはシンナーが混じってるから毒性も強い。猫は自分の体に他の匂いや汚れが付くと、体を舐《な》める習性がある。ペンキが乾ききらないうちに体を舐めたとしたら……」

冬彦が猫の口を開けて、口の中を覗き込む。

「ああ、やっぱりだ。舌にもペンキが付着してオレンジ色になっているし、喉の奥にまでペンキが入り込んでいる」

「それが死因ですか?」

理沙子が訊く。

「詳しく調べないと断定はできないけど、その可能性が高いと思うね。これといった外傷はなさそうだし、骨が折れているところもなさそうだから」

猫の体を触りながら冬彦が言う。

「殺したとなると、もういたずらでは済まないな。立派な法律違反だ。おまえら、気合いを入れてきっちり捜査しろよ」

高虎が理沙子に言う。

「もちろん、そのつもりですけど……。どうして急にやり方が変わったんでしょうか？」

理沙子が冬彦に訊く。

「殺すつもりがあったとは思えないね。その気があるのなら、とっくにやっていただろうから。但《ただ》し、ペンキを使えば、猫が死ぬかもしれないということは認識していただろう」

「絵の具でいいじゃないか。なぜ、ペンキなんか使う必要がある？　何が違うっていうのかね」

高虎が腹立たしそうに言う。

「それが鍵なのかもしれませんね。水彩絵の具とペンキでは何が違うのか？」

「何が違うって、絵の具は水に濡れるとすぐに流れ落ちるけど、ペンキは流れないってことでしょう」

「すごいじゃないですか、寺田さん。冴《さ》えてますね」

「今日だけは、と言えばいいでしょう」

「まったく今日だけは冴えてますよ。それですよ、それ。たぶん、犯人は、せっかく色を塗っても、その色がすぐに流れ落ちてしまうのが気に入らなかったんです。自分のやったことを世間にアピールするには簡単に色落ちしては困るから」

「世間にアピールするためにやってるんですか？」

理沙子が訊く。

「目立つ気がないのなら、猫を虹色に塗り分けようとは考えないよ。猫を虐待したかったわけでもないと思う。結果的にそうなってしまっただけで」

「犯人を許せない気持ちですが、被害に遭ったのが野良猫というのでは、それほど大掛かりな捜査はできません。わたしと樋村の二人だけでどうにかできるとは思えないんですが……」

「心配するなって。警部殿が何か考えてるに決まってるさ。そうですよね？」

高虎が皮肉っぽい言い方をする。

「そう言えば、警部殿は事件の発生を予測してましたよね、先週の月曜に。この事件には周期性があって、次の事件は翌週か翌々週の日曜に起こりそうだ、って。その通りになりましたね」

理沙子が言う。

「うん、この事件には明確な周期性がある。それに事件が起こっている場所もかなり限定されているね。虹は七色。あとひとつ、藍色が残っている。当然、犯人はまた同じことをしようとするはずだ。犯行が行われるであろう日時と場所を予測して、犯人を待ち伏せすればいい」

「出ましたね、得意の地理的プロファイリングが」

高虎が茶化すが、冬彦も理沙子も笑わない。

冬彦はリュックからバスタオルを取り出すと、オレンジ色の猫を包む。

「どうするんですか？」

「交番に届けます。そうすれば正式に事件として扱われることになりますから」

「その後は？」

「この子をどこか静かな場所に埋めてあげましょう」

「ああ、そうだね。それがいい」

このときばかりは嫌味も皮肉も口にせず、高虎も素直に同意した。

八

一一月三日（火曜日）
冬彦がパソコンに向かって報告書を作成していると、
「祝日だってのに、いつものように朝早くから仕事ですか。若いんだからデートでもしたら、どうなんですかねえ？　まあ、相手がいないとデートもできないだろうし、そもそも、警部殿は女性に興味がなさそうだけど」

高虎が欠伸をしながら「何でも相談室」に入ってくる。自分の席につくと、スポーツ新聞を広げる。

「寺田さんこそ、どうしたんですか、せっかくの休みなのに。乗馬には行かないんですか？」

乗馬に通っているのは結局冬彦だけには見抜かれてしまった。

「乗馬は土日と決めてるんですよ。祝日まで出かけたら、貧乏公務員は破産です。美香も乗馬を習いたいなんて言い出してるし、おれは少し控《ひか》えようかと考えてるんですよ」

「ふうん、よかったじゃないですか。美香ちゃんと仲直りできて」

「別に喧嘩してたわけじゃないんですけどね」

「親子関係が稀薄になっていただけか」

「嫌な言い方だなあ……」

「で、今日は何をするつもりなんですか？　スポーツ新聞を読みに来ただけですか」

「じゃあ、帰ろうかな。例の猫の事件もあるし、一万円札の投げ込み事件もあるし、どうせ警部殿も休出してるだろうから手伝おうか、なんて親切心を起こしたんですが」

「何だ、そうだったんですか。それなら最初から、そう言って下さいよ。外回りは二人ひと組で行動するのが原則だから、ぼく一人だと内勤するしかなかったんです。寺田さんが協力してくれるのなら、早速、出かけることにしましょう」

「どっちの事件ですか?」

「一万円札の方です」

冬彦と高虎は畑中静江を訪ねた。指紋採取を依頼するためだ。一万円札に付着していた複数の指紋から静江の指紋を除外するために必要なのである。

強制できることではないので、冬彦が丁寧に事情を説明する。

「ああ、そうですか。どうぞ」

静江は、あっさり承知してくれた。

「誰が何のためにあんなことをしたのか、早くわかるといいんですけどね。最初はそうでもなかったんですが、今になってみると、やっぱり、気持ちが悪くて」

次に二人は池田信義の部屋を訪ね、同じように丁寧に説明した。

「はあ、指紋を……」

信義は、はあはあとうなずき、そういうことなら……と承知しそうになるが、突然、妻の文恵《ふみえ》が、

「わたしは嫌ですよ」

と怒り出す。

「勝手に投げ込まれたお金を届けただけなのに、どうして指紋まで採られなければならないんですか。まるで犯罪者扱いですよ。わたし、嫌です」

「先程も説明させていただきましたが、お札にはいくつもの指紋が付着しているので、池田さんたちの指紋を排除したいだけなんです。決して犯罪者扱いなどは……」

「だから、嫌だって言ったのよ。あなたがお人好しで、警察に届けようなんて善人ぶるから、こんなことになったんだわ。誰か知らないけど、うちに勝手に投げ込んだんじゃないですか。うちの知ったことじゃないのよ。どうして、うちばかりが馬鹿を見なければならないのよ。世渡りのうまい人はこんな面倒に巻き込まれずにうまくやってるのに」

「森本さんがそんなに世渡り上手に見えるのか？　こんな年齢になって、たかが一〇万くらいで後ろめたい思いをして暮らすのか？　おれはごめんだ。老い先短いんだから正直に生きたい」

信義も怒り出した。

「きれいごとばかり言って。たかが一〇万くらいじゃないわよ。うちにとっては大金よ」

「……」

年寄り夫婦が目の前で大喧嘩を始め、冬彦も高虎も口を挟むことができる状況ではない。口を閉ざして成り行きを見守っている。

しかし、一五分くらいすると喧嘩疲れしたのか、

「指紋を採って、さっさと帰って下さい」

と、文恵が言い出した。

「ありがとうございます」

冬彦は信義と文恵の指紋を採取して部屋を出た。

「池田さん、面白いことを言ってましたね」

高虎が言う。

「気が付きましたか？」

「森本さんが世渡り上手に見えるのか、という言葉、あれは、森本さんのうちにも一万円札が投げ込まれたけど、警察には届けなかった、という意味に聞こえましたよ」

「ぼくも、そう受け取りました」

冬彦はにこっと笑うと、森本勇の部屋に向かう。

先週の月曜、冬彦と高虎はコーポ春風の部屋を一軒ずつ訪ね、

「木曜の朝、新聞口から一万円札が投げ込まれませんでしたか？」

と質問した。

そのときの相手の対応から、森本勇と岩熊賢治は怪しい、という感触を冬彦と高虎は得

た。

　馬鹿正直に質問しても素直に答えるはずがないとわかっているので、今度は、

「実は、投げ込まれたお札に付着している指紋を調べているところです」

「え、指紋を？」

「何らかの犯罪に関わりのあるお札だという可能性もありますので」

「犯罪？」

　森本勇の顔色が変わった。

「お宅には、いくら投げ込まれたんですか？」

「一〇万です」

　力の抜け、観念した様子で勇が答える。

「確かですね？」

「はい。この期に及んで嘘は言いません」

「どうして届けなかったんですか？」

「いや、あの……」

　勇の顔に汗が滲んでくる。そこに茶の間から妻の登紀子《ときこ》が現れる。

「わたしが止めたんですよ。年金だけでは、とてもやっていけないんです。毎月毎月、お金が足りないんですよ。そんなとき、いきなり、一〇万円が投げ込まれたら、そう簡単に

警察なんかに持って行けません。どうしたらいいだろう、と二人で悩みました。お金を返してくれという人が現れたら素直に返すつもりでした」

登紀子が溜息をつく。

「畑中さんと池田さんのお宅にもお金が投げ込まれ、警察に届けたことはご存じですか？」

「知っています」

「念のために伺いますが、それ以外にお金が投げ込まれた方をご存じありませんか？」

冬彦が訊くと、勇と登紀子がどうしようかというように顔を見合わせ、やがて、

「岩熊さん」

と、登紀子が小さくつぶやいた。

勇と登紀子の指紋を採取し、お金を交番に届けるように言って、冬彦と高虎は岩熊賢治の部屋に向かった。岩熊賢治は、お金が投げ込まれたことをなかなか認めようとしなかったが、森本夫婦と同じように、犯罪絡みのお金かもしれないと言われると諦めた。指紋を採り、お金を交番に届けるように言って、冬彦と高虎はコーポ春風を後にした。

畑中静江に代わって、三〇万円を交番に届けた大迫一隆の家も訪ね、一隆と妻の指紋も採取した。

冬彦たちは署に戻ることにした。

「結局、コーポ春風の一階に住む四軒にお金が投げ込まれたわけですよね。これで全部なんですかね？　他に投げ込まれたうちはないのかなあ」

「たぶん、ないと思います。面白いなあ」

「何がですか？」

「お金が投げ込まれたのは一階に住むうちだけで、その四軒には共通点があるじゃないですか」

「分譲された当初から住み続けているってことですか。確か、三〇年くらい」

「吉田さんが引っ越してきたのは四年前、大崎さんは二年前……割と最近ですからね」

「その違いに何か意味があるんですかね？」

「そう思います。少なくとも、お金を投げ込んだ犯人にとっては大きな意味があるに違いありません」

九

一一月四日（水曜日）
朝礼が終わると、冬彦、高虎、理沙子、樋村の四人は二台の車に分乗して、阿佐谷南にある交番に向かった。全身にオレンジ色のペンキを塗られた猫が窒息死するという事件が起こり、その再発防止と犯人逮捕のために本腰を入れて捜査することになったのだ。様々な色に塗られた猫は、その交番の担当区域内で目撃されている。虹の七色のうち、藍色を除く六色、すなわち、青色、黄色、緑色、紫色、赤色、オレンジ色に塗られた猫が目撃されているのだ。交番に通報された内容は、すべて記録されることになっているから、それをもとに冬彦が目撃された日時を書き出す。

青色の猫　　　↓　八月二五日　（火曜日）朝
黄色の猫　　　↓　九月七日　（月曜日）朝
緑色の猫　　　↓　九月二一日　（月曜日）朝
紫色の猫　　　↓　一〇月六日　（火曜日）朝
赤色の猫　　　↓　一〇月一九日　（月曜日）朝
オレンジ色の猫　↓　通報されず。

オレンジ色の猫の目撃情報は交番に寄せられていないが、一一月二日（月曜日）に小学生たちが「何でも相談室」に知らせた。

「目撃情報がきちんと寄せられているのはありがたいですね」

冬彦が言う。

「すべて同じ人が通報してくれたんです。毎朝、同じ時間に同じルートで犬を連れて散歩なさっているお年寄りがいて、散歩の途中、何か変わったことがあるとすぐに知らせてくれます」

「あ……なるほど、そう言われると、目撃場所は阿佐谷南公園界隈《かいわい》ですね」

冬彦はリュックから杉並区の地図を取り出し、目撃場所をマーキングする。

「阿佐谷南公園を中心として、おおよそ半径二キロ以内というところか……。目撃されているのは月曜か火曜だけど、たぶん、猫の体に絵の具やペンキが塗られたのは日曜日なんだろうなあ」

「二週間毎の日曜日に犯行が行われていることになりますね」

理沙子が言う。

「すると、次の犯行は、一一月一五日の日曜ってことか？　その日に藍色のペンキを持った犯人が猫を探してうろうろするのかよ。この犯人、そんなに単純なのか？」

高虎が疑わしそうに言う。

「明らかに周期性がありますよね。猫が青色に塗られたであろう八月二三日の日曜日、その二週間前の日曜日に何か不審な事件はありませんでしたか？　猫の体に絵の具やペンキを塗ったのは日曜の夜だろうから、月曜や火曜に目撃されている。何か事件が起こったとしたら、翌日か翌々日に届け出がされていると思うんですが……」

　冬彦が巡査に頼むと、お待ち下さい、と巡査が記録を調べ始める。

「ああ、ありますね。八月一〇日の月曜に自転車のパンク被害の届け出が三件あります」

「自転車がパンクしたくらいで交番に届け出るものなのか?」

 高虎が首を捻る。

「これは状況が普通じゃないですね。どれもタイヤが刃物で切り裂かれていますから」

「その二週間前はどうですか？」

　冬彦が訊く。

「ええっと……。七月二七日の月曜にも、パンク被害の届け出が二件あります」

「その二週間前は？」

「待って下さい……。ないですね」

「ありませんか？」

「はい」

　巡査がうなずく。念のために、それ以前の記録も調べてもらったが、特に気になるような事件は何もない。

「同じ犯人の仕業なんですかね？」

　理沙子が冬彦に訊く。

「ぼくは、そう思う。犯行が行われた場所も、阿佐谷南公園の半径二キロ以内だしね。やったのも、恐らく、日曜の夜だね。この一連の犯行は七月二六日の日曜日の夜に始まり、今現在も続いてる」

「なぜ、タイヤを切り裂くことから、猫の体に色を塗ることに犯行が変化したんでしょうか？」

樋村が疑問を呈《てい》する。

「それはわからないけど、犯行には一貫性がある。犯人は何らかのストレスを抱えていて、他人の自転車のタイヤを切り裂くことでストレス発散をしたのに違いないね」

「タイヤを切るのは危ない感じがするけど、猫の体に絵の具を塗るのは、そうでもない。おふざけと言えば言いすぎかもしれないけど……。過激さが影を潜《ひそ》めたってことですか？」

高虎が訊く。

「そうは思いません」

冬彦が首を振る。

「ストレスの発散方法が変化しただけです。最初は、タイヤを切り裂けば、胸がすーっとしたんでしょうが、それでは物足りなくなり、自分がやったことに注目してほしくなった。猫の体に色を塗れば、みんなが大騒ぎするだろうし、それを眺めれば楽しい……そう考えたんじゃないですかね。寺田さんの言うように犯行が穏《おだ》やかになったように見えますが、他人の目を意識して派手な犯行をするようになるのは危険な兆候《ちょうこう》です。現に初めのうちは猫に害がないように水彩絵の具を使っていたのに、この前の日曜はオレンジ色のペンキを使って猫を死なせています。藍色に塗るときも、きっとペンキを使いますよ。猫の生死よりも自分の欲望を優先させるようになってきたということだから、これはかなり危険です」

「どういう風に危険なんですか？」

理沙子が訊く。

「虹は七色しかない。つまり、藍色で終わりだよね。それで犯行が終わるとは思えないし、新たな犯行に進んだ場合、犯行が過激になる可能性がある」

「猫の次は人間……そういうことですか？」

高虎が険しい顔になる。

「そうならないように、次の犯行が行われるに違いない一一月一五日に犯人を捕まえましょう」

一〇

一一月五日（木曜日）

「あ、そうですか。わかりました。どうもありがとうございます」

電話を切ると、冬彦は高虎に顔を向け、

「森本さんと岩熊さんが投げ込まれたお金を交番に届けたそうですよ」

「へえ、あれだけ渋ってたのになあ。ちゃんと全額の一〇万ですか？」

高虎が訊く。

「そうです。どちらも一〇万円ずつ」

「おれたちが訪ねたのが一昨日だから、昨日一日ずっと悩んだんでしょうね」

「そうかもしれません。午後には、こちらに送ってくれるそうですから、これで投げ込まれたお金すべての指紋照合ができます」

「四軒分で六〇万か……。いいよなあ。うちにも誰か投げ込んでくれないかねえ。六〇万とは言わない。六万でいいんだが」

高虎が溜息をつく。

「そんなセコい人のところには貧乏神しか寄ってきませんよ」

理沙子が笑う。

「ふんっ、余計なお世話だ。ん？　何だか、廊下が騒がしくないか」

「刑事課の連中が走り回ってるんじゃないですか。殺しがあったらしいですよ」

「そんな大事件があったのか？」

「一人暮らしのお年寄りが自宅で刺されて、搬送先の病院で亡くなったみたいです。居直り強盗らしいですね」

「ふうん、強盗殺人かよ。そんな大事件があったんじゃ、一万円札の指紋照合なんか後回しにされるんじゃないですか、警部殿？」

「ちょっと様子を見てきます」

冬彦が席を立ち、部屋から出て行く。非常階段で四階から三階に下りると、理沙子が言ったように刑事課に所属する捜査員たちが慌ただしく部屋を出入りしている。刑事課の前を通り過ぎ、鑑識係の部屋に向かう。

「失礼します」

と声をかけてドアを開ける。

冬彦とぶつかりそうになった水沢小春が、きゃっ、と声を発する。

「危ないじゃないですか、小早川警部」

「そんなに慌ててどうしたの？」

「現場ですよ、現場」

「青山主任は？」

「とっくに臨場してます。わたしも行かないと」

失礼します、と冬彦を押し退けるようにして部屋から出て行く。それを追いながら、

「念のために訊くけど、一万円札の指紋照合、まだやってないんだろうね？」

冬彦が訊く。

「こっちは殺人ですよ、殺人」

小春は振り返りもせずに答えると、足早にエレベーターホールに向かう。

「そりゃあ、殺人事件を優先するよな。後回しにされるのも仕方ないか」

ぼやきながら、冬彦が非常階段を上っていく。

二

一月七日（土曜日）
樋村は全身鏡を見つめたまま言葉を失った。
（こ、これが……これが、おれ？　いや、これが、わたしなの？）
決して美人とは言えない。スタイルもよくはない。

しかし、鏡の中にいるのは男ではない。明らかに女である。その女が樋村勇作だとは、樋村自身、とても信じることができない。

「樋村ちゃん、どう？　自分をきれいだと思う？」

樋村の左肩に手を載せて、ダフネがにこりと微笑む。

「え、ええ、そう思うわ」

「まあ、発声、よくなったじゃないの。喉仏があるから、うつむいて低い声でゆっくり話すのがコツなのよ。イントネーションに注意すること。ふふふっ、練習したんでしょう？　わかるわ」

「ありがとう」

「心の準備はできた」

「はい」

「誰でも経験することよ。ある意味、愛する人と初夜を迎えるより緊張するかもしれないわね。一種の通過儀礼なのよ。二回目は楽になるわ。三回目はもっと楽になるし、四回目には何も感じなくなる。当たり前になってしまうのよ。そういうものなの。最初が肝心なのよ。勇気を出してね。だけど、我慢する必要はないの。駄目だと思ったら、ここに戻ってくればいいのよ」

「そうするわ」

「気を付けてね」

ダフネが「バッカス」の裏口のドアを開けてくれる。

「行ってきます」

樋村がドアの外に足を踏み出す。

路地裏から通りに出る。

新宿二丁目界隈で、もう夜の一〇時過ぎだ。通り過ぎるのは酔っ払いばかりである。

（笑われて馬鹿にされるかも……）

そんな不安で、樋村の動悸《どうき》は高まる。

しかし、指を差して笑うような者はいない。目もくれずに通り過ぎていくだけだ。それが樋村にはありがたいし、嬉しい。

しかし、明らかにゲイだとわかる男や女に出会うと、樋村に刺すような視線を向けてくることがある。そんなときは首をすくめて、自然に視線を逸《そ》らした。

樋村の足は自然と「エチカ」に向かう。自分の姿をジュリアに見てもらいたかった。ジュリアとの出会いがなければ、こんなことにはなっていない。今日も渋谷や原宿をうろうろして、自分が着てみたい洋服をスケッチブックに描いていたはずだ。

雲の上でも歩いているかのようなふわふわした感じで、ちょっと大胆にわざと人通りがあるところを選んだりしながら、樋村は「エチカ」に辿《たど》り着く。ドアを押し開けようとするが鍵がかかっている。

（いないはずはないんだけど……）

念のためにドアをノックしてみる。何度もノックするが反応がない。営業時間中のはずだが、深夜零時を過ぎないと、ほとんど客は来ないと話していたから、どこかに出かけてしまったのかな、と樋村は考える。女装での初めての外出姿を、ぜひ、ジュリアに見てもらいたかった……それができなくなって、樋村は落胆した。

急に樋村の心で不安の黒雲が大きくなる。何も考えずに沖に向かって泳いだものの、いざ海岸を振り返って、あそこまで泳ぎ戻ることができるのか、と心配になるような気持ちだ。「バッカス」に帰ろう、と決め、「エチカ」に背を向けて歩き出す。

やって来るときには気分も高揚していたが、今は不安感ばかりが大きいので、人目を避けるように薄暗い小路を選んで「バッカス」に帰ろうとする。そのせいで、どうしても遠回りすることになる。

ぎゃーっ、という悲鳴が聞こえた。飛び上がりそうなほど驚きながらも、悲鳴が聞こえた方に足が向いたのは警察官の習性と言うしかない。

角を曲がると、薄暗い場所で人が揉《も》み合っているのが見えた。一人が棒のようなもので、もう一人を殴《なぐ》りつけている。

「おい、何をしている！」

女装していることも忘れ、いつもの野太い声で呼びかける。その声に驚いたのか、棒を手にしていた方が逃げようとする。

「待て！」

樋村が追いかけようとするが、履《は》き慣れないサンダルだったせいで、足がもつれて転んでしまう。その隙に相手は逃げてしまう。それが男だったのか、女だったのかも確認できなかった。

「大丈夫ですか？」

地面に倒れている女を助けようとする。そのとき、

（あ）

それが自分と同じく女装した男だと気が付く。

「うっ、ううん……」

頭から血を流し、目を瞑ったまま苦しげに呻《うめ》き声を洩らす。

「大変だ」

携帯を取り出し、救急車を要請する。自分がどこにいるのかうまく説明できないので周りにあるものを手当たり次第に口にする。すると相手の方で、おおよその位置がわかったらしく、すぐに救急車を送ると言い、通報者である樋村の名前を訊いてきた。

「ただの通りすがりよ」

樋村は慌てて電話を切る。救急車を呼んだら、次は警察に通報するつもりでいた。ただの喧嘩とは思えない。一方が棒でオカマを殴っていたのだ。傷害事件、いや、強盗傷害事件の可能性もある。

（もしかして、オカマばかりを狙う連続強盗傷害事件に遭遇したってことなのか？）

それなら大事件である。

が……。

樋村の指は動かない。

警察に通報すれば、事件の詳細を話すだけでは済まない。樋村自身のことも質問される。なぜ、ここにいるのか、ここで何をしていたのか、正直に話さなければならない。名前や住所を訊かれるだけではない。当然、職業も訊かれることになる。

（非番の警察官が趣味で女装……）

そんなことが明るみに出たら、もう警察にはいられない。犯人を追い払い、被害者を救助し、救急車を呼んだ……賞賛《しょうさん》されるべき振る舞いをしたとしても、それは関係ない。噂話の種にされ、周囲から白い目を向けられ、後ろ指を指されることになる。いずれ依願退職に追い込まれることは目に見えている。そんなリスクを冒す勇気は樋村にはない。

樋村は怪我人を観察する。出血はしているが、それほどひどい怪我ではないようだ。意識が朦朧《もうろう》としているのは頭を殴られて脳震盪《のうしんとう》でも起こしているせいに違いない。命に関わるような怪我ではない、と判断すると樋村は携帯をしまう。

「しっかりして下さい。もうすぐ救急車が来ますからね」

絶えず被害者に話しかけて励ますことを心掛ける。

その声が被害者に届いているかどうかわからないが、もし届いていれば安心感を得られるはずだ。

しばらくすると救急車のサイレンが聞こえてくる。救急車が角を曲がって近付いてくる。ヘッドライトが樋村と被害者を照らす。咄嗟《とっさ》に樋村は右手を挙げて顔を隠す。救急車が停止すると、急いでその場を離れる。

「そこの人、待って下さい!」

救急隊員が呼びかけるが、樋村は足を止めたりはしない。振り返りもせず、一目散に走る。

一二

一一月八日(日曜日)
高虎が寝惚《ねぼ》け眼《まなこ》で「何でも相談室」に入っていくと、
「遅いじゃないですか。もう九時半過ぎですよ。九時ってお願いしたのに」

理沙子が尖った声を出す。

「悪い、悪い。つい二度寝しちまってな。せっかくの休みを邪魔されたんだ。三〇分くらい遅刻したくらいで、がみがみ怒るなよ」

「何を言ってるんですか。こっちは七時前に起こされたんですよ。しかも、詳しいことを何も言わないで、うじうじめそめそ女々《めめ》しいことばかり口にして、あとは溜息ばかりつくんですからね。気が滅入りますよ、まったく」

理沙子が樋村を睨む。

「さあ、樋村君、寺田さんも来たことだし、そろそろ話してもらおうかな」

冬彦が促す。

「係長と三浦が来てないようだけど、それでいいのか？」

高虎が樋村に訊く。

「あの二人には、できれば知られたくないんですが……」

「ふうん、よくわかんないけど、とりあえず、話してみろよ。時間も惜《お》しいしな」

高虎がタバコに火をつける。いつもなら露骨に嫌な顔をする樋村が注意しようとしない。

「最初にひとつだけ約束して下さい」

「何を？」

理沙子が訊く。

「笑わないでほしいんです」

「は？　おまえ、ふざけてんの？　さっさと話さないと、わたし、帰るからね」

「安智さん、そう怒らないで話を聞いてあげましょう。さっきから樋村君の様子を観察してるんですが、かなり深刻な悩みを抱えているようですよ」

冬彦が理沙子を宥める。

「目に落ち着きがないし、やたらに溜息ばかりつくし、額に脂汗まで浮かべてるもんなあ。まるで犯罪者みたいだぜ」

高虎が言うと、

「寺田さんもプロファイリングのコツがわかってきたようですね」

と、冬彦が笑う。

「全然誉められてる気がしませんねえ」

「ほら、デブウンチ」

「はい……実はですね……」

理沙子に促されて、ようやく樋村が重い口を開く。

ジュリアというオカマと知り合って、「バッカス」のダフネを紹介されたこと。長年の夢だった女装をついに実践し、一人で外歩きをしたこと。たまたま傷害事件に遭遇し、被害者を介護し、救急車を呼んだものの、女装趣味を知られるのが怖くて警察に通報できず、救急車の到着を待って逃げ出したこと……それらの事実をぽつりぽつりと語る。

「ただの喧嘩とかではなく、傷害事件なの？」

冬彦が訊く。

「被害者が被害届を出すのを拒否したので立件は難しいようですが、間違いなく、あれは立派な強盗傷害事件ですよ」

警察内部のネットワークを利用すれば、他の警察署の報告書にもアクセスできるから、新聞に報道されていないにもかかわらず、樋村は昨夜の一件の詳細を知っているのだ。

「なぜ、被害届を出さなかったの？　金品を奪われて怪我までさせられたんでしょう？」

理沙子が訊く。

「世間体を憚《はばか》ったからだと思います。ぼくと同じです。警察が捜査を始めれば新聞にも取り上げられるでしょうから」

「ああ、そうか。襲われた被害者もオカマだったたな。家族や会社に知られるくらいなら泣き寝入りした方がいいと思ったわけか」

高虎がうなずく。

「いいじゃん、女装くらい。別に犯罪じゃないし。前々から変な奴だと思ってたから、それくらいじゃ驚かないわね」

理沙子が肩をすくめる。

「そう言われればそうだな。女装くらいでよかった。但し、ここではやらないでくれ」

「見たくないですよね、樋村の女装なんか」

「ああ、見たくないな。こいつが女装したら、世の中に不細工なデブ女が一人増えるだけだぜ」

「いやだ」

理沙子と高虎がゲラゲラ大笑いする。

「笑うなんて……」

樋村が愕然《がくぜん》とする。

「で、樋村君としては、どうしたいわけ？」

冬彦が訊く。

「どうしたいというか……」

「警察に通報しなかったことを悔《く》やんでるの？」

「それもあります」

「他にもあるの？」

「もし自分が被害者だったら、どうしただろうか、と考えました。犯人を捕まえるために被害届を出しただろうか、と。いや、無理です。新聞記事になることを想像するだけで震えてしまいます。この犯人、それ見越してるような気がするんです」

「警察沙汰を嫌がる人間を選んで襲ってるってことか？　だけど、どうやって見分けるんだ？　ゆうべの被害者とかおまえなんかは趣味で女装してるだけだから警察沙汰を嫌がるとしても、ジュリアとかダフネとかいうおっさんたちは筋金入りのオカマだろう？　そんな連中は、今更、世間体なんか気にしないだろうから、被害に遭えば堂々と被害届を出すんじゃないのか？　軽い気持ちで女装してる奴と筋金入りのオカマってのは見ただけで区別できるものなのか？」

高虎が訊く。

「完全に見分けているわけじゃないと思います。実際、被害届が出されている場合もありますから。ただ自分でも感じましたが、やっぱり、女装に不慣れだと、普通に歩いているつもりでも、どこかぎこちないというか、意外と普通に歩けないものなんですよ。そういうのって、傍から見てもわかるんじゃないかと思うんですよね」

「この野郎！」

高虎がいきなり樋村の頭を叩く。

「大真面目な顔をして、オカマの蘊蓄《うんちく》を語るんじゃねえよ」

「ひ、ひどい……」

樋村が涙目になる。

「せっかくだから、オカマさんを狙った連続強盗傷害事件について、もう少し詳しく調べてみようか。被害届は手に入るから、被害に遭ったのに被害届が出されなかった件を拾い上げる必要があるね。これは夜間勤務の日報なんかを丁寧に読まないとわからないだろうね。だけど、新宿署管内の、ごく限られた一画で起こっている犯罪だから手分けして調べれば、あまり時間はかからないんじゃないかな」

冬彦が皆の顔を見回して、にこっと笑う。

「早速、始めましょうか」

それから二時間……。

「どうも七月から犯行が始まったようですね。それ以前には見当たりません」

理沙子が言う。

「全部で九件か。同じ犯人が四ヶ月で九件も事件を起こしていれば大事件だけど、被害届が三件しか出されていないから、新聞にも大きく取り上げられなかったんだろうね」

冬彦がふむふむとうなずく。

「新宿近辺の警察署では、オカマを狙う連続強盗傷害事件として知られていたわけですよね」

理沙子がうなずく。

「犯行の時間帯は夜の一〇時から零時にかけての二時間に集中している。犯行場所もかなり狭い範囲に限られている。これだけ情報があれば、犯行のパターンを見付けられそうだな……」

皆で集めた資料を手に取りながら冬彦がぶつぶつ独り言を言う。

「自分なりに分析してみますから、皆さんはお昼ご飯でも食べてきて下さい」

「じゃあ、ゆっくり行ってきます」

高虎が立ち上がる。ちらりと樋村を見て、

「おまえと一緒に飯を食う気にならない。女装姿を想像すると食欲がなくなる。そのうち慣れるだろうから、今日のところは悪く思うな」

「わたしも同じ。女装云々は別にしても、一緒にご飯を食べたい相手でもないしね」

高虎と理沙子が部屋を出て行く。

「ここにいると精神的に強くなれるなあ……」

溜息をつきながら樋村が立ち上がってドアに向かう。

「樋村君、そう落ち込むなよ。二人とも悪気はないんだ。ただ正直なだけだよ」

資料に顔を埋《うず》めたまま、冬彦が言う。

「傷口に塩をすり込んでくれてありがとうございます」

樋村はまた溜息をつくと、重い足取りで部屋を出て行く。

三人が食事から戻ってくると、冬彦はホワイトボードにマジックペンで書き込みをしていた。

「これを見て下さい」

「犯行があったと推測される日付ですね」

樋村が言う。

七月五日（日曜日）被害届提出。
七月一一日（土曜日）
八月二日（日曜日）
八月八日（土曜日）
八月三〇日（日曜日）被害届提出。
九月五日（土曜日）
一〇月四日（日曜日）被害届提出。
一〇月一〇日（土曜日）
一一月七日（土曜日）

「これは非常に特殊な事件だと思います。ごく限られた場所で、わずか二時間ほどの間に犯行が行われています。なぜ、犯人が捕まらないのか、とても不思議です」

冬彦が首を捻る。

「こうして羅列《られつ》すると、おっ、という感じがするけど、被害届自体は三件しか出されてないわけですからねえ。その三件が殺人なら話は別だけど、強盗傷害だ。もちろん、それだって凶悪犯罪だけど、被害額が三万から八万、被害者の怪我にしても頭や顔を殴られたくらいだからなあ。新宿二丁目あたりでは、喧嘩や恐喝《きょうかつ》、窃盗《せっとう》なんか日常茶飯事だろうし、この程度の事件で捜査本部を設置するわけにもいかないしね。せいぜい、制服警官の巡回頻度を上げるくらいが関の山でしょうよ。被害者がみんなオカマだから、目立つだけで、被害者がごく普通の人たちだったら誰も注目しないだろうな。日報に記載されて終わりですよ」

高虎が肩をすくめる。

「そうかもしれませんが、すでに事件に関わってしまったし、樋村君が良心の呵責《かしゃく》に苦しんでいるのが哀《あわ》れでもありますから、ぼくたちの手で解決しましょう」

「簡単に言いますけど、うちの管轄でもないのに勝手に捜査なんかできないんですよ。それこそ大問題になる」

「捜査はしません。四人で食事に出かけて、たまたま事件に遭遇すればいいんです。それなら管轄は関係ありません。緊急逮捕ですから」

「またまた簡単に言って。まるで、いつ、どこで事件が起こるかわかってるみたいじゃないですか」

「それならわかってますよ。次の事件は、一二月六日の日曜日に起こります。その日の午後一〇時から一二時までの二時間、事件が起こりそうな場所にいればいいだけです」

「一二月六日……ひと月も先じゃないですか。犯行は土曜か日曜に起こってますけど、それまでに事件は起こらないんですか？」

理沙子が訊く。

「起こらないはずだよ。犯人が今までのパターンを踏襲《とうしゅう》するとすればね」

冬彦が自信たっぷりにうなずく。

「どんなパターンですか？」

樋村が訊く。

「それくらい自分で考えないと駄目だよ。大して難しくもないし、樋村君程度の頭でもわかるはずだよ。日本人なんだからさ」

一三

一二月六日（日曜日）

「嫌だなあ、そんなにじろじろ見ないで下さいよ」

樋村が恥ずかしそうにバッグで顔を隠す。

「見てねえよ！　くねくねするな。気色悪い」

高虎が舌打ちする。

「そう悪くもないですよ。想像していたより、ずっとましだと思いますけどね。過剰に拒否反応を示すと、寺田さん自身、潜在意識において女装に憧《あこが》れていると疑われかねませんよ」

冬彦が真顔で言う。

「おれはゲイじゃありませんよ」

高虎が顔を顰める。

「気色悪いなんて言ってる場合じゃないでしょう。お化粧や着付けを手伝ったのは、わたしなんですよ。犯人逮捕のためだと思って我慢したんです。何もしてないのに文句なんか言わないで下さいよ」

理沙子が口を尖らせる。

オカマを狙った連続強盗傷害犯を捕まえるために、冬彦は樋村を囮《おとり》にすることを提案した。午後七時に四人は新宿駅前に集合し、樋村と理沙子はラブホテルに入った。一時間後に出てきたとき、樋村は女装していた。「バッカス」に行けば、ダフネが女装を手伝ってくれるとわかっていたが、囮作戦を誰にも知られないようにするため理沙子に手伝ってもらうことにしたのだ。まだ不慣れなので、一人ではきちんと女装できないのである。

「では、下見をしましょう。四人一緒じゃない方がいいですね。樋村君、先に行ってくれ。ぼくたち三人もばらばらについていくから」

これまでに起こった九件の犯行は、半径六〇メートルの円の中に収まる。それ故、次の犯行も、その円内の、人気のない場所で起こるはずだと冬彦は推測している。地理的プロファイリングの基本だ。

これまで犯行が起こったのは例外なく午後一〇時以降である。それまで、まだ時間があるから円内を歩いてみようというわけである。

「わかりました」

樋村が歩き出す。

一〇メートルほど距離をあけて理沙子が続く。更に一〇メートル後ろに高虎、その一〇メートル後ろに冬彦という順番だ。何か連絡し合いたいことがあれば、メールを送ることになっている。

三〇分ほど経ったとき……。

「お姉さん」

樋村が背後から肩を叩かれた。

「わたし？」

樋村が振り返る。

（あれ？）

二十歳くらいの、ひょろりと痩《や》せた若者だ。どこかで見たような顔だと思った。

（あの日だ）

すぐに思い出した。一〇月三一日の土曜日、その日、樋村はジュリアと知り合い、ダフネを紹介されて初めて女装した。この若者は、ジュリアと知り合う直前に樋村をナンパしてきたのだ。

樋村が黙っていると、

「デートしない？　すごくタイプなんだよ」

「わたしが？」

つい声が裏返る。

「ぽっちゃりしてて、かわいいよ。おれ、あっち系だから」

「は？　デブ専？」

「おれ、うまいよ。自信あるんだ。絶対に後悔させないよ」

その若者が口許に薄ら笑いを浮かべる。

それを見た瞬間、樋村の頭の中で何かが切れる。

「おい、ふざけるんじゃないよ。デブを馬鹿にして面白いか？」

野太い普段の声になる。怒りの滲んだ声だ。

「え？　お、おれは別に……ただ、あなたのことが……」

「デブなら男でも女でもいいってのか？　なめるんじゃないよ。調子のいいことを言えば、相手が喜ぶと思ってるのか？　デブなら簡単に騙《だま》せると甘く考えてるのか」

「い、いや、そんなことは……」

「消えろ、クソガキ。二度と、このあたりをうろうろするな。今度見付けたら、ただじゃおかないぞ」

「……」

その若者は瞬きもせずにじっと樋村を見つめていたが、不意に踵《きびす》を返すと、脱兎《だっと》の如《ごと》く走り去る。

メールの着信音が聞こえる。

理沙子からのメールだ。

「何かトラブル？」

という短い内容だ。ちなみに、そのメールは高虎と冬彦にも送られている。皆が情報を共有するためである。

「問題なし。すべて順調」

すぐに樋村が返信する。

一四

午後一一時を回った。

あの若者が話しかけてきた以外、何者かによる樋村に対する接触は一切ない。冬彦が指示した円内をひたすら歩き続けているだけだ。人気のない道ばかりを選んでいる。

最初は、一〇メートル間隔で四人が歩いていたが、それでは人目についてしまうので、理沙子は樋村との距離を二〇メートルに広げ、しかも、物陰に身を隠すように尾行する。高虎と冬彦は、もっと後ろだ。もはや、冬彦の目には樋村の背中すら見えない。

時折、

「どんな感じですか？」

と、冬彦がメールを送る。目視できないので、メールで様子を訊くしかない。

すると、他の三人が返信してくる。

「何もなし」

「退屈です」

「もう帰りたい」

そんな内容だ。

高虎の方からも、

「警部殿、空振りですか？」

そんな皮肉めいたメールがきたりする。

と、いきなり前方で、

「うわっ！」

という叫び声が聞こえる。聞こえたのは、それだけだったが、すでに高虎は走り出している。慌てて冬彦も走る。樋村と理沙子の姿は見えず、高虎が小路を曲がるのがかろうじて見えた。

息を切らせながら冬彦が小路に走り込む。あたりは薄暗い。

樋村が地面に倒れており、それに何者かが馬乗りになっている。犯人に違いない。二人が揉み合っているところに、

「逮捕する！」

と、理沙子が飛びかかっていく。犯人がするりと身をかわして、すばやく樋村から離れる。高虎の方に向かってくる。ということは冬彦に向かってくるということでもある。

「止まれ！」

高虎が叫び、両手を広げて仁王立ちになる。

犯人が右腕を前に突き出す。手に何か持っている。

シューッという音がする。ぎゃっ、と叫んで高虎が両手で顔を押さえて蹲る。痴漢対策用の催涙《さいるい》スプレーのようなものを噴射されたのであろう。

（え？）

犯人が真っ直ぐ冬彦に向かってくる。

どうしていいかわからず呆然と佇《たたず》む。

「警部殿、柔道！　目を瞑って！」

理沙子の声だ。

目と鼻の先で犯人がスプレーを噴射した瞬間、冬彦は目を瞑る。犯人がぶつかってきたとき、咄嗟に犯人の胸倉をつかんで自分の体を反転させた。犯人の体重が背中にかかり、次の瞬間には軽くなった。薄目を開けると、犯人が地面に仰向けにひっくり返っている。背中を強く打ったのか、すぐには起き上がることができない。そこに理沙子が駆けつけ、犯人に手錠をかける。

「やったじゃないですか。すごいですよ。練習の成果が出ましたね」

理沙子が肩越しに振り返って、冬彦を誉める。

樋村と冬彦は、週に一度か二度、道場で理沙子に柔道や護身術、格闘術の稽古をつけてもらっている。冬彦は非力なので、相手の力を利用した投げ技や関節技を中心に教わっている。初めて実践で生かすことができたのである。

「ちくしょう、目が開けられねえ」

高虎が目をごしごしこする。

「寺田さん、何もしない方がいいですよ。かえって腫れてしまいますから」

冬彦が注意する。

そこに樋村がやって来て、

「あ、ジュリアさん」

と驚きの声を発する。

「樋村さん……」

ジュリアも両目を大きく見開いて樋村を見つめる。

「まさか、お巡りさんだったの？」

「どうしてこんなことを……」

「わたしだって、こんなことをしたくなかった。だけど、お金が必要なの。本当の女になるにはお金がかかるのよ」

ジュリアが肩を落として溜息をつく。その目には涙が光っている。


新宿署。

待合室に冬彦と理沙子と高虎がいる。

そこに樋村がやって来た。女装姿ではなく、普通の格好だ。着替えてきたのである。

ジュリアを取り押さえた現場に新宿署の警察官たちがやって来たとき、当然ながら、樋村の女装姿を見て仰天した。

「四人で食事をしていて、樋村がゲームに負けたので罰ゲームとして女装させた」

高虎が言い訳した。そんな間抜けな言い訳を相手が信じたかどうかわからないし、そもそも、ジュリアが取り調べで樋村の女装癖をしゃべるかもしれない。そのときは、もう諦めるしかない、と樋村も腹を括り、とりあえず、今夜は適当にごまかすことにしたのだ。

「いつ見ても不細工なデブだが、それでも不細工なデブ女よりはましだな。その方が、こっちは、ホッとするよ」

「口が悪いなあ」

樋村が高虎を睨む。

「警部殿、そろそろ種明かしをしてくれてもいいんじゃないですか」

理沙子が言う。

「何のこと？」

「とぼけないで下さいよ。どうして今夜、犯人が現れることを知ってたのか、ということですよ。前回の犯行が一一月七日の土曜日、今日は一二月六日の日曜日、ひと月も空いてます。なぜ、今夜だとわかったんですか？」

「樋村君に訊いてみれば？　一ヶ月も時間があったんだから何か思いついたんじゃないかな」

冬彦がにやにや笑う。

「どうなの、樋村？」

理沙子が樋村に訊く。

「いやあ、それがさっぱり……」

「ヒントをあげたじゃないか。日本人なら誰でもわかるはずだって」

「寺田さん、わかりましたか？」

樋村が高虎に訊く。

「おれに訊くなって」

「ヒント、結婚式」

冬彦が言うと、

「あ」

理沙子が何か思いつく。

「まさか……今日って大安ですか？」

「うん、そういうこと。これまでの九回の犯行はすべて土曜か日曜の大安の夜に起こっているから、次の犯行も土日の大安に起こるだろうと考えただけだよ。今日は、ひと月ぶりに日曜が大安なんだ」

一五

土日の一二月一二日（土曜日）

樋村が渋谷の雑踏を歩いている。

ひたすら、あてもなくぶらぶら歩く。

いつもの休日の過ごし方だ。

歩き疲れると喫茶店に入ってアイスコーヒーを飲む。これまでは、休憩しながら、気になったファッションをスケッチするのが常だったが、今日は、あまりその気にならない。アイスコーヒーを飲みながら、眼下の人混みをぼんやり見下ろしているだけだ。

その気にならないのは、ジュリアのせいかもしれないとも思う。ジュリアは新宿署で取り調べを受けている。強盗を思い立ったのは、性転換手術の費用がほしかったからだと供述している。必要な金額に達したら、やめるつもりだったとも話しているが、性転換手術の先進国であるタイに渡航して手術を受けるには最低でも一〇〇万円以上かかる。安ければ安いほど手術のリスクが大きくなり、アフターケアも粗雑になるから、一般的には二〇〇万以上払った方が安心だと言われる。国内で手術を受けることも可能だが、その場合、タイで手術を受ける五割増しの費用がかかる。ジュリアが目標にしていたのは二〇〇万円だという。

事件の被害者が奪われた平均的な金額は五万円くらいで、これまでの九回の強盗でジュリアが手に入れたのは五〇万ほどだ。それが丸々手元に残っているわけではなく、「エチカ」の赤字補塡《ほてん》に使ったりしたので、手元には二〇万も残っていない。

もちろん、悪いことをしているという自覚はあり、いつかは捕まるかもしれないという不安もあったから、少しでも運を味方にしようとして大安という縁起のいい日だけに犯行を行っていたのだ。

（二〇〇万円貯めるのに、どれくらい強盗するつもりだったのか……）

それを考えると、樋村は唖然《あぜん》となる。

オカマばかりを狙ったのは、秘密を誰にも知られたくないという者が多いので、被害に遭っても警察に届け出ないだろうと計算してのことだったという。

今のところ樋村のことは口にしていない。

それが、なぜなのか、樋村にはわからないが、裁判が終わり、刑が確定したら、一度面会に行こうと考えている。

（またか……）

師走《しわす》になると恒例と言っていいが、どこに行っても山下達郎《やましたたつろう》の『クリスマス・イブ』を耳にする。嫌いな曲ではないが、あまりしつこいとさすがに食傷気味になる。もう出ようかと腰を上げかけたとき、違う曲が流れ出す。知っている曲だったので、また腰を下ろす。シカゴというアメリカのロックバンドの有名なラブソングだ。

“Everybody needs a little time away,” I heard her say, “from each other.”

“Even lovers need a holiday far away from each other.”

Hold me now. It's hard for me to say I'm sorry. I just want you to stay.

「誰にでも一人になる時間が必要なことがあるわ」

そう彼女が言うのを聞いた。

「恋人同士だってそうよ。離れている時間だって必要なの」

抱きしめてほしい。ごめんねって謝るのは得意じゃないんだ。そばにいてほしいんだよ。

After all that we've been through, I will make it up to you. I promise to.
And after all that's been said and done,
You're just the part of me I can't let go.

今までたくさんひどいことをしてしまった。

その償いをしたいんだ。約束するよ。

言葉や仕草で傷つけてしまったね。

もう二人は離れられない。

君を行かせることなんかできない。


英語の歌詞なので、樋村にはどんな歌なのかよくわからない。邦題が『素直になれなくて』だということは知っている。

（ふうん、『素直になれなくて』か……。だけど、素直になりすぎるとよくないことだってあるんだよなあ……）

ずっと女装に憧れてきた。そんなことができるはずがないと諦めていたので、それが実現できたときは興奮し、舞い上がった。

憑《つ》き物が落ちてしまったように、その高揚感も今は消えた。将来はどうなるかわからないが、しばらくスケッチブックを開くことはなさそうな気がする。

理沙子や高虎は、樋村の女装をネタにして今でも笑いものにするが、女装癖のおかげでジュリアを逮捕することができたのは事実だ。

もし六日の日曜日に逮捕していなければ、今夜もジュリアは、どこかの哀れなオカマを襲っていたに違いないのだ。今日、一二日の土曜日も大安なのである。

17才

一

九月一一日（金曜日）

屋台のおでん屋で亀山係長と三浦靖子がおでんを食べながら冷や酒を飲んでいる。亀山係長の妻・美佐江と靖子は同期で、亀山係長と靖子の付き合いも古い。職場では上司と部下という関係だが、仕事を離れると、時たま二人で飲み、愚痴をこぼし合う親しい仲だ。

最初は靖子の婚活について気楽に話していたが、急に亀山係長は真顔になり、

「自分が幸せになれなかったから、せめて三浦ちゃんには幸せになってほしいんだよ……」

目頭を押さえて嗚咽を洩らし始めた。

「はいはい、泣かないで下さいね。酔うとすぐに泣くんだから。泣き上戸なんだよねえ、係長は……」

酔って、めそめそ泣く亀山係長を靖子は駅まで送り、改札口で見送った。靖子は電車ではなく、バスで通勤しているので、ここでお別れである。

電車は混み合っていた。いつものことだが、自宅の最寄り駅まで一時間近く立ち続けるのは、四五歳の亀山係長には辛い。特に酔っているときは辛い。

「あの……どうぞ」

正面に坐っていた二十歳前後の若い女性が席を譲ろうとする。

「え？　大丈夫ですから」

「どうか遠慮なさらずに」

「はあ……すいません」

どうやら目を赤くして暗い表情をしている亀山係長に同情したらしい。その親切と優しさに感謝しつつも、

（おれは何をやってるんだ）

という情けなさで、更に気持ちが落ち込む。溜息をつきながらも、次第に目蓋《まぶた》が重くなってくる。いつの間にか居眠りしていたらしく、危うく最寄り駅を乗り過ごすところだった。ドアが閉まる寸前に慌てて電車を降りる。

駅を出る。いつもはバスに乗る。自宅近くのバス停まで、一五分くらいだ。距離は結構あるが、夜は道路が空いているのだ。足が自然にバス停に向く。

しかし、長い列ができているのを見て気が変わる。急いで帰りたいわけではない。酔い醒《ざ》まししながら、ぶらぶら歩いて帰ることにする。

駅前には商店街がある。すでにシャッターを下ろしている店がほとんどだ。商店街を抜けると、ショッピングセンターがある。ここは夜の一一時まで営業しており、まだ煌々《こうこう》と明かりが灯っている。

（あ……いかん）

美佐江に買い物を頼まれていたことを思い出した。

ポケットからメモ用紙を取り出して確認する。

ティッシュペーパー、味噌、サラダオイル、ピスタチオ（無塩）、と記されている。美佐江は晩酌《ばんしやく》にワインを飲むのが好きで、ピスタチオは、その摘みである。

バスに乗らずによかった、と亀山係長は胸を撫で下ろす。買い物を忘れて帰宅したら、美佐江の罵詈雑言《ばりぞうごん》を浴びることを覚悟しなければならない。

ショッピングセンターで買い物をする。

レジ袋をぶら下げて外に出ようとしたとき、見かけない店があることに気が付いた。新しい店がオープンしたのか、何の店だろう……気まぐれに、その店に近付いていく。

この夜、亀山係長は恋に落ちた。

二

一〇月八日（木曜日）

「何だか、おかしくないですか？」

高虎が手で口許を隠し、小声で冬彦に訊く。

「あの二人でしょう？」

冬彦がちらりと亀山係長と靖子を見る。

「確かに変ですよね」

靖子は気の抜けた様子で椅子に坐り、重苦しい溜息をつきながら帳簿に視線を落としている。その表情が暗い。一見すると仕事をしているように見えるが、実際には何か物思いに耽っているのは明らかだ。

一方の亀山係長は出勤してから、ずっとにこにこしている。滅多にないことである。今にも倒れそうな様子で出勤してきて、憂鬱そうな顔で溜息ばかりつき、やたらと席を立ってトイレに行く……それがいつもの亀山係長なのである。

二人の様子が普段と違いすぎるので、高虎も怪訝に思ったのであろう。

「お。やっぱり、トイレには行くらしいな」

亀山係長が席を立つのを見て、高虎がつぶやく。

朝礼の後、とりあえずトイレに行くのが亀山係長の習慣である。

「足取りが軽いですよ」

今にもスキップでも始めそうな足取りで亀山係長が部屋を出て行くのを見て、冬彦が言う。しばらくして冬彦がトイレに行くと、個室から亀山係長の鼻歌が聞こえた。

誰もいない海
二人の愛を
確かめたくて

「ん？」

冬彦は音楽に詳しくないし、カラオケも好きではないが、これが『17才』という歌謡曲だということは知っている。亀山係長がカラオケに行くと、大抵は八代亜紀《やしろあき》の『舟歌《ふなうた》』か森昌子《もりまさこ》の『越冬《えっとう》つばめ』を歌い、感極まって泣きながら歌うことになる……以前、靖子が教えてくれた。

しかし、それこそ滅多にないことだが本当に機嫌がよく、気分が高揚しているときには『17才』を歌うのだという。森高千里《もりたかちさと》ではなく、南沙織《みなみさおり》の『17才』でなければ駄目らしいが、その違いが冬彦には理解できない。亀山係長がティーンエイジャーだった頃に大好きだったアイドルが南沙織なのだというが、そもそも、亀山係長にティーンエイジャー時代があったということが想像できない。

（トイレに籠もって『17才』を歌うとは……。いったい、どんないいことがあったんだろう？）

そのことに冬彦は関心がある。

終業時間を待ちわびていたかのように、亀山係長は、そそくさと机の上を片付ける。

「じゃあ、みんな、お疲れさま！」

右手を挙げ、ハイテンションで挨拶する。

高虎、理沙子、樋村の三人がぎょっとしたように亀山係長を見る。冬彦だけが探るような目で亀山係長を見つめる。

部屋を出て行きかけて、急に踵を返して靖子の机に近付くと、

「三浦さん、よかったら飲みに行く？」

と、亀山係長が声をかける。

靖子は見るからに暗い表情でのろのろと仕事の片付けをしている。婚活の失敗を引きずっているのだ。

「まだ木曜じゃないですか。明日も仕事だし、飲みに行く気にならないんですよね」

「元気ないからさ」

「係長は元気で結構ですね。あ……嫌味や皮肉じゃありませんからね。何かいいことがあったんでしょう? たまには、そういうことがないとやってられませんよね」

本当にやってられないわよ、と靖子は深い溜息をつく。

三

一〇月二二日(水曜日)

「は? 何だ、これは……」

「どうしたんですか?」

光男君の撮った写メを見て、冬彦、高虎、理沙子、樋村らが驚きの声を発する。そこには真っ赤な猫が写っていたのだ。

「怪我だとしたら、ものすごい大怪我だろうな。何しろ、全身が赤いんだから」

高虎が言うと、いきなり、光男君がうわーんと泣き出す。

「助けてあげてくれますか?」

「これ、野良猫でしょう? かわいそうだとは思うけど、警察が野良猫探しなんかかねえ……。保健所に連絡すればいいんじゃないですか？」

理沙子が口にしたとき、

「許せない！」

亀山係長が怒りの形相で叫び、理沙子と樋村に捜査を始めるように命じる。その剣幕に驚いて、皆が言葉を失う。自分から積極的に捜査を指示するようなことは、まったくと言っていいほどないのが亀山係長だからだ。

（やっぱり、係長、何かあったな）

驚きつつも冬彦は、そんなことを考えている。

四

一〇月二八日（水曜日）

終業を知らせるチャイムが鳴ると、亀山係長はそそくさと帰り支度を始め、誰よりも早く部屋を出る。

「最近、急いで帰りますよね。何かあるんですかね？」

理沙子が口にする。

「お～い、何か知ってるか？」

高虎が靖子に訊く。

「存じません」

靖子が力なく首を振る。頬がげっそり痩《こ》けてしまい、すっかり面変わりしている。依然として失恋の痛手から立ち直ることができないのだ。じゃあ、お先に～と蚊の鳴くような声で挨拶すると、溜息をつきながら、靖子も部屋を出て行く。

「鉄の女に戻るには時間がかかりそうだな。あれじゃ、こんにゃく女だぜ」

「何かあったんですか、三浦さん？」

樋村が訊く。

「おまえには関係ねえ。余計な詮索をするな」

高虎が樋村を睨む。

「三浦さんが暗くておとなしいのも不気味ですけど、係長が明るく元気というのも不気味ですよね」

理沙子が言う。

「警部殿、プロファイリングして下さいよ。得意なんだから」

高虎が冬彦に水を向ける。

「何かあったんでしょうけど、それこそ余計なお世話じゃないですか。別に事件というわけでもないし、放っておきましょう」

冬彦が肩をすくめる。

改札を抜けると、亀山係長はショッピングセンターに向かう。気が急《せ》いているのか小走りである。店内に入ったときには呼吸が乱れ、額にうっすら汗をかいている。手の甲で額の汗を拭い、呼吸を整えながら目的の店に向かう。

明るい店内に犬の吠え声や猫の鳴き声が響いている。ペットショップなのである。

それほど遅い時間ではないので、小さな子供を連れた親子が何組か、ガラスケースの前に集まっている。かわいらしい子猫や子犬を指差して、きゃあきゃあ騒いでいる。店員に頼めば、ガラスケースから取り出された子猫や子犬を抱っこすることもできる。生まれてから、ほんの二ヶ月か三ヶ月しか経っておらず、大人の掌に載ってしまうような小さな犬猫ばかりだ。

ガラスケースは店の入口付近から奥までずらりと並んでいる。人気のある種類や値段の高いものが、よく目立つ入口付近のガラスケースに入れられ、奥に行くほど、さして珍しくもなく、あまり値段も高くないものになる。意地の悪い見方をすれば、ガラスケースを空にしていると体裁が悪いので、そこに入れられているという感じである。そのせいか、入口付近には多くの客がいるが、店の奥は人影がまばらで閑散としている。

亀山係長は迷う様子もなく奥に向かう。

壁際のガラスケースの前で足を止めると腰を屈め、

「マルちゃん、元気？」

と小声で話しかける。

ガラスケースの中にはスコティッシュフォールドの雌猫がいる。クッションの上に体を丸めて寝ている。スコティッシュフォールドは耳が垂れているのが特徴的な猫だが、この子の耳は垂れていない。まん丸の顔で、鼻の頭はピンク色だ。肉球も同じ色だ。この猫種の毛並みはクリーム色と白色のツートンカラーが多いが、ケースの中で目を瞑って居眠りしている子は黒っぽいまだら模様の毛並みで、一見しただけではスコティッシュフォールドだとはわからない。

ひと月半ほど前、靖子と屋台のおでん屋で飲んだ帰り、偶然、このペットショップに入った。閉店間際で店内は閑散としていた。何の気なしにガラスケースを覗き歩いているとき、マルちゃんと目が合った。マルちゃんは、顔の輪郭と同じようなまん丸の大きな目で、じっと亀山係長を見つめた。その目に引き込まれて、ガラスケースに近付いた。

「よかったら、ケースからお出ししましょうか」

若い女性店員が声をかけてきた。胸に「小松《こまつ》」という名札を付けていた。いいえ、結構です、と断るつもりだったが、なぜか、その言葉が出てこなかった。小松さんがマルちゃんをガラスケースから出し、

「どうぞ」

と差し出す。レジ袋を床に置き、両手を殺菌スプレーで消毒してからマルちゃんを抱いた。

「ふうん、おとなしいなあ……」

よく見ようと顔を近付けたとき、マルちゃんが亀山係長の鼻の頭をぺろりと舐めた。

「あら、お客様のことが好きなんですね。普通、猫は人間の顔なんか舐めないんですよ」

「そ、そうなんですか？」

年甲斐もなく胸が高鳴り、声が上擦る。

「ええ。よかったらお写真も撮りましょうか？」

「お願いします」

小松さんに写メを撮ってもらった。

その夜、マルちゃんに恋をしたのだ。

ちなみに、マルちゃんというのは亀山係長が勝手に付けた名前である。顔も目もまん丸だから「マル」ちゃんなのだ。

それ以来、マルちゃんの虜《とりこ》になり、仕事帰りには必ず、このペットショップに寄るようにしている。あまり足繁く通うので店員たちにも顔を覚えられてしまったらしく、店に入ると店員同士が目配せを交わしたりする。最初のうちは熱心に購入を勧められたが、そのうち店員が近寄ってこなくなった。買うつもりのない客だと見切られてしまったらしい。今では、たまに小松さんが話しかけてくれるだけだ。それとなく普段のマルちゃんの様子を教えてくれるのである。

「いらっしゃいませ」

背後から声をかけられる。振り返ると、小松さんが立っている。

「ああ、どうも」

「今日はお客様が多かったので、疲れてしまったのか、ずっと寝てるんですよ」

「お客さんが多いと疲れるのかな？」

「何人かのお客様が抱っこしてみたいとおっしゃって……。この子、人見知りしないし、とても甘えん坊ですから、ケースから出されるとはしゃいで興奮してしまうんですよ」

「へえ……」

内心、ドキッとした。あまり人気がないだろうと高を括り、マルちゃんを独り占めしているような気分を味わっていたが、マルちゃんのかわいさに気が付く客もいるのだ。

「中には、かなり気に入ったというお客様もおられましたよ」

「え。売れたの？」

「まだ迷っているという段階です。いかがですか、お値段もお手頃になってきましたし」

小松さんが小首を傾げて、にこっと笑う。

「……」

早くしないと他の客に買われてしまいますよ……客を焦らせて購買意欲を刺激するという初歩的な営業トークだとわかっているが、それでも亀山係長は焦りを感じる。

ガラスケースの下部に販売価格が提示されており、そこには七万五千円とある。昨日までは九万七千円だったはずだ。なかなか売れないから値下げしたんだな、できるだけ早く売りたいから、珍しく小松さんがセールストークを口にしたのか……そう考えて、亀山係長は何となく物悲しさを感じる。

「そうですね。考えてみますよ」

亀山係長もにこりと笑みを返す。

しかし、自分の言葉に空しさも感じている。買えるものなら、とっくにマルちゃんを買っている。それができないのは、お金の問題ではない。

（こんなに愛してるのに……）

それなのに亀山係長はマルちゃんをうちに連れ帰ることができないのである、絶対に。

五

一月一日（日曜日）

亀山係長の自宅に靖子が遊びに来た。

靖子と美佐江は仲良しなのだ。

「そりゃあ、わたしだっておかしいと思ったわよ。お金持ちのイケメンがプロポーズしてくるんだもん。夢じゃないのかって何度もほっぺたをつねったわよ。こんなことが現実のはずがない、現実だとしたら、きっと裏がある。騙されてるに違いないって」

「騙されてたわけじゃないよね」

「ある意味、騙されてた方がよかった、と思ったよ。だって、小さい頃に亡くなった母親にそっくりだから結婚したいなんて……そんなことを言われて喜ぶ女がいる？」

「微妙だよねえ。だけど、少しは幸せだったんじゃない？」

「そう、幸せだった。ほんの一瞬だったけど、夢を見たよ。イケメン君とのバラ色の結婚生活を」

「それならいいじゃない。たとえ一瞬でも幸せだったのなら……」

美佐江が横目で台所にいる亀山係長を眺め、うんざりした表情になる。婚活の顚末《てんまつ》を肴《さかな》に、ビール片手に盛り上がる美佐江と靖子のために、せっせと摘みを用意している。

「結婚と恋愛は違うよ。心のときめきも大事だけど、それ以上に安定が大事だよ。精神的な安定、経済的な安定……」

靖子が自分に言い聞かせるように言う。

「それはわかるんだけど、わかっていても溜息が出て来るんだよね」

「贅沢《ぜいたく》だよ。係長、よくやってるじゃん。日曜日に女房の友達が遊びに来ても、嫌な顔もせずに台所に立って、せっせとお酒や摘みを用意してくれてるんだからさ」

「それが長所でもあり、短所でもあるんだよね」

「どうして？」

「腰が軽くて使いやすい人だから、上にいいように使われて出世できないわけじゃない。違う？」

「むむっ……否定したいけど否定できないところが辛い」

「でしょう？」

それから二時間ほど、女二人でしゃべりまくり、亀山係長は給仕係に徹した。

夕方、靖子が帰るとき、亀山係長も一緒に家を出た。美佐江に買い物を頼まれたのだ。

「立ち直った……というわけじゃないよね？　無理してたんじゃないの」

亀山係長が訊く。

「それは、そうですよ。そう簡単には立ち直れません。でも、いつまでも引きずるわけにはいかないし、こういうことは、ギャグにして笑い飛ばすのがいいんです。前を向いて生きていかないと」

「三浦ちゃんは強いなあ」

「そうでもないんですけどね。係長こそ、がんばってるじゃないですか。打たれ強いというか、我慢強いというか……。最近、何だか明るいし」

「理由があるんだ」

「どんな理由ですか?」

「知りたい?」

「ええ」

「教えてあげる」

亀山係長がにこっと笑う。


「ふうん……」

靖子がガラスケースに顔を近付け、じっとマルちゃんを見つめる。いつまでも何も言わないので、

「どう、かわいいだろ?」

亀山係長が探るような目で靖子を見る。

「普通」

「え」

「かわいいと言えば、かわいいけど、割と普通じゃないですか? このお店、他にもかわ

いい犬や猫がたくさんいますからね。取り立てて、この猫ちゃんがかわいいわけじゃないような気がしますけどねえ。それに……」

「何？」

「あ……いいんですよ、別に」

「気になるじゃないか。言ってよ」

「それなら言いますけど、この猫、何だか大きくないですか？」

「そ、そうかなあ……」

「他の猫に比べると、かなり大きく見えますけど」

「そりゃあ、他の猫は、生まれてから二ヶ月とか三ヶ月しか経ってないからね。この子は五月生まれだし……」

「五月生まれですか。すると、もう五ヶ月以上ですね。大きくなった犬や猫でも売れるんですか？」

「そ、それは……」

「何だか、値段も下がってますよね。七万五千円が五万九千円ですよ」

元の値段が赤いマジックで消され、その上に新しい値段が書かれている。

「……」

最初は九万七千円だったとは、とても言えない。

「売れないと処分されちゃうんですかねえ。かわいそうになあ」

何気なく口にしてから、亀山係長の顔色が変わったことに気が付き、

「冗談ですよ、冗談。この子、かわいいから、誰かいい人が買ってくれますよ」

慌てて取り繕うが、もう遅い。亀山係長は真っ青な顔で震えている。

「わたし、もう帰ります。見送りは結構ですから」

靖子が足早に店を出る。

後には、ガラスケースの前に呆然と佇む亀山係長が残される。血走った目でマルちゃんを見つめる姿が異様だったせいか、

「お客様、どうかなさいましたか？」

小松さんが声をかける。

「正直に答えてもらえますか？」

「何でしょうか？」

「どんどん値下げしてますよね？　値下げしても売れなかったら、どうなるんですか」

「……」

小松さんが周囲に視線を走らせる。日曜日の夕方だから客が多い。亀山係長との会話に耳をそばだてている客もいる。

「いろいろです」

小松さんが小声で答える。

「よそにやられるということですか？」

「そういう場合もあります」

「だけど、日々、成長して大きくなっていくわけでしょう？　よそでも売れなかったら、どうなるんですか」

「お客様に気に入っていただけるように努力します。きっと、いいご縁があると信じています」

「でも……」

亀山係長が口をつぐむ。ここで小松さんを問い詰めても仕方がないと気が付いたのだ。

大きく深呼吸すると、

「そうですね、わたしも、そう信じます」

と、うなずく。

六

一一月二日（月曜日）
「何でも相談室」に出勤してくると、高虎は朝礼が始まるまでの一〇分か一五分、眠気覚ましのコーヒーを飲みながらスポーツ新聞を読む。最も熱心に目を通すのは競馬欄で、日曜日のレース結果を確認しながら己の馬券下手を反省する。ぶつぶつ悪態を吐《つ》きながら他の記事を斜め読みする。一般のニュース欄に目を留めると、

「山の中に犬と猫の死体を大量遺棄だってよ。犬が三〇匹以上、猫が一〇匹以上、しかも、雑種じゃなくて、ちゃんと血統書がついてるような立派な犬や猫なんだってよ。いったい、誰がこんなことをするのかねえ……」

誰に言うともなくつぶやく。

「今はペットブームなので大量に犬や猫が生産されているそうですが、ちょっとブームが加熱しすぎというか、供給過剰になってペットが余っているそうですよ。それと関係あるんじゃないですか」

理沙子が言う。

「もしかすると、それは処分屋の仕業かもしれませんね」

樋村が口を挟む。

「何なの処分屋って？」

冬彦が訊く。

「ペットショップで売れ残った犬や猫を一匹一万円くらいで引き取る業者がいるらしいんです。以前、雑誌で読みました」

「でも、そう簡単に処分なんかできないんじゃない？　今は動物愛護の法律も厳しくなってるし。保健所に持ち込んでも、そう簡単に引き取ってくれないって聞いたわよ」

　理沙子が言う。

「そこなんですよ、ポイントは。保健所の引き取りが厳しくなったから処分屋なんて商売が成り立つようになったんです。処分屋ではペットを殺したりしないんです。捕まりますからね。病気で死ぬのを待つらしいんです」

　樋村が答える。

「そう簡単に死ぬものなの？」

　冬彦が訊く。

「狭いケージに閉じ込めて、ろくに餌《えさ》を与えず、世話をしないで糞尿まみれにしておくと、すぐに病気になるらしいです。処分屋に引き取られると大抵は三ヶ月くらいで死ぬらしいですよ」

「なるほど、処分屋が引き取った犬や猫が大量に死んじまって、死体の処分に困って山に捨てたってことか。ゴミ袋に入れて捨てるわけにもいかないからな。大騒ぎになる」

　高虎がうなずく。

「ひどい話ね」

　理沙子が顔を顰める。

「もっとひどい話だってありますよ。処分屋を使うと、ペットショップもお金がかかるわけじゃないですか。一匹一万円、一〇匹なら一〇万円です。経営が苦しいペットショップだと、そんなお金を払えないわけですよ」

「まさか、お店で殺しちゃうの？」

理沙子が眉を顰める。

「刃物を使うと痕《あと》が残るし、首を絞めると暴れるじゃないですか。店員だって、そんなことはしたくないだろうし。だから、冷蔵庫に閉じ込めるらしいんですよね」

「冷蔵庫？」

「つまり、凍死させるんですよ。それだと傷跡もないし、病気で死んだってことにできますから」

「ペットショップ残酷物語か。樋村君、意外と物知りなんだなあ」

冬彦が感心したように言う。

「いやあ、そうでもないです。床屋に置いてあった雑誌を読んだだけですから」

えへへへっ、と満更でもない様子で、樋村が謙遜《けんそん》する。そのとき、がたっ、と大きな音がしたので皆が一斉に亀山係長の方に顔を向ける。

亀山係長が椅子から立ち上がり、机の上に置いた拳をぶるぶる振るわせている。顔は真っ青だ。

「あれ、もう朝礼ですか？　あと五分ありますが」

高虎が言うと、

「……」

何も言わず、今にも倒れそうな足取りでふらふらと部屋を出て行く。

「またトイレかよ。うちの係長はひ弱だねえ」

高虎が肩をすくめ、またスポーツ新聞を読み始める。

トイレの個室に籠もった亀山係長は、

(マルちゃんが冷蔵庫に入れられる？　いやいや、まさか小松さんに限って、そんなことをするはずがない。だけど、小松さんが反対しても経営者がやるかもしれないじゃないか。一万円で処分屋に渡されてしまうかもしれない。たった一万円でマルちゃんが……。ああっ、マルちゃんに何かあったら、どうしよう……)

考えれば考えるほど、悪い想像ばかりが思い浮かんでくる。心臓の鼓動が速くなり、冷や汗が出る。便座に坐って、重苦しい溜息をつきながら頭を掻きむしる。

「あれ、珍しいじゃないですか」

高虎が驚きの声を発する。亀山係長が居残っていたからだ。もう七時過ぎである。最近は終業時間になるとそそくさと帰り支度を始めるのだ。

夕方、オレンジ色に塗られた猫が横になったまま動かない、と小学生たちが知らせてくれたので、冬彦たちは現場に急行した。

その猫はもう死んでいた。猫をバスタオルに包んで交番に出向き、事件の発生を通報した。野良猫に絵の具を塗るだけならいたずらで済むが、ペンキを塗って命を奪ったとなれば立派な犯罪である。善福寺《ぜんぷくじ》川緑地の片隅に猫を埋葬してから、冬彦たちは署に戻った。

「ど、どうだった？」

「何がですか？」

「猫ちゃんだよ」

高虎が聞き返す。

「死んでました。体中にペンキを塗られていましたが、ペンキは毒性があるため、舐めて窒息したんじゃないかというのが警部殿の見立てです」

「死んだのか……」

亀山係長がよろめくように椅子に坐り込む。

「大丈夫ですか？　顔色が悪いですよ。まあ、いつも顔色は悪いけど、今夜は特にひどい。腹も痛いんじゃないんですか？」

心配しているのか馬鹿にしているのかわからない言い方で、高虎が亀山係長の顔を覗き込む。

「具合だって悪くなるさ……」

ふーっと大きな溜息をつくと、

「犯人を捕まえるのは難しいんだろうね？」

「それは問題なさそうですよ。犯人を待ち伏せして逮捕できるって警部殿は自信満々ですからね」

高虎が横目で冬彦をちらりと見る。

「えっ！　本当？」

亀山係長は跳ねるように椅子から立ち上がると、猛然と冬彦に駆け寄る。

「小早川君！」

「はい」

冬彦が顔を上げる。

「犯人を逮捕できるの？」

「え、ええ、犯行には周期性がありますし、犯行が行われる場所を絞り込むことも可能ですから、犯人の動きを予想して待ち伏せすれば、きっと……」

「頼むよ！　こんな悪い奴、何としてでも捕まえてくれ」

「は、はあ……」

亀山係長が冬彦の右手を両手で強く握り締める。

冬彦が怪訝な顔でうなずく。

（係長、何だかおかしいな。いったい、どうしたんだろう……）

普段、どんな事件が起こっても大して関心などなさそうな顔をしているのに、何者かが猫の体に絵の具やペンキを塗るというこの事件に対してだけは異様なほど強い関心を示している。その理由が冬彦にはわからない。

七

ショッピングセンターに入ると、亀山係長は足早にペットショップに向かう。月曜の夜ということで、店内は閑散としている。ペットショップの客もまばらで、入口近くのガラスケース前に何人かの客がいるだけだ。亀山係長のお目当ては店の奥だ。

（あ）

思わず声を上げそうになり、呼吸が止まる。

マルちゃんがいない。

ガラスケースの中は空っぽだ。

（ま、まさか……）

薄汚れた狭いケージの中でマルちゃんが餌ももらえずに衰弱している姿が、冷蔵庫の中で寒さに震え、今にも息絶えようとしている姿が次々と脳裏に思い浮かぶ。

ガラスケースの前に呆然と佇んでいると、陳列ケースの裏手にあるドアが開き、マルちゃんを抱いた小松さんが現れる。亀山係長の姿を目にした小松さんは、一瞬、顔を引き攣らせるが、すぐに営業用の笑顔を浮かべて、

「いらっしゃいませ」

と、にこやかに挨拶する。

「ど、どうかしたんですか？」

「体が汚れていたので、きれいにしてきたんですよ。シャンプーして気持ちよくなったよね？」

小松さんが顔を近付けると、マルちゃんが、にゃーっと小さく鳴く。

「よかったら抱っこしますか？」

「いいんですか？」

「ええ、どうぞ」

小松さんがマルちゃんを渡す。

（やっぱり、大きくなってるなあ。重くなってるし……）

小さな溜息をついたとき、マルちゃんが首を伸ばして亀山係長の鼻をぺろりと舐める。

その瞬間、頭のてっぺんから爪先まで電流が貫いたような衝撃を感じ、この出会いは運

命なんだ、マルちゃんを幸せにできるのは自分だけなんだ、決してマルちゃんを放してはいけないんだ、と亀山係長は悟った。

玄関のドアを開けるとき、亀山係長は大きく深呼吸した。心臓が早鐘《はやがね》のように打ち、背筋を冷や汗が伝い落ちている。体が微かに震えているし、今にも膝から崩れ落ちてしまいそうだ。怖いのだ。正直、怖くてたまらないのである。

(しっかりしろ。落ち着くんだ。ここで踏ん張らないとマルちゃんの未来はないんだぞ。マルちゃんのために命懸けでがんばるんだ、亀山良夫!)

そう己を叱咤《しった》して亀山係長はドアノブに手をかける。ドアを開けた途端、リビングから美佐江の下品な笑い声が聞こえてくる。お笑い系のバラエティ番組が大好きなのだ。

「話がある」

「……」

美佐江は無反応で、食い入るようにテレビ画面を見つめている。お笑いタレントが下らないギャグを飛ばすたびにゲラゲラ笑う。ソファにあぐらをかき、右手に持った缶ビールをぐびぐび飲みながら、足の間に置いた大袋のポテトチップスを矢継ぎ早に口に入れる。

自分の声が聞こえなかったのかと思い、ごほんと咳払いしてから、

「大事な話があるんだ!」

と大きな声を出す。

「ん？」

美佐江が肩越しに振り返る。

「あら、帰ってたの？　お帰りなさい」

またテレビに顔を向けようとする。

「話がある。聞いてほしい」

「何よ？　いいところなんだから早くして」

「猫を飼いたいんだ」

「……」

美佐江はポテトチップスを食べながら、横目でテレビを観ている。

「おれが世話をする。仕事に出かけている間、何か頼むことがあるかもしれないが、極力、面倒をかけないと約束する。だから……」

いきなり、美佐江が大笑いする。お笑いタレントがおかしなことをしたのだ。

「おれは真剣に話してるんだ。真面目に聞いてくれないか」

「聞いてるわよ」

「それなら……」

「ダメ」

「え？」

「猫なんか、ダメよ。わたしの動物嫌いを知ってるでしょう？」

「わかってるけど、今回だけは何とか承知してほしい。今まで、おれがこんな頼みをしたことないじゃないか。頼む、この通りだ」

亀山係長は両手を合わせて美佐江を拝む。

「芝居がかった真似をしてもダメよ。ダメなモノはダメなんだから諦めなさい」

「すぐに結論を出さなくてもいいじゃないか。ものすごくかわいい子なんだ。一緒に見に行くだけでも何とか……」

「そんな飼いたいの？」

美佐江が目を細め、口元に薄ら笑いを浮かべて亀山係長を見つめる。

「う、うん」

ごくりと生唾を飲み込む。美佐江のこういう顔は不吉なことが起こる前兆なのだ。

「それなら、この家を出て、その猫ちゃんと暮らせばいいんじゃない？」

「暮らすって、どこで？」

「どこかにアパートでも借りればいいでしょう。のんびりできるんじゃない？　もちろん、家賃は自分で払ってね」

「自分で払うって、どうやって……」

「無理よね？　へそくりなんかないもんね？」

「な、ない」

「それなら諦めなさい。この話、終わり」

「……」

「ささみとハムは冷蔵庫に入れておいて」

「え？」

「まさか……」

美佐江がじろりと振り返る。

「わたしのメールを読まなかったの？」

「す、すまん」

「ふざけないでよ！　メールくらい、ちゃんと読みなさいよ。猫のことなんか考えてるから買い物を忘れるのよ……」

美佐江が機関銃のような激しさで亀山係長を罵倒する。亀山係長はひと言も言い返すことができず、じっとうなだれている。絶え間のない罵倒が二分ほど続くと、美佐江もくたびれたのか、テレビに顔を向けてポテトチップスを食べ始める。

冷や汗を流し、真っ青な顔で、今にも倒れそうな頼りない足取りで亀山係長がリビングを出る。廊下の端にトイレがある。個室に入り、ドアに鍵をかけて便座に腰を下ろすと、ようやく一息ついた。

八

一一月四日（水曜日）

猫の体にペンキを塗った犯人について冬彦はプロファイリングを行い、七月と八月に自転車のタイヤを刃物で切り裂いた犯人と同一犯であることを見抜いた。犯行に一貫性があり、次第にエスカレートしていることから、猫の次には人間がターゲットにされる可能性があると考え、次の犯行が行われるであろうと予想される一一月一五日の日曜日に待ち伏せ作戦を展開することを亀山係長に提案した。

部下から何かを提案されたときには、その場で即答することを避け、まずは上司に相談するというのが亀山係長のやり方である。

ところが、このときは、

「やりたまえ！」

と即断し、またもや冬彦の右手を両手で握り締め、必ず逮捕してくれよ、期待しているからね、と頬を紅潮させながら興奮気味に語った。

九

一一月五日（木曜日）

コーポ春風に住む畑中静江の部屋に現金三〇万円が投げ込まれてから、かれこれ二週間が過ぎている。その後、現金が投げ込まれた部屋はひとつではなく、池田信義、岩熊賢治、森本勇の三部屋にも投げ込まれたことが明らかになった。但し、金額は三〇万円ではなく、それぞれ一〇万円ずつである。この四部屋はコーポ春風の一階だが、同じ一階の大崎守と吉田文敏の部屋には現金の投げ込みがなかった。

その後の調べで、現金が投げ込まれた四人は分譲以来、三〇年近くコーポ春風に住み続けており、他の二人は引っ越してきてから日が浅いことがわかった。なぜ、一階の部屋だけに、しかも、居住年数の長い住人の部屋だけに現金が投げ込まれたのか、冬彦にはわからない。畑中静江だけに三〇万円が投げ込まれ、他の三人が一〇万円だけというのも謎だ。

投げ込まれた四軒分、六〇万円の現金がすべて交番に届けられたので、冬彦は一万円札の鑑定を鑑識係に依頼した。謎を解く手がかりは、一万円札しかないからだ。

ところが、たまたま管内で殺人事件が発生し、事件現場に鑑識係も駆り出され、一万円札の鑑定は後回しにされた。

「そりゃあ、殺人事件を優先するよな。後回しにされるのも仕方ないか」

冬彦がぼやく。

が……。

ふと亀山係長に頼んでみようかと思いつく。

殺人事件の解決も重要だが、冬彦にとっては一万円札の投げ込み事件も重要なのである。殺人事件の捜査を蔑《ないがし》ろにしていいわけはないが、捜査の合間に一万円札の鑑定にいくらか時間を割くことは不可能ではないはずだ。最近、なぜかわからないがやたらにテンションが高いし、オレンジ色のペンキを塗られた猫が死んだ事件の解決にも異様なほど肩入れしているから、ひょっとして、この事件にも興味を示してくれて、上司に掛け合ってくれるのではないか、と期待した。

だが、その期待は、呆気なく裏切られた。

「一万円札ねえ……。どうしても殺人事件の解決が最優先になるからねえ。いや、もちろん、小早川君の努力には敬意を表するし、それで後回しにされていいという意味ではないけど、やっぱり、物事には優先順位があるからねえ、うふふっ……」

薄ら笑いを浮かべながら、のらりくらりと冬彦の頼みを拒否する。

（ますます興味深いぞ）

どうやら亀山係長が関心を持っているのは猫の事件だけだとわかった。その理由がわからない。

一〇

一一月七日（土曜日）

亀山係長は朝からせっせと家事に励んでいる。

布団を干して掃除をする。ざっと掃除機をかけ、風呂を洗い、トイレをきれいにする。

洗濯機から洗濯物を取り出してベランダに干す。よほどやり慣れているのか、手際がいいので一時間ほどで作業を終える。

「トイレ掃除用の洗剤、食器洗い用のスポンジ……」

補充が必要なものを美佐江に伝えると、美佐江はそれをメモに書き加え、

「じゃあ、これをお願い」

と、亀山係長にメモを渡す。買い出し用の食料品リストである。

「行ってくる」

大きなリュックを背負って、亀山係長が出かける。買い物用のマイバッグも持っているが、五キロ詰めの米やミネラルウォーターのペットボトルを買うようなときには両手にマ

イバッグを持つより、リュックに入れて背負う方が楽なのである。掃除と買い出しは亀山係長に与えられた週末のノルマだ。たまには、のんびり朝寝をして、だらだら過ごしたいと思わぬではないが、そんなことを美佐江が許してくれるはずがない。仕事に行くのも気が重いが、週末は週末で、やはり、気が重い……それが亀山係長の生活だ。もっとも、美佐江に言わせれば、週末のノルマは家事の押しつけなどではなく、亀山係長の健康に配慮してカロリー消費させてあげているのだという。

しかし、今日は違う。張り切って早起きし、てきぱきとノルマをこなし、元気よく家を出た。仕事帰りは駅から自宅近くまでバスに乗ることが多いが、買い出しに行くときに、バスに乗ることは美佐江に禁止されている。メタボ防止のために運動量を増やすためだ。

足取りが軽いのは、言うまでもなく、もうすぐマルちゃんに会えるからだ。

ゆうべも仕事帰りにペットショップに寄った。頻繁に立ち寄るせいなのか、ガラスケースの前に佇んでマルちゃんを見つめていると、マルちゃんが後ろ脚で立ち上がり、亀山係長を見つめて、にゃ～んと鳴いた。顔を覚えてくれたのかな、と亀山係長は胸が高鳴った。マルちゃんとの心の絆が日毎に深まっていく気がして嬉しくてたまらなかったのだ。

ショッピングセンターに着き、真っ直ぐペットショップに向かう。土曜日なので人が多い。店頭に人だかりができている。

人混みを掻き分けて店の奥に向かう。あまり客の姿がない片隅にマルちゃんがいるのだ。にこにこしながら、ガラスケースを覗き込む。

（え？）

マルちゃんがいない。黒いテリアがいる。人懐こそうな目で亀山係長を見上げる。このテリアもかなり大きい。

他のガラスケースに入れられているのかと思い、端の方から順繰りにケースの中を確かめていくが、どこにもマルちゃんが見当たらない。

（まさか……）

嫌な予感がする。

いや、そんなはずはない、この前のようにケースの裏手でシャンプーでもしてもらっているに違いない、と自分を納得させようとする。

しかし、冷静に考えれば、空いたガラスケースは見当たらないのである。つまり、マルちゃんの居場所はないということだ。

いったい、どういうことなんだ……わけがわからずに佇んでいると小松さんの姿が目に入った。亀山係長は小松さんに駆け寄り、

「ちょっと訊きたいんだけど……」

「あ」

小松さんの表情に影が差す。それを見て、

（マルちゃんに何かあったな）

と、亀山係長は暗い気持ちになる。

「あの子、いないよね？」

「は、はい」

「売れちゃった？」

「い、いいえ、その……」

「売れたんじゃないの？」

「違います」

「じゃあ、どこに行ったの？　他のお店？　それなら、その店を教えてもらいたい」

「困ります」

「は？」

「そういうことは教えられない規則なんです」

「規則って、どういうこと？　おかしいでしょう。どこに行ったか教えてほしいだけなんだよ」

「もう遅いんです」

「遅いって、何が？」

「そんなに、あの子のことが好きなら買って下さればよかったのに。もっと早くに……」

すいません、と頭を下げると裏手に引っ込んでしまう。小松さんの目に微かに涙が光っているのを亀山係長は見逃さなかった。

（マルちゃん、どこに行ってしまったんだ……）

亀山係長が呆然とする。

どれくらいそうしていたものか、ふと我に返ると携帯電話が鳴っている。

「はい？」

「あ、係長ですか？　小早川です……」

休日出勤して報告書を作成しているところですが、例の一万円札の投げ込み事件が引っ掛かって仕方ないので鑑識の青山主任に強引にお願いして今日か明日、休出して一万円札の鑑定をお願いすることにしました、青山主任は快く承知してくれましたが、刑事課から苦情が出るかもしれないので念のために係長にお知らせしておきます、事後承認という形になったことをお詫びします……そんな内容を冬彦が説明する。

「……」

亀山係長の耳には冬彦の言葉などまったく入っていない。右から左に通り過ぎていくだけだ。

「もしもし、係長、どうかしたんですか？」

冬彦も亀山係長の様子がおかしいことに気が付いた。

「小早川君、わたしはどうしたらいいんだろう?」

「え? どういう意味ですか、何かあったんですか?」

「マルちゃんがいなくなってしまった……」

深い溜息をつくと、思いがけず目から涙が溢れる。

「どこにいらっしゃるんですか? これから、そっちに行きます。しっかりして下さい」

冬彦が励まし、亀山係長がいる場所を聞き出す。


その一時間後……。

冬彦は、ガラスケースの前で亀山係長から事情を訊いている。

「なるほど、係長が溺愛していた猫ちゃんが、突然、いなくなったわけですね」

うなずきながら、

(この二ヶ月ほど、係長が上機嫌だったのは、そのせいだったんだな。猫の事件にばかり肩入れする理由も、これか……)

と、冬彦は納得する。

「昨日までいた猫ちゃんが今日になっていなくなってしまった。その行き先を店員さんは教えてくれない……係長が心配する気持ちはわかりますが、客観的に考えれば、売り物をどう処分しようがお店の勝手ですからね。売値がどんどん下がったのも、生まれてから半年近くになって、かなり大きくなってしまい、商品価値がなくなってきたからなんでしょうね。これ以上、ここに置いても買い手は現れそうにない、置き場所が無駄だとお店が判断して見切ったとすれば……」

「ど、どうなるんだろう？　他のお店に移されたと考えるべきだろうか？」

「それは、ないでしょう」

冬彦が首を振る。

「商品価値がなくなったと判断したものを他の店に移しても仕方ないですからね。処分されたんじゃないでしょうか。この前、樋村君が処分屋の話をしてましたよね？」

「ああ……」

亀山係長の顔から血の気が引き、そのまま気を失って後ろに倒れそうになる。慌てて冬彦が支える。

「すいません。先走ったことを言ってしまいました。ぼくは、ひとつの可能性を口にしたに過ぎません。それに処分屋であれば、すぐに殺したりしないはずです。犬や猫が衰弱して病死するのを待つわけですから。ゆうべまでここにいたのなら、まだどこかで生きているはずですよ」

「マ、マルちゃん……」

命に関わるような深刻な事態に陥っているかもしれないとわかり、亀山係長は改めて衝撃を受ける。

「どうすればいいんだろう、小早川君？　マルちゃんを見付けられるだろうか」

冬彦にすがりつくような眼差しを向ける。

「それは大丈夫です。ゆうべまでここにいたのなら、そんなに遠くまで連れて行かれたとは思えません。簡単ではないにしても、きっと見付けられますよ」

「よかった……」

安堵の吐息を洩らしながら、額の汗を拭う。

「ただ……」

「何？」

ドキッとする。

「見付けるだけでは何の解決にもなりませんよ。特にお店が猫ちゃんの商品価値に見切りを付けたとすれば……」

「ど、どういう意味なのかな？」

薄ら笑いを浮かべながら、心細そうな顔で訊く。

「お店が処分屋に猫ちゃんを売ったとすれば、それは正当な商取引ですから、ぼくたちが口を挟む余地はないわけです」

「だけど、マルちゃんを処分屋なんかに渡すわけにはいかないよ」

「猫ちゃんを見付けたら、係長が猫ちゃんを買い取る……そうしない限り、猫ちゃんを救うことはできないと思いますよ」

「買い取るか……。それができればなあ」

溜息をつく。

「その覚悟がないのであれば、猫ちゃんを探すのはやめた方がいいんじゃないですか」

「……」

亀山係長が難しい顔で黙り込む。唸り声を発しながら五分ほど沈黙した後、ようやく、

「わかった。わたしが買い取る。その後のことは、ちゃんと考える」

と、絞り出すような声で言う。

「わかりました。それなら探してみましょう」

冬彦はペットショップの店長を呼ぶと、

「ゆうべまで、このガラスケースにいたスコティッシュフォールドの雌猫の行方を教えてもらえませんか。買い取るつもりですから」

と話をする。

「ああ、さようでございますか……」

年齢は四〇くらいで、頭髪の薄い小太りの店長は愛想笑いを浮かべながら、

「申し訳ないのですが、あの猫はすでに当店の管理商品ではなくなってしまいましたの

で、どこにいるのかもわかりかねますし、それ故、ご売却することも不可能でございます」

「それは、他の業者に転売したという意味ですね？」

「お答えを控えさせていただきます」

店長は揉み手をしながら微笑む。

しかし、目は笑っていない。

「なぜ、教えられないんですか？」

「ノーコメントでございます」

「別に犯罪じゃないんだから教えてくれてもいいじゃないですか。あ……。ちなみに、ぼくは、こんなしょぼくれた大学生みたいな姿をしていますが杉並中央署に勤務する警察官です」

冬彦が警察手帳を店長に見せる。

「もしかして犯罪絡みですか？　今は動物を虐待すると罪に問われるんですよ。ご存じですよね？」

「虐待なんて、とんでもない。それは当店のポリシーにも反します」

店長が慌てた様子で否定する。

土曜なので店内には客が多い。中には、冬彦と店長の会話に耳をそばだてている物好きもいる。

「よろしければ事務所の方でお話ししたいと存じますが」

と、店長が言い出す。

「なぜですか？　ぼくは、ここで構いませんよ。いくら値下げしても売れない犬や猫を、このお店では、どのように処分なさっているのか、それを教えてもらいたいだけですからね。なぜ、答えていただけないのか、とても興味があります。口にできないような業者に転売したということですか？」

「本部に問い合わせれば、もしかするとわかるかもしれません。しかし、時間がかかると思います。できれば、また日を改めましてお話ししたいのでございますが……」

「何をとぼけたことを言ってるんですか。盗難防止のためにGPSのマイクロ発信器を犬や猫に埋め込むのは今では常識じゃないですか。他の業者に転売するとき、わざわざ、お金をかけて発信器を取り外しているとは思えません。その機能を使えば、猫ちゃんがどこにいるのか、すぐにわかるはずですよ。さっさと本部と相談して、猫ちゃんの居場所を調べた方がいいんじゃないですか？　それとも、この話し合いをもっと続けますか？」

冬彦がにやりと笑う。二人を囲む人だかりが増えている。店頭で話し合いを続けても、店のイメージダウンになるだけだと判断したのか、

「わかりました。本部に問い合わせてみますので、しばらくお待ち下さいませ」

店長が渋い顔で奥に引っ込む。

一一

大井埠頭《おおいふとう》。

ずらりと倉庫が建ち並んでいる。

そこに亀山係長と冬彦がいる。

「ここですね」

「間違いないのかねえ。誰もいないようだけど……」

亀山係長が心配そうな顔で周囲を見回す。人通りがまったくない。右にも左にも同じような倉庫が連なっているだけだ。まるでゴーストタウンですね、と冬彦がつぶやく。

「あれじゃないですか？」

しばらくすると白っぽい軽自動車がやって来て、冬彦たちの前に停車する。くたびれたスーツを着て、髭の剃り残しが目に付く三〇代半ばくらいの男が車から降りる。やはり、倉庫会社の社員だった。

「亀山さんと小早川さんでしょうか？」

「はい、そうです」

「こちらにどうぞ」

倉庫に近付くと、鍵束を取り出して解錠する。重くて頑丈そうな扉を両手で引いて開けると、

「明かりをつけますから」

先に中に入る。電灯のスイッチを入れると、

「お入り下さい」

と手招きする。

冬彦と亀山係長が倉庫に入る。

空気が澱《よど》んでおり、ムッとする臭気が充満している。二人とも顔を顰め、思わず手で鼻を押さえる。

倉庫の奥に何十もの棚台が並んでおり、そこに段ボールが隙間なく乗せられている。ざっと見渡しただけでも二百か三百の段ボールがありそうだ。その段ボールから猫の鳴き声が聞こえている。元気な鳴き声ではなく、今にも消え入りそうな弱々しい哀れな鳴き声である。

「ええっと、Ｆの18番ですね……」

書類を確認しながら、その男が棚台から段ボールを下ろす。ガムテープをはがして段ボールの口を開け、

「ご確認下さい」

と一歩後退する。

「……」

亀山係長が恐る恐る段ボールに近付き、中を覗き込む。ケージが入っている。それを取り出すと、マルちゃんがいた。

「よかった、マルちゃん……」

亀山係長の目に喜びの涙が滲む。

喜んだのも束の間、改めてマルちゃんの様子に目を凝らして、あまりのひどさにショックを受ける。

マルちゃんは、ひどく汚れている。ケージにはトイレがないので糞尿が垂れ流しなのだ。プラスチック製の小皿がひとつ入っているが空っぽだ。水か餌が入っていたのであろう。昨日の夜はきれいな毛並みで清潔なガラスケースに入っていたのに、ほんの半日ほどでこれほど薄汚れてしまい、しかも、弱々しくなっていることに驚かされた。

「間違いなければ、この受取証にサインをお願いできますか」

「はい、はい」

ケージを床に置いて亀山係長が書類にサインする。

ペットショップには証拠金として代金の一部を支払っており、二日以内に残額を支払う約束になっている。すでにマルちゃんは処分屋に売却されていたため、処分屋から取り戻すためのキャンセル料も代金には含まれている。何だかんだで、一〇万円を超す高い買い物になってしまった。

「ここにある段ボールには犬も入ってるんですか？」

冬彦が訊く。

「いいえ、ここは猫だけですよ。犬は鳴き声が猫よりうるさいし、大きさもまちまちですからね。犬用の倉庫が別にあります」

「この猫たちは、どこに連れて行かれるんですか？」

「さあ……。わたしどもは、倉庫をお貸しして品物をお預かりしているだけなので何もわかりません。連絡があれば、品物の搬出に立ち会うだけです」

「次の搬出は、いつですか？」

「明日の早朝の予定ですね。大型トラックが来て、段ボールを積み込んでいくんです」

「ここに運ばれてきて、搬出されるまでの時間はどれくらいなんですかね？」

「決まっているわけではありませんが、早ければ一日、長くても三日というところでしょうか」

「その間、ずっとケージごと段ボールに詰め込まれているわけか……」

冬彦がつぶやく。

「……」

明日の朝にはマルちゃんもどこかに連れて行かれてしまい、行方がわからなくなっていたかもしれないのだ。いくらGPSの発信器が埋め込まれているといっても、段ボールに詰め込まれて倉庫の奥に置かれていたのでは電波を受信することもできなかったに違いない。そんな想像をするだけで、亀山係長は胸が潰れそうになる。

三人が倉庫を出る。

「では、失礼いたします」

倉庫会社の社員が一礼して車に乗り込み、走り去る。あとには亀山係長と冬彦が残される。ケージの中でマルちゃんがにゃあにゃあ鳴いている。お腹が空いているらしい。

「よかったですね。猫ちゃんが見付かって」

「うん、確かにね。だけど……」

亀山係長が倉庫を振り返る。

「ここにいる猫たちがどうなるのか考えると複雑な気持ちだよ。自分に何もできないことが悔しいし、とても後ろめたい」

「ペットブームの陰の部分がここにありますよね。あの人が話していたように、次から次へとここに猫が運ばれてきて、人知れず処分されてしまう。大きく育ってしまい、買い手が見付からないというだけの理由で……。そのすべてを救うなんてことは、ぼくたちには無理です。じゃあ、どうすればいいのか、このまま見て見ぬ振りをしていればいいのか、そう問われると、何と答えていいのかわからないんですが……。でも、係長はひとつの命を救ったわけですから、それを誇りに思っていいんじゃないでしょうか。後ろめたさを感じる必要なんてありませんよ」

「そうかもしれない。一人の人間にできることなんて高が知れているよね。それに……」

亀山係長が重苦しい溜息をつく。

「本当にマルちゃんを救うことができたのかどうか、実は、まだわからないんだ」

一二

大井埠頭から亀山係長の自宅までタクシーで帰った。ケージからひどい悪臭が発生していたので最初の二台からは乗車拒否された。三台目の運転手がようやく、

「トランクに入れるのなら」

という条件で渋々承知してくれた。

自宅までついてくることはない、ここで帰っていいから、と亀山係長は言ったが、最後まできちんと見届けたいと思って、冬彦も同乗した。

「奥さん、受け入れてくれますか？」

「すでに一度、はっきりダメだと叱られているからね。そう簡単にはいかないだろうなあ。だけど、今度ばかりは、わたしもおとなしく引き下がるつもりはないよ。マルちゃんのためだからね」

珍しく亀山係長の鼻息が荒い。

（これなら大丈夫かな……）

と思いつつも、普段の亀山係長の姿を知っているだけに冬彦も一抹《いちまつ》の不安を拭うことができない。

自宅前にタクシーが横付けされ、二人が降りる。

「本当に心配ないから」

ケージを右手に提げ、亀山係長が自宅に入っていく。美佐江との話し合いがうまくいったら、すぐに冬彦に知らせてくれることになっている。

が……。

突然、家の中から怒鳴り声が聞こえてきて、冬彦はびっくりした。怒鳴り合いではない。誰かが一方的に怒鳴っているのだ。女の声である。何が起こったか、冬彦には容易に想像できる。

数分後、肩を落としてうなだれた亀山係長が右手にケージを提げて家から出て来る。

「係長……」

「ダメだった」

首を振りながら溜息をつくと、とぼとぼと歩き出す。その後ろ姿には強烈な哀愁と孤独と悲しみが滲み出ており、安易な慰めの言葉をかけることを冬彦にためらわせた。冬彦は黙って亀山係長についていく。

やがて、川に出る。亀山係長は土手に腰を下ろすと、ケージを傍らに置く。両手で膝を抱え、

「猫と一緒に出て行けってさ。追い出されちゃったよ。情けないと思うだろう？　女房の尻に敷かれて、頭が上がらないいんだからさ」

「そんなことはありませんよ」

冬彦も並んで坐る。

「優しいじゃないですか。だから、猫ちゃんを助けることだってできたんですよ」

「助けてはいないよ。大の大人がすることじゃないよな。後先考えずに突き進んでさ。お金を払えばいいってもんじゃない。きちんと育てていかなければいけないんだ。マルちゃんの将来に責任を持たなければ本当に助けたとは言えない……」

ああっ、と頭を抱え、あの倉庫にいた何百匹もの猫を助ける力はなくても、マルちゃんだけなら何とか助けられると思ったのに、とんでもない思い上がりだった、わたしには猫一匹を助ける力もないんだ……と溜息をつきながら口にする。

それきり亀山係長は黙り込んでしまい、その横で冬彦も口を閉ざしている。

次第に夕闇が迫ってくる。

「係長、よかったら、ぼくの家に来ませんか。部屋は余っているので、何日でも泊まって下さって結構ですよ。猫ちゃんを引き取ると言いたいところですが、ぼくの一存では決められないんです。母に相談しないと……」

「いいんだよ、小早川君。そこまで迷惑をかけるつもりはない。今日のことには、とても感謝している。どうもありがとう」

亀山係長が冬彦に向かって深々と頭を下げる。

そこに、

「夕暮れどきに男二人で何をやってるのかねえ。全然絵にならないわよ。何となく、みじめ〜だしさ」

三浦靖子が現れる。

「三浦ちゃんじゃないか。どうしてここに？」

「こんなところに偶然散歩にやって来るはずがないでしょう。美佐江に頼まれたに決まってるじゃないですか。それにしても、さすが夫婦ですよねえ。きっと川縁でしょぼくれてるからと言ってたけど、その通りだったわ。まさか、ドラえもん君が一緒だとは思わなかったけどさ」

「美佐江が三浦ちゃんに何を頼んだの？　猫と一緒に出て行けって、うちから追い出されたんだよ」

「そりゃあ、出て行けって言いますよ。ひどいアレルギーなんだから」

「え？」

「動物の毛がダメなんですよ。犬も猫も、とにかく、小動物全般がアウトらしいですからね。まさか、知らなかったんですか？」

「犬や猫が嫌いだとは聞いていたけど……」

「嫌いじゃありませんよ。子供の頃は犬が飼いたくてたまらなかったと聞きました。泣いて親に頼んだこともあったらしいですからね。だけど、長い時間、動物と一緒にいると呼吸できなくなってしまうんです。それくらい深刻なアレルギーなんですよ」

「そんな事情だったとは……」

「いったい、結婚して何年ですか？　そんなことも知らないなんて情けないじゃありませんか」

「面目ない」

「係長、今回は随分がんばったみたいですね。美佐江が感心してましたよ。アレルギーでなければ、うちで飼いたいんだけど、と言ってましたからね。ふうん、この子か……」

靖子がケージのそばにしゃがむ。

「かわいいじゃないですか。ちょっと汚いし、臭いけど。名前は決まってるんですか?」

「マルちゃん」

「にゃあにゃあ鳴いてるけど、いつもこんな感じですか?」

「たぶん、お腹が空いてるんだと思う。水も飲ませないと」

「犬と違って、猫は散歩させなくていいから楽ですよね。とは言え、今まで動物なんか飼ったことがないから一から勉強しないとなあ。いろいろ買い揃えなければならないだろうし、エサ代だってかかりそう。係長、カンパしてもらいますからね」

「どういうことだい、三浦ちゃん?」

「行き場がないんでしょう? 美佐江にも頼まれたし、係長も哀れだし、わたしが一肌脱ぐしかないでしょうが。運のいいことに、うちのマンション、ペットOKなんですよ。今まで飼わなかったのは動物の世話なんか面倒臭そうだし、取り立てて犬も猫も好きじゃなかったからなんです。だけど、この頃、一人で部屋にいると無性に寂しくてやりきれないことがあるから、少しはマルちゃんが慰めになってくれるかな」

「なるほど、失恋の痛手を癒してもらいたいわけですね」

「うるさいよ」

靖子が冬彦を睨む。

「よかったですね。三浦さんが飼ってくれるのなら安心じゃないですか」

「う、うん、そうだね……」

亀山係長は何となく浮かない顔をしている。

「マルちゃんに会いに行ってもいいのかな?」

「ダメですよ」

「えっ! ダメなの?」

「当たり前じゃないですか。わたし、一人暮らしなんですよ。女の一人住まいに中年のおっさんを招き入れるつもりはございません。不倫を疑われてしまいますもの」

おほほほっ、と靖子が笑う。

「そ、そんなあ……」

「一人ではダメだという意味です。マルちゃんに会いたいときはドラえもん君に同行を頼んで下さい」

「それならいいの?」

「だけど、手ぶらはダメですよ。お土産をお忘れなく。わたしではなく、マルちゃんのためにね」

「もちろんだよ。約束する」

「それじゃ、うちに行きましょうか。途中で必要なものを買い揃えてからね。この子、体が汚れてるから係長が洗ってあげて下さい」

「喜んでやるよ」

「ドラえもん君も一緒に来てよ。係長がいやらしい真似をしないように守ってもらわないとね」

「その心配は、ほぼ一〇〇パーセントないと確信できますが、そう断言するのも哀れですから、とりあえず、承知しました、と答えることにしましょう」

「前置きが長いねえ。彼女ができないわけだよ。全然モテそうにないもん。じゃあ、行こうか。暗くなっちゃうから」

三人が歩き出す。

右手にケージを提げて歩きながら、

(マルちゃんと一緒に暮らせないのは残念だけど、これでよかったんだろうな。三浦ちゃんならマルちゃんを大切にしてくれるだろうし、時々は会いに行くこともできる。忘れられないように、会いに行くときは、おいしいおやつをたくさん買っていくことにしよう……)

そんなことを考えると気持ちが浮き立ってきて、知らず知らずのうちに鼻歌が洩れる。

空も海も見つめるなかで
好きなんだもの

私はいま生きている

それを聞いて、冬彦と靖子が視線を交わし、笑いを堪《こら》える。
亀山係長は和《なご》やかな表情で歌っている。

私はいま生きている

青い影

一

一一月八日（日曜日）

冬彦は休日出勤だ。

淡々と報告書を作成している。

昨日も署に出てきたが、仕事の途中で亀山係長のところに出かけ、猫を助け出すのに手を貸したりしたので、あまり仕事が捗らなかった。それで二日続けての休日出勤なのだ。

もっとも、冬彦本人は、それを負担に感じている様子はまったくない。現場に配属されて、まだ四ヶ月にもならないので、とにかく仕事が楽しくてたまらないのである。

それに休みだからといって、取り立てて普段と違うことをするわけではない。うちにいても、インターネットで犯罪学の研究論文を読んだり、捜査中の事件について物思いに耽《ふけ》ったりすることが多い。デートする女友達もいないし、連れ立って遊びに出かける男友達もいないのだ。

「いよっ、ドラえもん君、また仕事かね？」

三浦靖子が右手を挙げながら部屋に入ってくる。

「あれ、どうしたんですか？　休日出勤なんて珍しいですね」

「猫を飼うって大変なんだねえ。一日中、にゃあにゃあ鳴くし、おしっこやうんちの臭いがうちの中に漂うしさあ……」

ストレスが溜まるよ、と溜息をつきながら、靖子は自分の席に着く。

「トイレの躾《しつけ》はできているでしょう？」

「リビングに置いてあるんだから、リビングが臭くなるじゃないのさ」

「犬でも猫でも、動物を飼うって、そういうことじゃないですか。ペットを飼うと、その臭いが部屋に染みつくのは仕方ないですよ」

「早まったかなあ……」

「まだ一日じゃないですか。見切りを付けるのは早すぎますよ」

「ま。猫のことだけなら、わたしだって、もう少し我慢するんだけどさ」

「他にも何かあるんですか？」

「あれに決まってんでしょ」

靖子が横目で亀山係長の机を睨む。

「係長がどうかしたんですか？」

「朝の六時にしつこいインターホンで叩き起こされた。猫のおやつとかキャットフードとか、どっさり持って現れたのよ」

「でも、係長が一人のときは部屋に上げないと言ってたじゃないですか」

「本人も部屋に入りたいとは言わなかった。玄関に荷物を置いて、マルちゃん、マルちゃん、って呼んでさ。三〇分くらい、そうしてたかな。ようやく帰ったと思ったら、ベランダの窓越しに部屋を覗き込んでるんだから、こっちもびっくりしたわよ。変質者だと疑われて近所の人に通報されたら困るし、仕方なく部屋に入れたの。そうするしかないもん」

「まさか係長、部屋に入った途端、豹変して三浦主任に襲いかかったとか……」

「ああ……ない、ない。それは、ないよ」

靖子が首を振る。

「そんな欲望があるような人なら、あそこまで女房の尻に敷かれてないから」

「じゃあ、何をしてるんですか？」

「マルと遊んでるわよ。決まってるじゃない。言うまでもないけどマルだけと話をしてるわけで、わたしなんか眼中にないからね。しかも、普通の会話って感じじゃないんだよね。女王さまに仕える奴隷みたいな感じ。わかる？」

「よくわかります。係長、本質的にマゾヒストですから。自ら好んで奴隷の境涯《きょうがい》に自分を置きたがるんですよね」

「気持ち悪いから逃げてきたわけ。一緒にいると頭がおかしくなりそうなんだもん。夕方まで二人きりにさせてあげるわ」

「優しいんですね」

「今日だけ特別よ。昨日、ようやくマルを手に入れたんだもんね。興奮する気持ちはわかるからさ。だけど、明日以降、同じことをしたら許さない。うちを訪ねてくるときは、まず、わたしの都合を確認して、その上で、必ず、ドラえもん君を同伴してもらう。一度に二時間以上は部屋にいさせない。長っ尻したら蹴飛ばして部屋から追い出す。訪ねてくるのも週に一度」

「厳しいなあ」

「当たり前じゃないの。わたしにだって、プライバシーってものがあるのよ。さて、伝票整理でもするかな……」

　靖子が仕事を始める。

　冬彦の机に置いてある固定電話が鳴る。

「はい……。青山主任ですか。休日出勤して下さったんですね。申し訳ありませんでした……。え？　本当ですか。わかりました。すぐに行きます」

　受話器を戻すと、冬彦が席を立つ。鑑識係に行ってきます、と靖子に声をかけて部屋を出る。

「無理なことをお願いしてすいませんでした」

「いいんですよ。例の殺人事件の方は、もう犯人も捕まりましたからね。この一万円投げ込み事件のことも気になってたんですよ」

「で、どうでした？」

「何か新発見があればよかったんですが、特にこれといったものは何も……」

青山主任が首を振る。

「指紋は、どうですか？」

「届け出た人たちの指紋だけですね」

「そうですか」

冬彦が小さな溜息をつく。期待していただけに落胆も大きい。

「役に立つかどうかわからないんですが、ひとつだけ……」

「何ですか？」

「これです」

青山主任が差し出したのは一万円札の拡大写真だ。

「メモですか……」

「心当たりがありますか？」

「ええ。たぶん、交番に届け出る前に、ついメモしたんじゃないかな」

「それは、ありませんよ」

「なぜですか?」

「インクが古いんです。少なくとも五年以上前に書かれたものですね。三年以内ということは絶対にあり得ません」

「五年以上前に、このメモが……」

冬彦は驚き顔で、その写真を凝視する。

(おかしいぞ。これは、おかしい。こんなことがあるはずがない……)

二

一月九日(月曜日)

朝礼の後、冬彦と高虎はコーポ春風に向かった。

「一万円札に書かれたメモで事件を解決できるんですか?」

運転しながら、高虎が浮かない顔で訊く。

「初めてつかんだ重要な手掛かりですからね」

冬彦は興奮気味だ。

「手掛かりねえ……。お札の端っこに書かれた小さなメモじゃないですか。たったの漢字四文字」

「なぜ、そんなに勝ち誇ったような言い方をするのか理解できませんね。まあ、潜在意識で、ぼくの失敗を望んでいるせいだということはわかりますが」

「なぜ、おれが警部殿の失敗を望むんですか？」

「劣等感の裏返しでしょうね」

「おれが警部殿に劣等感を？」

「少なくとも警察社会において、ぼくは勝ち組だし、寺田さんは負け組ですからね。ぼくのような若造が寺田さんの手の届かない地位にいることが悔しくてたまらないはずです。せめて、ぼくが失敗するのを見て溜飲を下げたいはずですよね」

「いやあ、殺意って本当にあるんですね。実感しました。もっとも、警部殿に殺意を抱く者は、うちの署には少なくないはずですが」

「意味がわかりません。警官が警官を殺してどうなるんですか？　将来を棒に振ることになるじゃないですか。もちろん、ちっぽけで取るに足りない将来でしょうけど」

「殺意が大きくなったなあ」

「もう黙った方がよさそうですね」

冬彦はシートに腰を深く沈め、口を閉ざす。

二〇分ほどで、車はコーポ春風に着く。車を駐車し、畑中静江の部屋を訪ねる。インターホンを押すと返事があり、部屋に上げてくれた。署を出る前に電話してアポを取ったので、どこにも外出せずに待っていてくれたのだ。

「どうぞ」

台所でお茶を淹れてリビングに戻り、静江は冬彦と高虎の前に湯飲みを置く。

「恐れ入ります」

「わたしに見せたいものがあるというお話でしたけど……。何でしょうか？」

「これです」

青山主任からもらった一万円札の拡大写真をテーブルの上に置く。

「投げ込まれた六〇枚のうちの一枚です。余白部分にメモが書いてありました」

「メモ？」

静江が拡大写真に顔を近付ける。小首を傾げながら、じっと見つめたかと思うと、いきなり、

「えっ」

と叫んだ。顔色が変わっている。

高虎が不審そうな顔で拡大写真に目を凝らす。そのメモにどんな意味があるのかわからないのだ。一万円札の余白には、

隆志《たかし》
隆子《たかこ》
と癖のある字で書かれている。

「その名前、誰なんですか？」

「隆志君というのは、一万円札の投げ込みを教えてくれた男の子ですよ。大迫隆志君」

「あのちびっ子たちの一人か。てことは、女の子の方は妹さんかお姉さんということですか？」

高虎が静江を見る。

「いいえ……」

人差し指で涙を拭いながら、静江が首を振る。

「八年前、娘が妊娠したとき、夫の毅郎《たけお》が名前を考えたんです。まだ男か女かわからなかったので、男の子なら隆志、女の子なら隆子にしようって……」

「男の子だったから隆志君にしたわけですね？」

「夫が勝手に考えただけですから娘夫婦が好きな名前をつけてよかったんですけど、お父さんの形見のようなものだから、この名前をもらいます、と言ってくれて……。それで隆志と名付けました」

「形見？　そう言えば、ご主人が亡くなったのは八年前だとおっしゃっていましたね」

「はい」

「ご病気ですか？」

「いいえ、自殺です」

　静江が溜息をつく。

「大切なものを奪われて、生きる気力を失って自殺したんです」

三

「安智、電話だよ〜」

　三浦靖子が声をかける。

「小岩《こいわ》署の花村《はなむら》さんていう人」

「花村さん？」

　一瞬、理沙子が驚いたような顔になり、電話を切り替えて受話器を取る。

「安智ですが……」

　はい、はい……と相手の話に相槌を打つうちに次第に理沙子の表情が暗くなる。通話時間は、せいぜい二分くらいのものだったであろう。理沙子は受話器を戻すと小さな溜息をつき、席を立って亀山係長に近付く。

「申し訳ないんですが、体調が優れないので早退させていただけませんか」

と切り出す。相談というのではなく、一方的に通告しているという感じである。

「あ、ああ……早退ね。体調不良なら仕方ないかな。ねえ、主任？」

亀山係長が薄ら笑いを浮かべながら靖子に顔を向ける。

「わたしの目には体調不良なんかには見えませんけどねえ。でも、係長がいいと思うのなら、それでいいんじゃないんですか。ここの責任者は係長なんですから」

靖子が理沙子を睨む。

理沙子は、そっぽを向いている。

「樋村君、別に急ぎの仕事はないよね？」

亀山係長が樋村に訊く。理沙子とペアを組んでいるから一応確認したのであろう。

「さっきからご覧になっているからわかるでしょう。せっせと報告書を書いているのは、ぼく一人ですよ。安智さんは何もしてませんよ」

樋村が口を尖らせる。

「不満があるのなら、こっちに言いなよ」

理沙子が舌打ちする。

「事実を口にしただけです。安智さんが早退しようがしまいが、ぼくの仕事には何の影響もないと言いたかっただけです」

「その言い方、何となく警部殿に似てきたわねえ。嫌な感じ。小早川警部は東大出のキャリアだけど、あんたは高卒の巡査に過ぎないんだからね。頭も悪いし、見栄えも冴えないデブウンチだってことを忘れないように」

「そこまで言うかなあ」

「確かに事務仕事は任せてるけど、その代わり、現場での仕事のやり方を教えてやってるでしょうが」

「はい、感謝してます、終わり」

樋村がうつむいて、また仕事を始める。口では勝てないと悟ったのであろう。

「うざい奴」

顔を顰めながら理沙子が立ち上がり、

「じゃあ、係長、お願いします」

そそくさと部屋を出て行く。

小岩署の最寄り駅は総武《そうぶ》線の小岩駅だ。丸ノ内線と中央《ちゅうおう》線を乗り継いで御茶ノ水まで行き、そこで総武線の千葉行きに乗り換える。四五分くらいかかる。

まだ帰宅ラッシュには早い時間なので電車は空いている。丸ノ内線でも中央線でも総武線でも坐ることができた。理沙子は浮かない表情で椅子に深く坐り、何度となく溜息を洩らす。

花村から電話をもらうのは二度目だ。最初に電話をもらったのは二年前になる。そのときは地域課の花村と申します、と名乗った。会ってみると、四〇代くらいの制服警官で交番勤務をしていた。さっきの電話では生活安全課の花村と申します、と名乗った。異動で交番勤務を外れたのだろうか、と理沙子は思った。

電話の用件は二年前も今日も同じだった。安智真由子《まゆこ》を引き取りに来てほしいというのだ。理沙子の母である。

四

「わたしも警官ですから、安智さんがお忙しいのは承知しておりますし、勤務時間中に連絡するのは控えた方がいいかもしれないと思ったんですが、それ以外の連絡先がわからなかったものですから」

「とんでもない。ご迷惑をおかけしてしまい申し訳ありません」

理沙子が頭を下げる。

二年ぶりに会い、最初に名刺交換した。二人とも所属部署が替わっていたからだ。理沙子が想像したように、花村は交番勤務を外れて、今は生活安全課の刑事として仕事をしている。制服ではなく、スーツ姿である。階級も巡査部長に上がっていた。

同じ警察官同士ということで気を遣ってくれたのか、応接室に招き入れてくれた。一般人が相手であれば、自分の机の横に丸椅子でも置いて事情を説明するところであろう。

「母は何をしたんでしょうか?」

「パチンコ店でトラブルを起こしました」

「また……」

理沙子が絶句する。

二年前も同じだった。隣に坐っていた客と喧嘩になり、止めに入った店員に悪態を吐いて暴れ、店員が警察に通報したのである。

「あのときは、お母さんが大当たりを連発して、それが面白くなかった隣の客が難癖を付けたのが騒ぎのきっかけですから、必ずしも、お母さんだけを責めることはできませんでした」

「今度は違うんですか?」

「虫の居所が悪かったのか、出玉が悪いとパチンコ台を拳でがんがん叩き、それを注意した店員と揉めたんですよ。お酒を飲んでいたせいもあるでしょうね」

「飲んでたんですか？」

「ええ、パトカーに乗せるときも、かなり激しく抵抗したそうです。署に着いたときも、かなり酔ってましたね。最近、お母さんには会ってますか？」

「いいえ、あれ以来、会っていません」

理沙子が首を振る。

「この半年ほど、そのパチンコ店で何度かトラブルを起こしています。ほとんどは店員に宥められて済んだようですが、警官が駆けつけたことも二度あります。そのときは警官に注意されておとなしくなったので、署に来てもらうことはなかったんですが、今日は、ちょっと暴れ方がひどかったようですね」

「お恥ずかしい限りです」

「止めに入った店員を平手打ちしたり、パチンコ台を叩いたせいで不具合が生じたとか、いくらか被害が生じたようですが、常連客でもあるし、パチンコ店の方では訴えたり賠償を求めたりするつもりはないそうです。しかし、今後の出入りを控えてほしい、そう伝えてくれと頼まれました」

「また店に出入りしたら今度こそ許さない……そういう意味ですね？」

「はい。その旨、誤解のないようにお母さんに伝えていただけますか。次は穏便には済みません。店に訴えられますよ」

「伝えます」

「では、お母さんのところに案内しましょう」

「留置場ですか？」

「まさか」

花村刑事が驚いたように首を振る。

「逮捕されたわけじゃありませんからね。相談室で待ってもらっています。さっき覗いたときは眠ってましたよ」

応接室を出て、花村刑事が理沙子を相談室に連れて行く。軽くノックしてからドアを開ける。六畳ほどの広さで、真ん中にテーブルが置かれ、パイプ椅子が四脚あるだけの殺風景な部屋だ。

毛玉だらけの古ぼけたカーディガンを羽織り、髪の毛がぼさぼさの茶髪の中年女がテーブルに突っ伏している。真由子である。口からいびきが洩れている。花村刑事が言ったように眠っているのだ。

「お母さん、起きて」

真由子の肩に手をかけようとして、理沙子の手が止まる。口の端から涎《よだれ》が垂れ、テーブルに溜まっている。あまりにもだらしがなく、情けなく、貧乏臭く、理沙子は泣きたくな

る。理沙子の気持ちを察したのか、

「よかったら、家まで送りましょうか?」

と、花村刑事が気を遣う。

「ありがとうございます。でも、大丈夫です。タクシーを拾いますから」

同じ警察官というだけで、そこまで花村刑事の手を煩《わずら》わせるわけにはいかないので理沙子は断る。

五

タクシーがアパートの前に着くと、料金を支払い、後部座席から引きずり出すように真由子を下ろす。

「しっかりして」

小岩署を出るときには目を覚ましていたが、タクシーの中でまた眠り込んでしまった。むっとするほど酒臭く、タクシーに乗せたとき運転手が露骨に嫌な顔をしたほどだ。

「ほら、肩につかまって」

「ううっ……」

真由子が住んでいるのは、東小岩の天祖《てんそ》神社近くにある二階建てのアパートである。優に築二〇年以上は経っている古ぼけたアパートだ。元々はクリーム色に塗られていた外壁も、長きに渡って雨風にさらされたせいで塗装がはげ、今では薄汚れた茶色になっている。小学校に入学する直前から、中学生になるまでの、ほぼ六年間、理沙子もこのアパートで暮らした。楽しい思い出など何もない。実際には楽しいこともあったのだろうが何も覚えていない。嫌なことばかり多すぎて、楽しい記憶が黒く塗り潰されてしまったのだ。

劣悪な環境に耐えて暮らしていた理沙子だが、中学生になってしばらくした頃、どうにも耐え難い不愉快な出来事が起こった。担任教師に事情を打ち明け、担任が児童相談所に連絡した。聞き取り調査や面談が何度も行われた結果、理沙子は養護施設に移った。

(わたしが捨てたんだ。自分の意思で母親を捨て、このアパートを出た……)

養護施設で暮らすようになってから、真由子とは音信不通で、理沙子の方から真由子を訪ねることもなかった。中学の卒業式にも高校の入学式にも真由子は現れなかった。高校二年の夏に真由子が施設に現れたのは金の無心をするためだった。理沙子がバイトで貯めた二万円ほどのお金を大して感謝するでもなく持っていった。

それからも折に触れて現れて金の無心をした。

ぱったり姿を見せなくなったのは理沙子が警察官になってからだ。警察という存在に本能的に畏れを抱くのか、それまで見下していた娘と立場が逆転したとでも感じるのか、警察寮に理沙子を訪ねてきたことは一度もない。二年前、パチンコ店で騒ぎを起こして身柄の引き取りに呼び出されるまで何年も会っていなかったのである。

なぜ、警察で理沙子の名前を出したのか、理沙子には理解できなかった。わたしはお母さんに愛されていない、嫌われている……ずっと、そう思って成長してきたからだ。一緒に暮らしていた男には、とっくの昔に逃げられ、親戚にも絶縁され、誰も頼る者がいない天涯孤独の身の上だから仕方なく理沙子に頼った……そういう事情がわかったのは、身柄を引き取ってから三ヶ月ほど経ってからだ。理沙子が調べたのである。それ以来、真由子には会っていないが、無言電話をかけて真由子の声を聞くというやり方で定期的に生存確認だけはしてきた。優しさから、そうしたわけではない。真由子が孤独死したりすれば、結局、理沙子が後始末をしなければならないし、孤独死して長期間誰にも発見されず、遺体が白骨化してから発見されるような事態になれば新聞沙汰になりかねない。それを避けたかっただけだ。

「階段よ、しっかり歩かないと危ないわよ」

真由子に肩を貸し、理沙子が一歩ずつ外付け階段を上らせる。

二階には四部屋ある。手前から二番目が真由子の部屋だ。

「鍵は？」

返事がないので、ドアの横にある郵便受けを開けてみる。奥の方に鍵がある。昔から変わらないやり方だ。何て不用心なんだろうと思う一方、泥棒が入っても盗みたくなるようなものもないだろうという気もする。

ドアを開け、真由子を部屋に入れる。玄関を上がると三畳の台所で、その奥が六畳の茶の間、襖《ふすま》を挟んで四畳の寝室だ。薄暗いので明かりをつける。

シンクには汚れた食器が積み上げられ、テーブルにはカップ麺の容器やビールの空き缶が無造作に放置されている。台所には生ゴミから発生する悪臭が漂っているが、どこから発生しているのか、すぐに判断できないほど台所は汚れている。

散らかっているのは茶の間も同じで、こたつの上にも、こたつの周囲にもスナック菓子の袋が散乱し、ビールの空き缶がいくつも転がっている。

ゴミ屋敷、という言葉が理沙子の脳裏をよぎる。今に始まったことではない。昔から、こうなのだ。真由子は家事が苦手で、掃除も洗濯もほとんどしなかった。理沙子がいるときは、家事は理沙子の役割だったのである。物心ついたときには真由子の代わりに主婦の役割を果たしていた。理沙子がやらなければ部屋はゴミだらけになり、汚れ物で溢れた。

自分だけでなく理沙子の身の回りのことにも真由子は無頓着だったので、学校にはほとんど毎日同じ格好で通った。トレーナーとジーンズという格好だ。年中、着た切り雀なので、あちこち破れたり汚れたりしたが、新しい洋服は買ってもらえなかった。そういう理沙子をからかう意地悪な男子もいて、ある日、秘かに想いを寄せていた男子までが他の男子と一緒になって理沙子をからかった。

その日初めて、理沙子は、

(死んでしまいたい)

と強く願い、だらしのない母親を憎み、貧乏を呪った。理沙子が生まれて一年ほどで病で亡くなった父親のことは、顔も覚えていないので憎みようもなかった。

真由子を支えたまま理沙子は襖を開ける。明かりをつけると万年床が目に入る。枕カバーもシーツも黄色っぽく変色し、タオルケットにも染みがついている。部屋全体に汗とカビが入り交じったような嫌な臭いが充満している。布団の周囲には、台所や茶の間と同じようにスナック菓子の袋と空き缶が散乱している。

「ここに寝て」

理沙子が真由子を布団に寝かせる。タオルケットをかけてから、これだけでは寒いかもしれないと思い、何かないかと押し入れを開ける。掛け布団では暑いかもしれないので、その下にある薄手の毛布を引っ張り出そうとする。毛布を引っ張ったとき、力を入れすぎたのか、他のものも落ちてきた。

(ん?)

シングル盤の古いレコードだ。

プロコル・ハルムの『青い影』という曲である。

We skipped the light fandango
turned cartwheels 'cross the floor
I was feeling kinda seasick
but the crowd called out for more

軽快なファンダンゴでスキップしながら、
ぼくたちはフロア中を転がるように踊り回った。
船酔いになったような気分だったけど、
観客は、もっとやれと叫んでいる。

クラシック風の荘厳なハモンドオルガンのイントロで始まる骨太のロックナンバーだ。ジョン・レノンが、この曲を「生涯のベスト3」に入ると語ったほど有名な曲だ。古ぼけたレコードプレーヤーが押し入れの奥にあるのを見付けたのは理沙子が小学四年生のときで、何枚かのレコードが一緒だった。亡くなった父親の持ち物だったという。演歌や歌謡曲のレコードに混じって『青い影』があった。なぜか、この曲だけに心惹かれ、英語の歌詞だから何を歌っているのかわからなかったが、毎日毎日、何度となく繰り返しレコードプレーヤーにかけた。

今になってみると、子供時代の自分がどれほど孤独だったか、理沙子にはよくわかる。

その孤独を一枚のレコードが慰めてくれたのである。

「う〜んっ……」

真由子が呻き声を発する。

理沙子はハッとして、レコードを押し入れに戻し、毛布をかけてやる。

「水……喉が渇いて死にそうだよ」

真由子が薄目を開ける。

理沙子が台所に行く。思わず手で鼻を覆ってしまうほどの悪臭だ。きれいなコップなどひとつも見当たらない。汚れの少ないマグカップをゆすいで水を入れる。それを手にして寝室に戻る。

「水よ」

「ああ……」

体を起こしてマグカップを受け取り、ごくごく喉を鳴らして水を飲む。飲み干してしまうと、また布団に横になる。

「パチンコ屋で騒ぎを起こしたそうね。もう出入りしないでくれって言われたよ。次は訴えるって」

「ふんっ、あんなしけた店、誰が行ってやるか」

「じゃあ、帰るから」

「いくらか置いていってよ」

「……」

　肩越しに振り返る。真由子は理沙子に背を向け、じっと壁を見つめている。顔を顰める と財布を取り出し、中に入っていたお札を全部抜き出して枕元に置く。二万円くらいであろう。真由子は何も言わず、知らん顔をしてそっぽを向いたままだ。理沙子も黙ったまま部屋を出る。

　外に出てから、理沙子がアパートを振り返る。

　楽しい思い出など何もない。

　それだけならいい。

　このアパートを見ると、それが引き金になって、心の奥深いところに封印していた不愉快な思い出が甦ってくる。それが嫌でたまらない。

「くそっ」

　理沙子が激しく首を振る。そうすることで不愉快な思い出を振り払おうとするかのようだ。

六

むしゃくしゃするので、どこかで飲んで帰ろうかと思ったが、有り金のほとんどを真由子に渡したので財布が空っぽだ。Ｓｕｉｃａがあるので電車の移動には困らないが、遊びに行くほどの余裕はない。

かといって、コンビニでビールと摘みを買って帰宅し、一人で飲むのも味気ない。

あれこれ考えているうちに理沙子の足は杉並中央署に向かっている。机の奥には、いざというときのために一万円札を三枚隠してあるから、それを使えば飲みにいける。突然、早退を申し出たので中途半端にやり残した仕事もある。明日片付ければいいとわかっているものの、性格的にその日のことはその日のうちに終わらせてしまいたいタイプである。一時間くらい仕事をして平常心を取り戻してから飲みに行こうと考える。

（ん？）

「何でも相談室」から明かりが洩れている。

理沙子もそうだが、終業のチャイムが鳴ると一斉に席を立つようなメンバーばかりだ。残業するような人間がいるとすれば……。

「ああ、やっぱり、警部殿でしたか」

「あれ、安智さんじゃないですか。具合が悪くて早退したと聞きましたが……」

　冬彦が顔を上げる。机の上には捜査資料の詰まった段ボールが置かれている。それを読んでいたらしい。それ以外にも台車にいくつもの段ボールが積まれている。

「もう治りました。警部殿こそ、土曜も日曜も休出したそうじゃないですか。それなのに月曜の夜も残業ですか？」

　段ボールを見遣りながら理沙子が訊く。

「一万円札の投げ込み事件で進展があったんです」

「へえ、そうなんですか」

「ええ……」

　一万円札の一枚に畑中静江の夫・毅郎のメモが残されていた。そのメモは孫が生まれるのを楽しみにしていた毅郎が八年前に書き付けたものと思われる。しかし、毅郎は孫に会うことなく自殺してしまった。

「なぜ、自殺したんですか？」

「大切なものを奪われたからです」

「大切なもの？」

「お店です。畑中さんご夫婦は手打ち蕎麦の店を経営してたんですよ。従業員が一人いるだけの小さなお店です。ご主人が会社を定年退職してから、長年の夢だった蕎麦屋さんを始めたんですね。退職金で、まずマンションのローンの残債を支払い、残ったお金をすべて注ぎ込んでお店を開いたんです。最初は順調だったようですが、次第にお客さんが減って経営が苦しくなり、八年前には、このまま経営を続けるか、店を畳むか、どちらかに決めなければならないほど追い詰められてしまいました。ご家族は店を畳むことを勧めたものの、ご主人が頑固に反対し、もう少しがんばりたいと言い張ったそうなんです。資金繰りが苦しい状況で、親類や知人に借金し、生まれてくるお孫さんのために貯金していたお金まで注ぎ込んで手形の決済をしようとしたらしいんです。文字通り、全財産を注ぎ込んだわけです。掻き集めたお金を銀行に持っていく前日、一日だけ多額の現金を自宅に置いてあったそうです」

「それを盗まれたんですか？」

「ええ、空き巣に」

冬彦がうなずく。

「その結果、手形を決済できず、不渡りになってお店が人手に渡ってしまいました。借りたお金を返済する目処《めど》も立たず、従業員の給料すら払うことができず、精神的に追い詰められて……」

「自殺した？」

「そうです。奥さんの畑中静江さんは保険金で借金を返し、そのマンションで年金を頼りに暮らしておられます」

「で、警部殿が調べているのは……」

「八年前の空き巣事件です。毅郎さんのメモが書いてあった一万円札は、空き巣に盗まれたものに違いありません。なぜ、盗まれたお金が今になって投げ込みという形で戻ってきたのか。畑中さんのうちだけでなく、他の人たちのところにまで、なぜ、投げ込まれたのか、この空き巣事件について調べれば何かわかる気がするんです」

「大変そうですよね」

理沙子がいくつもの段ボールに視線を走らせる。

「簡単に調べられるだろうと高を括ってたんですが、ぼくの想像以上に捜査報告書というのは多いんですね。警察官の仕事の八割は事務仕事だと言われますが、それが本当だと実感しました。どんな些細な事件でも、きちんと報告書が作成されてるんですよ。大したものです」

「そうは言っても、一人で探すのは大変ですよね。寺田さんは、どうしたんですか？　相棒なんだから手伝うべきでしょう」

「勤務時間内であれば手伝ってもらうところですが、これは残業ですからね。無理強いはできませんよ。ぼく自身、こんなに大変だとは思ってなかったし」

「手伝います」

「え？　大丈夫ですよ。具合が悪いんでしょう？　早く帰った方がいいです」

「心配ご無用です。もう治りましたから。やり残した仕事を片付けようと思って戻ったんですが、警部殿の仕事の方が大切そうだから手伝います。二人で探した方が早く見付かるでしょうし」

「では、その言葉に甘えさせてもらいます」

それから三時間、冬彦と理沙子は段ボールに詰められた捜査報告書を虱潰《しらみつぶ》しに調べるという地味な作業に没頭した。

「これじゃないですか」

理沙子が捜査報告書を冬彦に差し出す。

「コーポ春風における空き巣被害に関する報告書です。被害者の一人として畑中毅郎さんの名前が載ってますよ」

「被害者の一人？」

「ええ、空き巣被害に遭ったのは一人ではないようですね」

「一人ではない？」

捜査報告書を手に取ると、冬彦は食い入るように読み始める。

「じゃあ、わたしは帰りますね」

飲みに行こうという気持ちは消えている。真っ直ぐ家に帰って熱いお風呂に入りたいと思う。

「ありがとうございました。助かりました」

「どういたしまして」

「あの、安智さん……」

冬彦が顔を上げ、部屋から出て行こうとする理沙子に呼びかける。

「はい？」

「何か悩み事があるみたいですね。部屋に入ってきた顔を見て、すぐにわかりましたよ」

「申し訳ないんですが、たとえ悩みがあるとしても警部殿に相談するつもりはありません。警部殿に限らず職場の人には」

「そんなつもりはありません。ただ、最初にここに来たときと、今では表情が変わっていると言いたかっただけです」

「表情が？」

「いつもの顔に戻ってますよ。夢中で仕事に取り組むと悩み事も忘れてしまうみたいですね」

そう言うと、また冬彦は捜査報告書に目を落とす。

お先に失礼します、と理沙子は部屋を出る。確かに、その足取りはここに来る前より軽くなっている。

七

一一月一〇日（火曜日）

冬彦と高虎は車に乗ってコーポ春風に向かっている。

「八年前の空き巣事件ねえ……。記憶にないなあ」

高虎が言う。

「犯人は捕まってないんですよ。コーポ春風で立て続けに空き巣被害があって、その後、ぱったりやんでいます」

「やんだというか、他で空き巣被害があったとしても、それがコーポ春風と同一犯かどうか判断できなかっただけかもしれないしねえ」

「ああ、そうか。別の事件として捜査報告書が作成されているかもしれないということですね？」

「杉並で一仕事したので、次は中野でやろう、あるいは練馬でやろう……そんな風に違う管轄に移動して仕事をされると、もう追いかけられないしね」

「それはわかります。殺人のような重大事件だと緊密な捜査協力が為されますが、空き巣程度の犯罪だと、それぞれの警察署で捜査して終わりですよね」

「仕方がないと言ってはダメなんだけど、実際、仕方がないんですよ。犯罪件数が多いから、とても一件一件じっくり時間をかけて捜査する余裕がない。ノビにも昔は犯人独特の手口があって、それを手掛かりに逮捕するなんてこともできたけど、外国人犯罪が増えてからは、そういうやり方も通用しなくなりましたね。荒っぽいやり方で侵入して、短時間でさっさと金目のものをさらっていく。今じゃ日本人も同じやり方をする」

「ノビか……。『しのびこみ』の略、つまり、空き巣の隠語ですね」

冬彦が嬉しそうに言う。

「警部殿が見付けた捜査報告書を読むと、この犯人は、かなりの場数を踏んだ日本人犯罪者のような気がしますがねえ」

「手口からですか？」

「四件ともベランダに面した窓ガラスから侵入してるでしょう。窓ガラスを割るには『三点三角破り』か『三点四角破り』のどちらかをすることが多いんですが、この犯人はすべて『三点三角破り』だ。使った道具もドライバーらしいと書いてありましたよね？　玄人は、行き当たりばったりにやり方を変えたりしないから、使う道具もいつも同じということが多い。ドライバーを使う奴、金槌を使う奴、スパナを使う奴……」

「そういう犯人の特徴や癖はデータ管理されてますよね？　侵入経路や侵入方法、使われた道具、犯行時間なんかですが」

「昔は、それですぐに犯人を絞り込むことができたんですよ。どの警察署にも生き字引みたいなベテラン刑事がいたから、コンピューターのデータ管理に頼るまでもなく、ああ、これはあいつの仕業だな、と目星がついたわけです。空き巣に限らず窃盗犯には常習者が多いですからね」

やがて、車がコーポ春風に着く。

冬彦と高虎は畑中静江を訪ねた。

「もう八年も前のことですから、記憶が曖昧なんですが……」

静江が戸惑った表情になる。

アポを取るときに、八年前の空き巣事件について、どんな些細なことでもいいので思い出してほしい、と冬彦が頼んだのだ。

「犯行時間は、はっきりしないんですよね？」

冬彦が訊く。

「一二時くらいまでは起きてたんです。あの日は、ようやく資金繰りの目処が立ったので、いただいたお酒で二人でささやかなお祝いをしました。そのせいか、すっかり熟睡してしまって……」

「目が覚めるまで何も気が付かなかったわけですか？」

「朝の六時過ぎに起きたんですが、寝室から茶の間に行って腰が抜けそうになりました」

「部屋が荒らされていたんですね？」

高虎が訊く。

「荒れているという感じではなかったんですが、引き出しなんかはすべて開けられていたし、仏壇の扉も開いていたから何か普通でないことが起こったことはわかりました。ベランダの窓が割れているのを見て、泥棒に入られたんだと思いました」

「それから、どうしましたか？」

「夫を起こしました。手形を決済するためのお金は仏壇の奥にしまっておきましたが、やはり、なくなっていました。その後、警察に通報しました」

「空き巣被害に遭ったのは畑中さんのお宅だけでなく、森本さん、岩熊さん、池田さんのお宅もです。それを知って、どう思いましたか？」

「どうって、別に何も……。もちろん、びっくりしましたけど、うちはそれどころじゃないっていうか、主人が呆けたようになってしまったんです。がっくり肩を落として、溜息ばかりつきながらモノも言わずに茶の間に坐り込んでしまって……」

「被害金額は一五〇万円で間違いありませんか？」

「はい。それが手形の金額でしたから」

「朝まで被害に気が付かなかったそうですが、普段から眠りが深い方だったんですか？」

高虎が訊く。

「いいえ、そうでもないんです。わたしは昔から眠りが浅い方ですし、主人は資金繰りに悩むようになってから夜もあまり眠れなくなっていましたし……。お金が用意できてホッとして、お酒まで飲んだから、気が緩んで熟睡してしまったのかな、と思いました」

「先程、『いただいたお酒』とおっしゃいましたが、それはどういう意味ですか？」

これは冬彦の質問だ。

「晴代《はるよ》さんにいただいたんです。と言っても、晴代さんは入院してたから、実際に持ってきて下さったのはご主人ですけど」

「晴代さんというのは？」

「あ、ごめんなさい。岩熊さんの奥さんです」

「岩熊さん、一人暮らしですよね？」

「亡くなったんですよ。乳癌だったんです。空き巣に入られた頃は、かなり症状が進んでいて、それから半年も経たないうちに亡くなりました」

「親しかったんですか？」

「ええ、仲良しでしたよ。何でも話せる友達でした。店の経営が苦しいことも話して、いろいろ相談に乗ってもらいました。岩熊さんのところも、晴代さんの入院費用がかさんで大変だとわかっていたので、あまりお金の話をしないように心掛けてましたけどね。ようやく資金繰りの目処がついたと知らせたときは自分のことのように喜んでくれました。そのお祝いにお酒をくれたんです」

「岩熊さんの奥さんの他に、その夜、ここに大金があることを知っていた人はいますか?」

冬彦が訊く。

「娘夫婦は知ってました。それに銀行の担当者。翌日、お金を持っていくと連絡してありましたから。あとは……たぶん、森本さんと池田さんも知っていたと思います。うちにお酒を届けてくれたとき、お祝いだから、森本さんと池田さんにもお裾分けしなければ、と岩熊さんが話してましたから。今はあまりお付き合いもなくなってしまいましたが、昔は仲良しで、みんなでピクニックや海水浴に行ったりしたこともあるんです。晴代さんは陽気で社交家だったから、音頭を取っていろいろ企画してくれたんですよ。晴代さんが亡くなって住人の関係も変わってしまいましたね」

畑中静江から話を聞き終わると、冬彦と高虎は空き巣被害に遭った他の三軒も訪ねて話を聞いた。

特に目新しい事実はなかった。

共通しているのは、朝まで被害に気が付かなかった、という点である。被害額は、森本勇が一二万円、岩熊賢治が一五万円、池田信義が二〇万円だ。四軒合わせて一晩で二〇〇万円近く盗まれたのである。

車に戻りながら、おかしいぞ、何かおかしいぞ、と冬彦が首を捻りながらつぶやく。車に乗り込むと、

「寺田さん、何かおかしいと思いませんでしたか?」

「ああ、おかしいね。どうやら八年前の空き巣事件、行き当たりばったりの犯行ではなく、きちんと計画された犯行のようだね」

「やっぱりですか」

「まあ、一〇万円くらいの現金を自宅に置いている人は珍しくないだろうけど、一五〇万は大金だよ。いつも置いてあるわけじゃなく、銀行に持っていく前日、その一日だけ置いてあったわけでしょう。その夜に空き巣が入って金を盗まれるなんて、どう考えてもできすぎだね。空き巣は運がよすぎるし、畑中さんは運が悪すぎる。刑事ってのは疑い深いから、そういう偶然を信じない。誰かが意図的に仕組んだんじゃないかと考える」

「もうひとつ気になることがありますよね?」

「被害に遭った四軒が、揃いも揃って朝まで被害に気が付かなかったのもおかしい。大邸宅ってわけでもなく、こんなありふれた小さなマンションで、ベランダから空き巣に忍び込まれて、隣の部屋で寝てるってのに何も気が付かないというのは不自然ですよねえ。誰か一人くらい目を覚ますのが普通だ」

「お酒に何か入れられていたと考えるのが自然ですよね?」

「てことは、あの岩熊ってじいさんが犯人かな?」

「決めつけるのは早いです。しかし、畑中さんの部屋に大金が置いてあるのを知っていた人は限られていますから、岩熊さんが怪しいのは確かです。森本さんや池田さんだって疑おうと思えば、いくらでも疑うことができます」

「ひとつ不思議なんですがね……」

「何ですか?」

「一階には六世帯住んでいるわけでしょう。どうして、他の二軒には空き巣が入らなかったんですかね?」

「今住んでいる吉田さんと大崎さんは八年前にはいなかったわけですが、その当時、住んでいた人たちが被害に遭っても不思議はないわけですよね。ふうむ、なぜなんだろう……? 寺田さん、冴えてるじゃないですか。管理会社に確認してみましょう」

コーポ春風には常駐の管理人がおらず、管理会社が定期的に社員を派遣してマンションの管理業務をこなすという形を取っている。

「今は個人情報の保護がうるさいから、いくら警察だと名乗っても、そう簡単に教えてくれませんよ」

「じゃあ、令状を取りましょう」

「は? 無理に決まってるでしょう。これは事件ですらないんだからね。お金が盗まれたわけじゃなく、お金が投げ込まれただけなんだから。八年前に起こった盗難事件について令状を取ろうとすれば、刑事課の仕事ってことになるから、うちの出番はなくなりますよ。そもそも八年前では時効が成立してるし、そう簡単に再捜査が認められるはずがない。諦めるしかありませんね」

高虎が肩をすくめる。

「副署長が承知すれば、どうですか？」

「だるまが承知するはずないでしょうが」

「ああ、大丈夫です。ぼく、警察庁にコネがあるんです。そっちから手を回せば、副署長だって断れないはずです。せっかくだから、いろいろ頼んでみましょう」

「案外、腹黒いんだなあ、警部殿は」

高虎が呆れたように首を振る。

車で署に戻る道々、冬彦は警察庁刑事局の胡桃沢大介《くるみざわだいすけ》警視正に電話をかけた。

冬彦の依頼を聞くと、胡桃沢は、

「ふざけるな！」

と激怒したが、最後には承知するしかなかった。胡桃沢は冬彦に弱味を握られており、逆らえる立場ではないのだ。電話を切ると、胡桃沢は溜息をつきながら杉並中央署の谷本副署長に電話をかけた。

八

一一月一一日（水曜日）

冬彦は裏から手を回して捜査令状を取った。

しかし、八年前の空き巣事件の令状を取ることはできない。空き巣を含む窃盗罪の公訴時効は七年だからだ。強引に再捜査しようとすれば、それは刑事課の仕事になって冬彦は口出しできなくなってしまう。苦し紛れに捻り出したのが、一万円札が投げ込まれたときに新聞口が損壊した、という理由だ。

これならば、わざわざ刑事課が出張ってくるほどの大事件ではない。

確かに新聞口の開閉部分は今にも取れてしまいそうなほど傷んでいるが、それが投げ込みのせいである可能性はかなり低い。それ以前から傷んでおり、いつ壊れてもおかしくない代物だったのだ。それでも、

「八年前の空き巣犯人を捕まえることができるかもしれない」

という説得を受け入れ、畑中静江は被害を訴えた。

その訴えに基づいて令状が出されたのである。

令状を持参して、冬彦と高虎が最初に訪ねたのはコーポ春風の管理会社である。担当者に会い、いくつか質問した。高虎が予想したように最初は個人情報の保護を楯にして回答を渋ったが、令状を見せると、てきぱきと答えてくれた。

一時間ほどで管理会社を後にし、二人は病院に向かった。八年前、岩熊晴代が入院していた病院である。事務局長に会い、令状を提示して、いくつか調べてもらった。何の支障もなく、スムーズに仕事が捗った。

「令状の威力って、すごいですね」

駐車場に歩きながら、冬彦が感心したように言う。

「それだけ日本も法律社会になってきたということなんでしょうね。何かあるとすぐに訴えられる。それが怖いから、あとから自分が責められないようにしたい。令状を見せれば、何かあったとき警察のせいにできますからね。義理や人情、泣き落としなんかは通用しないってことです。それはそれで淋しい気もしますがね」

「義理や人情というわかりにくいものより、よっぽどわかりやすくていいじゃないですか」

「反論する気はありませんよ。どうせ言い負かされるだけですからね。で、次は、どこに行きます？」

「署に戻ります。もうひとつ調べなければならないことがありますが、それは警察の内部情報なので令状は必要ありません。それが終わったら、コーポ春風に行きましょう」

「ふうん、それまで何をしようかなあ」

「油を売ってればいいじゃないですか。いつもそうしてるんですから」

「聞こえない、聞こえない。腹を立てるだけ無駄なんだ。見ざる、聞かざる、言わざる……」

「何をぶつぶつ言ってるんですか。早く帰りましょう」

「何でも相談室」に戻ると、冬彦は忙しない様子でメモを整理したり、パソコンを操作したりする。高虎はタバコを吸いながらスポーツ新聞を開き、熱心に競馬欄を読み始める。冬彦の仕事を手伝うつもりなどまったくなさそうだ。もっとも、そんな申し出をしたところで、

「一人でやる方が早いですから」

と断られるのがオチだとわかっているのであろう。

開き直って、堂々と油を売っているのだ。

二時間ほど経って……。

「さあ、終わった。寺田さん、みんなを交番に集めますよ。電話がけを手伝ってもらえますか」

「空き巣被害に遭ったコーポ春風の人たちですよ。一人ずつ話すのは面倒だから交番に来てもらいましょう」

「何を話すんですか？」

「投げ込みをしたのが誰か、ということです。それは八年前の空き巣の犯人が誰か、ということにも繋がります」

「犯人がわかっても捕まえられないんですよ。時効が過ぎてるんだから」

「民事の請求権は残ってますよ。犯人に損害賠償を求めることは可能です」

「で、犯人は誰なんですか？」

「まだ言えません」

「なぜです？」

「寺田さん、口が軽いからです」

「……」

高虎の顔が朱に染まる。頭に血が上ったのだ。それに気が付かないのか、それとも無視しているのか、冬彦は表情も変えずに受話器を手に取る。

「みんなって？」

九

「投げ込まれたお金の話だということですが、あれを返してもらえるんですか？」

池田信義の妻・文恵が身を乗り出して質問する。

交番に集まったのは、畑中静江、岩熊賢治、池田信義・文恵夫婦、森本勇・登紀子夫婦の六人だ。

「今すぐではありませんが、いずれ皆さんのもとに戻るはずです。なぜなら、あれは、元々は皆さんのお金だからです」

冬彦が言う。

「どういう意味ですか？」

森本勇が訊く。

「あれは八年前の空き巣被害で皆さんが盗まれたお金の一部と考えられます」

「え？　本当ですか」

皆が驚く。

「間違いありません」

冬彦がうなずく。

「じゃあ、さっさと返してもらいたいわ。残りの分も戻ってくるのかしら」

池田文恵が、うちは二〇万盗まれたから、あと一〇万戻ってくるはずだ、と言う。

「うちは、あと二万か」

森本勇がつぶやく。

「わしは五万だな」

岩熊賢治が言う。

「畑中さんの被害が一番大きいわよね？　かなりの大金を盗まれたんだもの」

池田文恵が言う。

「犯人は捕まったんですか？　お金も大事だけど、わたしはその方が気になるわ」

畑中静江が訊く。

「そうだ、犯人は、どうなった。それが肝心だぞ」

森本勇もうなずく。

「重大な手掛かりをつかみましたので、二、三日中に犯人を捕まえられるはずです。八年前の事件については、すでに時効が成立していますが、民事上の賠償請求は可能ですし、プロの泥棒でしょうから余罪もあるはずです。それを追及すれば裁判にかけることができると思います」

「捕まえて刑務所に入れればいい」

池田文恵が興奮気味に言う。

「誰が盗まれたお金を投げ込んだんでしょうか？　やはり、犯人なんでしょうか」

森本登紀子が訊く。

「なぜ、盗んだお金を今頃になって返すわけ？　それって変じゃない」

池田文恵が首を捻る。

「犯人を見付ければ、その謎も解けるはずです」

冬彦が自信たっぷりにうなずく。


その夜……。

冬彦と高虎は植え込みに身を潜めている。

そこからだと、コーポ春風の一階共用部分の廊下を見渡すことができるのだ。

「これで投げ込みの犯人が現れなかったら、どうしてくれるんですか？」

タバコを吸うことを禁じられて、高虎は機嫌が悪い。しかも、ひどく冷え込む。夜が更けるに従って気温が下がり、今では歯の根が嚙み合わないほどだ。

「明日も仕事だし、徹夜明けで出勤しても使い物になりませんよ。睡眠不足で、がんがん仕事ができるほど若くないんだよ」

「徹夜麻雀の次の日、よく怠けて相談室やトイレで居眠りしてるじゃないですか。明日も、そうすればいいんですよ」

「げ。何で知ってるんだ？」

「みんな知ってます。まさか気付かれてないと思ってたんですか？」

「もう何も言わない」

高虎がぶすっとした顔で黙り込む。


深夜三時過ぎ……。

「寺田さん、起きて下さい」

居眠りしている高虎の脇腹を冬彦が肘で突く。

「ああ、よく寝た。もう帰るんですか？」

大きな欠伸をしながら高虎が訊く。

「違います。見て下さい」

冬彦が顎をしゃくる。

廊下に人影がある。

二人がじっと見つめていると、その人物は池田信義の部屋の新聞投函口に封筒を差し込んだ。それを見て、

「行きましょう」

冬彦が腰を上げる。

「ええ」

高虎が後に続く。

二人は足早に廊下に突き進む。

その気配を察したのか、封筒を手にした人物が振り返る。

「まさか、あなただとは……」

冬彦が首を振る。

「いやあ、びっくり仰天。これこそ、インド人もびっくりだなあ」

高虎が目を丸くする。

封筒を握り締めながら冬彦と高虎を見つめ返したのは畑中静江だった。

一〇

一一月一二日（木曜日）
朝礼の場で、冬彦と高虎は投げ込み事件の顚末を他のメンバーに説明する。
「畑中静江さんって、最初に三〇万円が投げ込まれた人でしょう？　なぜ、自作自演する必要があったんですか」

理沙子が訊く。

「不思議だよな。おれも自分の目を疑ったよ。あのマンションの住人が犯人なら、岩熊賢治だろうと思ってたからな」

高虎が言う。

「ぼく自身、最初は岩熊さんが怪しいと思ったんです。だから、令状を取って、いろいろ調べたんですよ……」

昨日、冬彦と高虎はコーポ春風の管理会社に出向き、八年前に遡《さかのぼ》って、マンション管理費の納付状況を確認した。岩熊賢治が犯人だとすれば、妻の入院費用がかさんで金に困っており、とても管理費など払えなかっただろうと考えたからだ。

「そうじゃなかったわけですか？」

樋村が訊く。

「うん、滞納していたのは岩熊さんではなく、畑中さんだったんだ。資金繰りに窮して、よほどお金に困っていたんだろうね」

冬彦がうなずく。

「なぜ、四軒だけに空き巣が入り、他の二軒には空き巣が入らなかったのかも調べたよ。何のことはない、その二軒は八年前には空き部屋だったんだ。分譲当時に部屋を買った人が亡くなり、それをお子さんたちが相続したものの、自分たちは住まずに賃貸物件として貸し出していた。だから、たまたま八年前には二部屋とも空いていたんだね」

「お酒の件は、どうなのかな？　空き巣に入られても誰も目を覚まさなかったのは、お酒に何か薬物が混ぜられていたせいではないか……そう小早川君は疑ったんだよね？」

うふふふっ、と亀山係長が遠慮がちに訊く。

「そうなんですよ。だから、岩熊さんの奥さんが入院していた病院に行ってみたんです。癌で入院しているのなら睡眠薬が処方されていてもおかしくないのではないかと考えたんです。睡眠薬をこっそり持ち帰ってお酒に混ぜたのではないか。だから、お酒を飲んだ人たちは朝まで目を覚まさなかったのではないか。しかし、岩熊晴代さんに睡眠薬は処方されていなかったし、入院費用を滞納しているという事実もありませんでした。ところが同じ病院の精神科に畑中毅郎さんが通院していて、睡眠薬を処方されていました、しかも、診察代や薬代を滞納していたこともわかりました」

冬彦が言う。

「岩熊が酒を配った後に、畑中静江は煮染めを配ってたんだよ。たぶん、それに睡眠薬が入ってたんだろうな。証明はできないが」

高虎が付け加える。

「畑中静江が怪しいことはよくわかりましたが、まだ腑に落ちない点がいくつかあります。そもそも、なぜ、空き巣を自作自演する必要があったのかということ。それに空き巣そのものはプロの仕業だと言われてるんですよね？　空き巣の実行犯は誰なのか？　八年前の事件は犯人も捕まらず、すでに時効も成立したのに、なぜ、今になって投げ込みを始めたのか？」

理沙子が疑問を並べる。

「空き巣を自作自演したのは、手形を不渡りにして店を潰すためだよ」

冬彦が言う。

「なぜ、自分の店を潰すんですか？　必死に金策して、ようやく目処がついたのに」

樋村が訊く。

「ちちちっ、わかってないねえ」

三浦靖子が口を挟む。

「事務職のわたしにだって見当が付くのに……。そんなことじゃ、いつまで経っても巡査部長にはなれないよ」

「教えて下さいよ」

樋村がムッとして靖子を睨む。

「さっきドラえもん君が言ったじゃない。その旦那さん、精神科に通院して睡眠薬を処方されるほど追い詰められてたんだよ。お金だって、あちこちに頭を下げて、ようやく掻き集めたわけじゃない。限界だったんだよ。それを見かねて、奥さんはもうやめてほしい、店を潰して楽になってほしい……そう思ったんじゃないのかな」

「三浦さんのおっしゃる通りです。たとえ手形を決済しても、それで終わりではない。何ヶ月かすると同じことの繰り返しです。奥さんは、それをやめさせたかったんです。掻き集めた一五〇万円を盗まれたことにして店を潰し、ほとぼりが冷めた頃に借りたお金を返していくつもりだったようです。誤算だったのは旦那さんの自殺です。まさか、自殺するなんて思ってもいなかったでしょうね」

冬彦が説明すると、

「ああ、そういうことか」

と、樋村も納得する。

「畑中さんのお金だけが盗まれたのでは不自然だから、他の三軒からもお金を盗んで犯行をカモフラージュしたわけですよね？　それはわかりましたが、問題は……」

理沙子が言う。

「そう、問題は誰がやったのか、ということです。捜査報告書を読めば、八年前の空き巣は素人にできることではなく、プロの犯罪者の仕業であることは一目瞭然です。最初、ぼくはこう考えました。岩熊さんの身内にプロの犯罪者がいるのではないか、と。八年前に盗まれたお金が今になって投げ込みという形で被害者に返されたのは、これまでは、そうしたくてもできない状況に犯人が置かれていたのではないか……」

「刑務所に入っていた、と言いたいんですか？」

理沙子が訊く。

「岩熊さんの奥さん、晴代さんの旧姓は高杢《たかもく》です。投げ込みがあった一〇月から三ヶ月ほど遡って、七月以降に岩熊、高杢という名字の出所者がいないか調べました。高杢という人はゼロ、岩熊という人は一人いましたが、八年前には中学生で、岩熊さんとは何の血縁関係もありませんでした。そこで終わりにすれば何もわからなかったでしょうが、せっかくだから、森本さん、池田さん、畑中さんについても同じことを調べてみました」

「ヒットしたわけですね？」

「ええ、畑中静江さんの旧姓は長嶺《ながみね》といいますが、九月七日の月曜日に長嶺久夫《ひさお》という人が七年の服役を終えて出所していました。静江さんの腹違いのお兄さんに当たります。長嶺久夫はプロの泥棒で、それまでにも何度も服役しています。恐らく、逮捕される前に、コーポ春風から盗んだお金をどこかに隠したんでしょう。二人の計画では、一五〇〇万円は畑中さんが受け取り、それ以外の三軒から盗んだお金は長嶺がもらうことになっていたそうです。しかし、旦那さんが自殺したことで、畑中さんは自責の念にかられ、すべてのお金を長嶺に渡し、自分は受け取らなかったそうなんです。その後、保険金が下りたので、それで借金はすべて返済できたようですが」

「出所して、そのお金を取り出し、被害者たちにお金を返し始めたわけですか？　なぜ、そんなことをする必要があるんです？」

樋村が訊く。

「長嶺久夫は刑務所に入っているときにクリスチャンになり、洗礼も受けています」

「改心したってこと？」

靖子が驚いたように訊く。

「畑中静江さんから聞いた話で、まだ裏付けは取れてないんですが……。投げ込みがあった後、畑中さんは長嶺久夫に会ったそうです。彼は重い心臓病を患っていて、もう長くないと諦めており、死ぬ前に自分の犯した罪を少しでも償いたいと考えたというんです。盗んだお金をあちこちに隠したものの、どうやら軽度の認知症にもなっているらしく記憶が曖昧で、すべての隠し場所を思い出すことができなかった。ひとつの隠し場所から取り出した六〇万円を、まずコーポ春風の被害者たちに返した」

「なぜ、畑中さんにも返したんでしょう？　厳密に言えば、彼女は被害者ではなく、共犯者ですよね。いや、主犯と言ってもいいかもしれない」

理沙子が言う。

「とは言え、元々は、畑中さんのお金ですからね。長嶺とすれば、元の持ち主に返してすっきりしたかったんじゃないのかな。ぼくの推測だけど」

「なぜ、ゆうべ、畑中さんは投げ込みをしたんですかね？」

樋村が訊く。

「最初の投げ込みの後、長嶺は心臓病が悪化して救急車で病院に運ばれ、そのまま入院してしまった。長嶺が畑中さんの連絡先を口にしたので、畑中さんは病院に会いに行った。そのとき初めて長嶺が何を考えているかわかった。面会に行くたびに罪を償いたいと話して、畑中さんを困惑させていたようだよ。ここ数日、いよいよ長嶺の容態が悪化し、昨日、ぼくがカマをかけたこともあって、長嶺の代わりにお金を返そうと決めた。長嶺はお金の隠し場所を思い出すことができないから、とりあえず、自分の貯金からね。森本さんに二万円、岩熊さんに五万円、池田さんに一〇万円……最初の投げ込みの分と合わせれば、ちょうど八年前に盗まれた金額になる」

「その畑中さんというおばあさん、どうなるの？」

靖子が訊く。

「刑事課が事情聴取を続けていますが、逮捕されるようなことにはならないと思います。被害に遭った森本さん、岩熊さん、池田さんたちがどう考えるかわかりませんが……」

冬彦が言う。

「変なやり方だったにしても、とりあえず、盗まれた金は返ってきたし、古くからの知り合いで畑中さんの家庭の事情も知っていたわけだから、厳罰を求めたりはしないだろうよ。空き巣の実行犯である長嶺は死の床についているしな。むしろ、心配なのは、投げ込みを通報したちびっ子じゃないのかな」

　高虎が小首を傾げる。

「大迫隆志君のことですか？」

　冬彦が訊く。

「結果的に、ばあちゃんの悪事を暴くことになっちまったんですよ。ちびっ子たちがここに来なければ、おれたちが捜査することもなかったわけだから」

「確かに、それは難しい問題ですね。いったい、どうなるんだろう……」

「そんな他人事みたいに……。警部殿が首を突っ込まなければ、空き巣事件の真相は闇に包まれたままだったんですよ」

「その方がよかったですか？」

「警察官として間違ったことはしてないでしょうね。おれのコメントは、それだけです」

二

　一一月一三日（金曜日）
　一番相談室のテーブル上には杉並区の詳細な地図が広げられている。それを冬彦、高虎、理沙子、樋村の四人が凝視している。

「この事件には明確な周期性があるから、次の犯行日時を予想できると警部殿はおっしゃいましたよね？　その点に異存はありません。恐らく、明後日の日曜日、この犯人は野良猫を捕まえて藍色のペンキを塗ろうとするでしょう。だけど、犯行が行われるであろう時間帯が曖昧すぎませんか？　それだけじゃない。阿佐谷南公園を中心とする半径二キロの円内が犯行場所になるという話でしたが、冷静に考えると、半径二キロって広すぎませんかね？」

高虎が言う。

「ぼくも同じ意見です。でも、警部殿のことだから、きっと署長を説得して大量の警察官を動員するんだろうな、と思ってたんですよ。少なくとも一〇〇人くらいは……。そうじゃないんですよね？　ぼくたち四人だけでやるつもりなんですよね？」

樋村が確認するように訊く。

「うん、そうだよ。ぼくたち四人でやるしかない」冬彦がうなずく。

「犯行がエスカレートして、猫の次は人間が襲われるかもしれない……そういう恐れがあるとしても、現実の被害としては野良猫が窒息死しただけですから、いくら何でも大勢の警察官を動員するのは無理よね」

理沙子がつぶやく。

「その話をしたのは先週の水曜じゃないですか。あれから一週間以上経ってます。ぼくなりに分析を続けてきました。犯人像ももっと具体的になっているし、次の犯行が予想される場所や時間も絞り込みましたよ」

「それを早く言って下さいよ。で、犯人はどんな奴なんですか？」

理沙子が興味深そうに訊く。

「犯人は二十歳前後の男性だと思われます」

「なぜですか？」

「この犯行には夢が感じられるからです」

「夢？」

「願望と言い換えてもいいかもしれません。最初は自転車のタイヤをパンクさせることでストレスを発散しようとしたけど、うまくいかなかった。それで猫の体にいたずらすることを思いついた。いたずらといっても水彩絵の具を猫の体に塗ることです。何色でもいいのに、敢えて虹の七色を選んだ点に、現実から理想郷に逃れたいという犯人の願望が込められている感じがするんですよ。二〇歳前後でそういう立場にいるとすれば、まず思い浮かぶのは予備校生ですね。あとは、バイトに追われて学業との両立に悩んでいる苦学生とか……。精神的に追い詰められていて、何とか今の状況から脱したいと思っている若者に違いありませんよ。家庭はあまり裕福ではないが、貧乏というわけでもない。恐らく、両親が揃っていて、姉か妹がいるはずです」

「なぜ、そんなことまでわかるんですか？」

「精神的だけでなく、経済的にも追い詰められていれば、社会全体に対する憎しみがもっと露骨な形で現れるはずです。自転車をパンクさせることから、次は自動車へのいたずらを始めるとか、放火するとか通り魔的な犯罪を犯すとか、そういうことです。しかし、この犯人は、そういうことをするのではなく、もっとソフトな、ある意味、ロマンチックといっていいようなことを始めている。そのソフトな部分に、一人っ子でもなく、男きょうだいばかりの中で育ったわけでもなく、女きょうだいと触れ合って育ったような一抹の優しさを感じることができるんです」

「ふうん、そうなのかねえ。おれには警部殿のこじつけのような気がするけど……。あ、気にしないで下さい。独り言だから」

高虎が肩をすくめる。

「全然気にしてません。プロファイリングのやり方をきちんと学ばないと理解できないでしょうからね。理解しなくていいんです。素直に受け入れて、頭の片隅に留めておいて下さい」

「はい、はい」

「犯人が女性である可能性はないんですか？」

樋村が訊く。

「猫の事件だけなら、犯人が男か女かの判断は難しいね。だけど、自転車のタイヤをパンクさせるというのは典型的な男性型の犯罪だからね」

「なるほど……」

「犯人が現れそうな場所や時間は、どんな風に絞り込んだんですか？」

理沙子が訊く。

「猫の体に絵の具やペンキを塗った場所は、すべて公園だから、次の犯行もどこかの公園で行われるに違いないと思う」

「これだけ広い範囲なら公園だってたくさんあるでしょうよ」

高虎が顔を顰める。

「もちろん、多くの公園があります。遊具がたくさん置かれている広い公園もあれば、ベンチがひとつしかない小さな公園もあります。だけど、肝心なことを忘れてませんか？この犯人は猫の体に絵の具やペンキを塗るのが目的なんですよ」

「猫がいる公園だけ張り込めばいいということですね？」

理沙子が言う。

「そうです、猫がポイントです」

「猫がいる公園なんて、たくさんあるんじゃないんですか？」

樋村が疑問を呈する。

「そうでもないんだよ。先週から、暇を見付けて、その界隈の公園を歩いてみたんだけど、野良犬はまったく見かけなかったし、野良猫だってほんの少ししか見かけなかった。駅の近くにある公園は夜遅くても人通りがあるから、そういう公園も除外できる。人目に付きやすい場所で犯人が行動するとは思えないからね。条件に合わない公園をふるい落としていくと四つしか残らなかった。どうです、少ないでしょう？」

「ふうん、四つねえ……。手分けして一人ずつで見張ると言うんじゃないでしょうね？」

高虎が目を細めて冬彦を見つめる。

「そのつもりですけど……。いけませんか？」

「見張りの時間ですが、まさか徹夜するとは言いませんよね？」

「たぶん、徹夜にはなりませんよ。犯人を捕まえれば終わりなんですから」

「犯人が現れなかったら？」

「それは……徹夜になるでしょうね」

冬彦が肩をすくめる。

打ち合わせを終えた四人が「何でも相談室」に戻ると、

「あっ、ちょうどよかった！　安智、電話だよ」

三浦靖子が手を振って呼ぶ。

「はい」

理沙子が自分の席に着き、受話器を手にして保留ボタンを解除する。

「安智です」

「理沙子なの？」

「……」

理沙子の表情が強張る。電話の相手は真由子だ。

大きく息を吐いてから、

「何の用でしょう？」

「助けて。わたし、殺される」

「は？」

「あんた、刑事なんでしょう？　助けてよ、このままだと、わたし……」

「待って」

さりげなく受話器を手で覆い隠し、声を潜める。

「こっちからかけ直す。一旦、切るからね」

受話器を戻し、小さな溜息をつきながら席を立つ。

沈んだ表情で理沙子が部屋から出て行くのを冬彦が興味深げに横目で眺めている。

一二

一月一五日（日曜日）

冬彦、高虎、理沙子、樋村、亀山係長の五人は午後六時に「何でも相談室」に集まった。

冬彦が選んだ四つの公園は、三つが阿佐谷南三丁目にあり、ひとつだけ荻窪三丁目にある。四つのうちのどこかの公園に犯人が現れた場合、それぞれの公園がかなり離れているので徒歩で移動したのでは応援に駆けつけるのに時間がかかる。移動手段に車を使うことにしたが、冬彦を一人で運転させるのは危険ではないかと高虎が危惧し、亀山係長にも休日出勤を要請した。亀山係長は運転手役として駆り出されたわけである。

担当するのは、高虎が阿佐谷南公園、理沙子が天沼《あまぬま》陸橋近くの公園、樋村が小学校近くの公園、冬彦と亀山係長が荻窪の中央図書館近くの公園である。

「本当に、この割り振りでいいんですか？　犯人が現れたときに対応できるのかなあ……」

理沙子が樋村、冬彦、亀山係長の顔を順繰りに眺める。腕っ節に自信のなさそうな三人だ。犯人と遭遇したとき、果たして犯人を取り押さえることができるのか、恐らくは無理だろう、と理沙子は考える。

「仕方ないだろう。人手が足りないんだから。これでいくしかない」

高虎が言う。

「中島《なかじま》や藤崎《ふじさき》なら、今からでも呼び出せますよ」

「不測の事態が起こったとき、他の部署の人間が絡んでいるとまずいだろう。ねえ、係長？」

高虎が亀山係長を見る。

「う、うん、そうだね。できれば、うちだけで何とかしたいよね」

うふふふっ、と曖昧な笑いを浮かべる。

「じゃあ、そろそろ出かけますかね」

高虎が腰を上げる。

犯人が現れるのは人通りが少なくなった午後一〇時以降だろうと冬彦は予想している。午後六時という早めの時間に集まったのは四つの公園を下見するためだ。

「樋村、運転」

理沙子が車のキーを樋村に放り投げる。下見は五人が一台の車に乗って行うのだ。「何でも相談室」から駐車場に移動する。

樋村が運転席に坐る。

ごく自然に亀山係長が助手席に坐ろうとする。

「係長、失礼を承知でお願いするんですが、わたしに助手席を譲っていただけませんか？」

と、理沙子が頼む。

「おいおい、立場をわきまえろよ。上司が助手席に坐るのは当たり前だぞ。後ろには三人乗るんだから窮屈だろうが」

高虎が舌打ちする。

「ま、まあ、わたしは構わないけどね」

亀山係長が言う。

「わがままを許してはダメです」

「だって、寺田さんの横に坐ると煙草の臭いと加齢臭が体につくじゃないですか」

理沙子が口を尖らせる。

「それなら警部殿を真ん中にして、おれとおまえが端に坐ればいいだろうが」

どいつもこいつも感じが悪いぜ、と高虎が渋い顔になる。

「警部殿の隣もちょっと……」

「煙草も吸わないし、まだ加齢臭が臭う年齢でもないぞ」

「汗が……」

「汗？　おいおい警部殿だって、風呂くらい入ってるぜ。ねえ、警部殿？」

「そうですねえ。たまにシャワーを浴びますが」

「たまにって……。毎日じゃないんですか？」

「三日に一度は浴びるように心掛けています」

「意外とずぼらなんだなあ。気が付かなかった」

「自分も臭いからわからないんですよ」

「嫌な女だなあ。ほら、行くぞ。係長がいいと言うなら、それでいい。さっさと助手席に乗れ」

高虎が怒ったように言う。

杉並中央署に近い公園から下見をすることにした。

最初は樋村が担当する公園、次に高虎が担当する公園、その次が理沙子の担当する公園、最後が冬彦と亀山係長が担当する荻窪三丁目の公園である。

それぞれの公園で三〇分程度の下見をした。阿佐谷南公園以外は、ほんの小さな公園ばかりで、公園内を下見するだけなら一〇分もかからないので、公園の周囲もざっと見回った。

天沼陸橋近くの公園を下見しているとき、

「猫、本当にいるんですかね？」

理沙子が首を捻る。

「そう言えば、ここが三つ目ですけど、まだ一匹も見かけませんね」

樋村がうなずく。

「大丈夫なんですか、警部殿？　猫がいないところに犯人は現れませんよ」

高虎が嫌みったらしく言う。

「猫は犬とは違うんです。警戒心が強いから、昼間だって、そう簡単に姿を見せませんよ。ましてや夜になると敏捷《びんしょう》さを増しますからね。姿が見えないから、ここにいないと決めつけるのは早計です」

冬彦の自信は少しも揺るがないようだ。

「ひとつ質問していいだろうか？」

亀山係長が冬彦に顔を向ける。

「何でしょう？」

「わたしたちが見付けられない猫を、犯人はどうやって見付けるのかと思ってね」

「……」

冬彦が黙り込む。

「お……。警部殿が困ってるみたいだぞ」

高虎が嬉しそうに言う。

「猫を見付ける方法はいくつか考えられますが、犯人がどういうやり方をするのかはわかりません。今の段階で、それを推測することには、あまり意味がありませんしね」

「何だか言い訳がましく聞こえるねえ」

「まあまあ、寺田君、いいじゃないか。小早川君に成算があるのなら、それでいいさ。ここまで来たんだ。信じてやってみよう」

亀山係長が冬彦を庇うように言う。

「それもそうですよね。ここでやめるというわけにも行かないし、署に戻って、それぞれ配置につきましょう」

理沙子が言うと、他の者たちも賛成する。

五人は杉並中央署に戻る。

事前に用意しておいた車に乗り、改めて四つの公園に向かう。四台の車が前後に連なって青梅街道を荻窪方面に走る。成田東五丁目の交差点で樋村が右折して小学校の方に走る。その次の天沼の交差点を高虎は右折して阿佐谷南公園に、冬彦と亀山係長は左折して中央図書館に向かう。理沙子だけは更に直進し、天沼陸橋を目指す。時刻は、もう九時半を過ぎている。

「係長、せっかくのお休みに出勤していただいて申し訳ありませんでした」

珍しく冬彦が殊勝な言葉を口にする。

「いやあ、いいんだよ。家にいても妻にこき使われるだけだしね。仕事ということであれば、日曜に留守にしても妻だって文句を言わない」

「奥さんも警察官だったんですよね？　確か、三浦さんと同期と聞きましたが」

「うん、そうだよ。三浦ちゃんと同期。警察官の仕事がどんなものかわかってるから、その点は、こっちもやりやすいね」

「でも、係長は定時に出勤して定時に帰るから、あまり警察官っぽくありませんよね。休日出勤も、『何でも相談室』ができてから今日が初めてですよね？」

「ふふふっ、まあね。だけど、これからはマメに休出をしようかと考えているんだ」

「猫ちゃんのためですか？」

「そう。今日だって、三浦ちゃんの部屋でマルちゃんと戯《たわむ》れることができたからねえ。あ、もう一度、朝に戻りたいよ」

今日の朝、冬彦と亀山係長は二人で三浦靖子の部屋を訪ねた。スコティッシュフォールドの雌猫、マルに会うためだ。亀山係長一人だけでは部屋に入れない、と靖子が言い張るので、亀山係長は冬彦に頼み込んで同行してもらった。

「そんなにかわいいものなんですか？」

「小早川君だって、マルちゃんに会ったじゃないか。すごくかわいいだろ？」

「普通の猫に見えますが」

「わかってないなあ。普通の猫なんかじゃないよ。マルちゃんは世界に一匹だけしかいない素敵な女の子なんだよ」

「妄想で係長の目が曇っているのではないでしょうか？　どう見ても、あれは普通の猫ですよ」

「好きなように言えばいいよ。わたしの猫のかわいさは、わたしだけがわかっていればいいんだから」

「そう言えば、同じようなことを三浦さんも言ってました」

「同じって何が？」

「わたしの猫って」

「え？　三浦ちゃんがそんなことを言ったの」

「はい。うちの猫が……わたしの猫が……そんな言い方をしてましたよ」

「預けてるだけという約束なのに……」

「誰が見ても、あれはもう三浦さんの猫ですよ」

「……」

亀山係長ががっくり肩を落とす。

やがて、目指す公園に着く。車は公園から少し離れたところに停める。

「じゃあ、係長は車で待機していて下さい。お疲れでしょうから、仮眠して下さって結構です」

「わたしも手伝うよ」

「いつ犯人が現れるかわかりませんし、ここに現れるかどうかもわかりません。明日の朝までの長丁場になるかもしれませんから、体力を温存した方がいいと思います」

「じゃあ、交代しながら見張ろうか。二時間くらいずつ」

「そうですね。最初にぼくが見張ります」

「わたしたちは二人だから交代で見張ることができるけど、他の三人は大変だね。一人でずっと見張るわけだから」

「寺田さんはよく徹夜麻雀をしてるから徹夜には慣れているはずです。樋村君の頭の中には常に妄想が渦巻《うずま》いていますから、妄想に耽っている限り、そう簡単に眠くはならないはずです。安智さんは誰よりもプロらしい人ですから心配ありません」

「犯人が早く現れてくれるといいよねえ。徹夜ということになると、みんな、明日は仕事にならないだろうからね」

「そう願います。一〇時を回ったところですから、零時過ぎまで、ぼくが公園内を見張ります。何かあったら連絡しますので」

冬彦が車を降り、公園に向かって歩く。

亀山係長は、シートを少し倒し、体の力を抜いて目を瞑る。

（今日は楽しかったなあ……）

マルちゃんに会えるというので、昨日のうちに猫のおやつやおもちゃを買っておいた。それを持参して、思う存分、マルちゃんと戯れたのだ。楽しい思い出に浸っているうちに、いつの間にか亀山係長の口から寝息が洩れ始める。

一三

ブランコ、滑り台、ジャングルジム、砂場、鉄棒……公園に置かれている遊具はありふれたものばかりだし、公園そのものも、それほど大きくはない。図書館の近くにあるせいなのか、冬彦が一人で検分に来たときも、あたりは静かで、交通量も少なかった。今も、しんと静まり返っている。よく手入れされた花壇や植え込みがあり、そこに何匹かの野良猫の姿を見た。公園の入口に「猫にエサを与えないで下さい」という表示が出ているが、そんな表示をしなければならないということは、つまり、猫にエサを与える人間がいるということであろう。

公園に入ると、冬彦はぐるりと周囲を見回す。

さっき五人で下見に来たときは、犬を散歩させたり、ベンチに腰掛けてタバコを吸ったりしている人がいたが、今は誰もいない。

念のために冬彦は、もう一度、公園内を見回ったが、やはり、誰もいない。この公園には出入口がふたつある。そのふたつを同時に見張ることのできる場所に冬彦は坐り込む。人目に付かないように植え込みの陰に身を潜める。地面が湿っていたので、リュックからビニールシートを取り出して尻の下に敷く。肌寒さを感じたので、薄手のフリースを、やはり、リュックから取り出して着る。このフリースはコンパクトで、折り畳むと携帯電話と同じくらいの大きさになる。野菜ジュースのペットボトルとビスケットも取り出し、腹拵えしながら犯人が現れるのを待つ。

それから一時間半ほど経って……。

あっ、と冬彦が声を発する。うっかり眠りそうになってしまったのだ。時計で時間を確認する。亀山係長と交代するまで、あと三〇分ほどだ。

「最近、休みなしだからなあ。さすがに疲れが溜まっているのかもしれない」

リュックから栄養ドリンクを取り出して、ごくごくと一気に飲む。それでも眠気が消えないので、メンソレータムを目の下に塗る。すーっとして頭の中がクリアになる。

「効くなあ……」

両手で自分の顔をぺしぺし叩く。

そのとき、

「サムホウェ〜、オーバーザレインボ〜、ウェ〜イ、ア〜ップ、ハ〜イ」

という歌声が聞こえてきた。

それほど大きな声ではなく、せいぜい口ずさんでいる程度の声だが、周囲が静まり返っているので聞こえたのだ。

冬彦が目を凝らして公園の入口に注目する。

ママチャリに乗った人影が街灯の下を走り抜け、公園内に入ってくる。明かりに照らされたのがほんの一瞬だったので、それが男なのか女なのか、年齢はいくつくらいなのか、冬彦にもまったくわからない。ただ、かなり大きな人影だったという印象だけが脳裏に残る。冬彦が隠れているのと反対方向の植え込みの手前で自転車が停まる。距離は三〇メートルほどであろう。その人物が植え込みに姿を消したので、冬彦は携帯で亀山係長に連絡を入れる。

しかし、応答がない。仕方がないので、

「怪しい人物が現れました。応援をお願いします」

というメッセージを残し、自分一人で様子を探ることにする。明かりを避け、植え込みに沿うようにそろりそろりと近付いていく。

植え込みの中から鼻歌が聞こえる。その声の調子から、

(男だな)

と、冬彦は推察する。

物音を立てないように忍び足で近付く。その男がペンライトのようなもので足許を照らしているので真っ暗というわけではない。

冬彦に背中を向けて、しゃがみ込んでいる。その背中は、かなり大きい。背丈がはっきりしないが巨漢といっていい。男の手許が見えるように場所を少し移動する。

カチッ、という音がして火が灯る。百円ライターに火をつけたのだ。

（アルミ皿を火で炙ってるな。それに、この匂いは……）

あまり嗅いだことがないような、ちょっと鼻につく匂いがする。

しばらくすると、茂みから猫が現れる。ごろごろと喉を鳴らし、口から涎を垂らしている。それを見て、

（なるほど、マタタビで猫を誘《おび》き寄せていたのか。これなら猫を探すまでもなく、猫の方からマタタビに寄ってくるな……）

呆気ないほど単純な手口だけに、かえって冬彦は思いつかなかった。

その猫はアルミ皿の近くにごろりとひっくり返ると、まるで踊っているかのように前脚と後ろ脚をばたばた動かす。その間に、男はリュックから首輪と足枷を取り出す。

（あれで猫の動きを封じるわけだな）

この男が犯人であることは間違いない、と冬彦は確信する。

しかし、まだ動くことはできない。

今現在、男がやっていることは犯罪とは言えない。

マタタビを使って猫と遊んでいるだけだ。ナイフでも出せば銃刀法違反の現行犯で逮捕できるが、今のところ何の罪も犯していない。深夜に公園の植え込みで火遊びをしている不審人物ということで職務質問することもできなくはないが、それでは逮捕はできない。任意同行を拒まれたら解放せざるを得ないのだ。

（ペンキを出せ。藍色のペンキだ……）

冬彦が心の中で念じる。

首輪と足枷で猫の自由を封じると、男がリュックをごそごそ掻き回し、刷毛《はけ》を取り出す。続いてペンキ缶を取り出そうとする。ペンライトにペンキ缶の上部が照らされる。それをリュックから取り出せば逮捕できる……そう冬彦が考えたとき、

「小早川君、大丈夫なのか？」

という亀山係長の大きな声が公園の入口の方から聞こえた。

（しまった！）

と、冬彦が思ったとき、バネが弾けるように男が立ち上がり、足許に転がっているものを急いでリュックに放り込む。つられて冬彦も立ち上がる。その気配を察したのか、男が振り返る。

（え）

思わず冬彦が息を呑む。

分厚いレンズの入った黒縁の丸眼鏡におかっぱ頭。

吹き出物で脂ぎった顔に団子っ鼻。

髭の剃り残しの目立つ口許。

たるんだ二重顎。

鼻詰まりでもしているのか、ふーっ、ふーっと口を大きく開けて息をする。半開きの口から、並びの悪い黄色い歯が覗く。

身長は優に一八〇センチを超え、体重も一三〇キロくらいはありそうだ。まるで相撲取りである。

だが、相撲取りと違って筋肉質ではない。ほとんどが贅肉《ぜいにく》である。息をするたびに体が揺れて見えるのは贅肉が揺れているのだ。

「おまえ、誰だ?」

その男が目を細めて冬彦を睨む。

「杉並中央署・生活安全課の小早川です。話を聞かせてほしいので署までご同行願います」

冬彦が穏やかに言う。

「け、けいさつ……」

カッと大きく目を見開いて仰《の》け反《ぞ》ると、次の瞬間、

「いやだあ～！」

と叫びながら、冬彦に突進してくる。

咄嗟に身をかわそうとするが、足がもつれてしまい、相手のタックルをまともに食らってしまう。足が宙に浮き、そのまま植え込みから押し出される。あっ、と思ったときには体が投げ出されている。

背中から地面に落ち、うっ、と呻き声を発する。

起き上がろうとするが背中に痛みが走って、かろうじて四つん這いになっただけだ。

男が自転車に跨がって公園の入口に向かっていく。

その先には亀山係長がぼんやり立っている。

「係長、危ない！　逃げて下さい」

巨漢の乗った自転車が衝突すれば、ひ弱な亀山係長は大怪我をするに違いない……そんな想像をして、冬彦は必死に叫ぶ。

だが、その声が耳に入らないかのように亀山係長は、じっとして動かない。

「あ、あ、あ！」

もうダメだ、自転車がぶつかる……冬彦は目を瞑る。

ピシッ、という鋭い音が聞こえる。

（ん？）

冬彦が目を開けると自転車が倒れ、その傍らに巨漢が転がっている。それを亀山係長が静かに見下ろしている。右手に竹刀をぶら下げている。

一四

一二月一六日（月曜日）

「ゆうべは、ごくろうさま」

朝礼の冒頭、亀山係長が皆に頭を下げる。

「何を言ってるんですか。係長が一番のお手柄だったじゃないですか。大したもんですよ。運転手として休出してもらったのに、警部殿から主役の座を奪いましたね」

横目で冬彦を見遣りながら、高虎が言う。

「何とでも言って下さい。係長がいなければ犯人に逃げられていたのは間違いありませんからね。しかし、係長が剣道の達人だとは知りませんでした。有段者だったんですね？」

冬彦が訊く。

「初段の免状は持ってるけど、若い頃にもらったものだし、最近はろくに練習もしてないよ。腕力には何の自信もないから、何かの役に立つかもしれないと思ってトランクに竹刀を入れておいたんだ」

　亀山係長がにこっと笑う。

「気持ち悪い事件だよね。予備校生がストレス発散のために猫にペンキを塗るなんて」

　三浦靖子がつぶやく。

「二週間毎の日曜日に犯行が行われたというのは、つまり、模擬試験が行われた夜にストレスを発散させていたということですからね。昨日も医大志望者向けの全国模試があったようです」

　樋村がうなずく。

「ストレスだって溜まるでしょうよ。この犯人、四浪だっけ？」

　理沙子が言う。

「開業医の跡取り息子で何が何でも医大に合格しなければならない立場だったわけだな。だけど、成績がまるっきり追いつかない。夏期講習が始まる頃から苛立ちを抑えられなくなって、最初は自転車のタイヤを刃物で切り裂き、それでも苛立ちが収まらずに猫の体を絵の具やペンキで塗り出した」

　高虎が説明する。

「その発想がキモイよね。ある意味、タイヤを切り裂く方がわかりやすくない？」

　靖子が首を捻る。

「ぼくも、そのあたりが疑問だったんですが、犯人が『虹の彼方に』という歌を口ずさんでいるのを聞いて納得しました。彼は猫の体を七色に塗って、自分も虹の彼方に行きたかったんだと思います」

冬彦が言う。

「どういうこと?」

「もう現状にほとほと嫌気が差していたんだと思うんです。どこかに逃げ出したかったんじゃないかな。でも、具体的にどうやって逃げ出せばいいかわからなかった。今回の犯行は、彼の逃避願望を象徴しているのだと思います」

「嫌気が差す? 親の金で勉強させてもらって、何の不自由もなく暮らしてるくせによ。所詮は金持ちのぼんぼんの甘ったれたわがままだな。勉強が嫌なら、肉体労働でもすればいいんだ。おれのように警察官になるという手もある」

高虎が言うと、

「それなら大して頭も使わないもんね」

と、靖子が笑う。

「この犯人、どうなるんですかね?」

樋村が訊く。

「大した罪には問われないでしょうね。せいぜい、罰金刑かな。ちょっとお灸《きゅう》を据えられて終わりという感じ。罰金だって親が払うんだろうしね」

　理沙子が答える。

「ということは、いつか医者になるかもしれないってことですよね。嫌だなあ、こんな奴が医者になるなんて……」

「世の中、理不尽なことが多いんだよ。警部殿のような変人が警察官になったりするわけだから」

　高虎が冬彦を見て、にやりと笑う。

　亀山係長と靖子が業務連絡をし、朝礼が終わる。さすがにゆうべの疲れがあるのか、皆、椅子に坐り込んだまま、すぐには仕事をしようとしない。普段と変わらないのは靖子だけだ。

「安智、電話だよ。小岩署の、花村さん」

「……」

　ハッとしたように顔を上げると、保留ボタンを解除して理沙子が電話に出る。相手の話に耳を傾け、声を潜めて何事か返事をすると電話を切る。

　席を立ち、亀山係長の机に近付く。

「申し訳ないんですが、早退させていただけませんか？」

「え？　ど、どうしたの、気分でも悪い？」

「そんなところです」

「おい、安智！」

靖子が拳で机を叩く。

「そういう言い方はないだろう。あんた、係長をなめてんの？　わたしが許さないよ」

「まあまあ、三浦さん、そう怒らないで。ゆうべ、遅かったから疲れてるんだよ。安智君がいないと困ることはあるかな？　何か急ぎの仕事とか」

亀山係長が樋村に訊く。

「別にないです。今のところ区民から変梃な苦情も来てませんし」

樋村が肩をすくめる。

「小早川君と寺田君も内勤だし、安智君が早退しても大丈夫だな。ゆっくり休みなさい」

「ありがとうございます」

「じゃあ、有休ってことにしてもらうよ。その方が処理が楽だし、あんたも有休が溜まってるだろうから。いいよね？」

「結構です」

一五

病院の待合室は混み合っている。

ベンチに腰掛けている花村の姿を見付けると、理沙子は足早に近付き、

「花村さん」

と声をかける。

「ああ、安智さん」

「何があったんですか？　どうして病院に？」

出入り禁止を通告されているパチンコ店で、また真由子が暴れたという知らせを花村から電話で聞かされ、当然、小岩署に身柄引き取りに出向くのだろうと思っていた。

しかし、小岩署ではなく病院に来てほしい、と花村に言われ、戸惑いながら理沙子は駆けつけた。暴れたときに怪我をしたのか、それとも、取り押さえられるときに抵抗して怪我をしたのか……道々、様々な想像を巡らせた。電話では説明できない、と花村が言葉を濁《にご》したので、

（もしや自分が怪我をしただけでなく、誰かに怪我させたのかもしれない）

という嫌な想像もした。

他人に暴力を振るって怪我をさせたとなれば傷害罪である。そう簡単に帰してもらうことはできない。そのまま留置され、取り調べを受けることになる。

(どこまで迷惑をかければ気が済むの)

真由子に対する怒りがふつふつと湧いてくる。

「どうぞ」

花村が隣の席を示す。坐って話をしようというのだ。

理沙子が腰を下ろすと、

「パチンコ店にやって来て、店員と押し問答になったんです」

「出入り禁止にされているのに……」

小さな溜息をつく。

「今回は物品を壊したとか、誰かが怪我をしたとか、そういうことはなかったので、注意して帰ってもらってもよかったんですが、どうも様子がおかしいので、念のためにご連絡した次第です」

「様子がおかしいというのは……?」

「前回、トラブルを起こして安智さんに身柄の引き取りをお願いしたのは、先週の月曜ですから、ちょうど一週間前です。そのとき、出入り禁止の件は伝えて下さいましたよね?」

「もちろんです」

理沙子がうなずく。

「もう行かないと母も約束しました」

「どうも出入り禁止になったことを覚えていなかったようなんです」

「覚えていない？　忘れたということですか」

「ほんの一週間前のことですけどねえ」

「飲んでたんですか？」

声を潜めて訊く。

「お酒ですか？　いや、素面《しらふ》でしたよ。開店直後で、時間も早かったですから。まあ、誰だって物忘れすることとあります。わたしだって、よくやります。ただ、お母さんの言動というか、話の内容が気になりましてね」

「何を言ったんでしょうか？」

「店員と押し問答しているところに駆けつけて仲裁したわけですが、かなり興奮していて、このままだと殺されてしまう、助けてほしい、と言い出しましてね。話の筋道が支離滅裂というか、要領を得ない点も多かったんですが、どうも誰かに暴力を振るわれていて、ひどく怯えているらしいということはわかりました。家に帰ると殺されるかもしれない、とも口にしていました」

理沙子が思い出したのは、先週の金曜日に真由子からかかってきた電話だ。

そのときも、殺される、助けてくれ、と電話で喚き、何とか落ち着かせて話を聞こうとしたものの、どんどん興奮してしまい、最後には、あんたになんか頼らない、と怒鳴って電話を切った。どうせ酔っ払って変な夢でも見て電話してきたのだろうと理沙子も腹を立て、その後、何のフォローもしていない。

花村が真由子を病院に連れてきたのは、仲裁に入った花村に食ってかかった揚げ句、口から泡を吹き、白目をむいて意識を失ったからだ。その様子を見て、花村はただならぬものを感じ、このまま帰すのは危ない、医者に診てもらった方がいい、と判断したのである。過分な親切といっていい。

「安智さん！　安智真由子さんのご家族さまは、いらっしゃいませんか」

看護師が名前を呼びながら待合室に入ってくる。

「はい」

理沙子が立ち上がる。

一六

「アルツハイマー？　母は、アルツハイマーなんですか？」

　思わず理沙子は椅子から腰を浮かせる。

「その可能性があると申し上げているだけです。精密検査をしなければ何とも言えませんが、アルツハイマーの初期症状に当てはまる兆候が見られるのは確かです……」

　軽度の記憶障害が起こっており、ごく最近の出来事も思い出すことができない。すべての記憶がなくなっているのではなく、記憶が斑《まだら》模様になり、鮮明に覚えている記憶もあるが、すっぽり抜け落ちてしまった記憶もある。時間や場所に関する混乱も生じており、自分がなぜ病院にいるのかわからずに困惑している。ある出来事を思い出しても、時系列が乱れており、昔のことを最近のことだと思い込んだり、逆にごく最近のことを昔のことだと思ったりする。視力にも問題が生じており、色彩の認識が曖昧だったり、目で見たものを脳が認識するのに時間がかかりすぎたりする……銀縁眼鏡をかけた四〇がらみの医者が淡々と真由子に当てはまる症状を説明する。

「アルコールのせいでしょうか？　昔から、かなり飲んでいたんですが……」

「直接的な引き金とは言えないでしょうね。お酒を飲み過ぎると脳が萎縮して認知症になるリスクが高まるのは確かですが」

「まだ六〇前なんですよ」

「最近は若年性のアルツハイマーも増えていますからね。いずれにしろ、更に詳しい検査が必要です。何日か入院していただくことになります」

「入院……」

「急なことで驚かれるのも無理はありませんが、もしアルツハイマーだとすると早めに見付かってよかったかもしれませんよ。一人暮らしをなさっているそうですが、今後は難しいかもしれませんし」

「……」

医者の言葉に呆然としながら、着替えや手回り品など入院に必要なものの支度をお願いします、詳しいことは看護師から説明させますので、という説明に理沙子は何度もうなずいた。

律儀に待合室で待ってくれていた花村に簡単に事情を話し、改めて感謝の言葉を口にする。お母さんのアパートまで車で送りましょうか、という花村の申し出をやんわりと断り、病院を出たところで花村と別れる。

タクシーに乗ってもよかったのだが、敢えてバスを選んだのは一人になって考える時間がほしかったからだ。急いで病院に戻る必要もないので、時間のかかるバスを選んだ。

（アルツハイマー……）

寝耳に水としか言いようがない。

しかも、今後は一人暮らしが難しいとは……。

真由子が孤独死したら葬式くらいは自分が出してやらなければならないだろうという覚悟はしていた。

しかし、病気になった真由子の面倒を見ることまでは想定していない。

（何で、わたしが）

というのが正直な気持ちである。

真由子は、だらしのない母親だった。

いや、母親と呼ぶことにすら抵抗がある。

家事も子育てもできず、ほとんどネグレクトといっていい環境で理沙子は育ったのだ。

真由子は男なしで暮らすことのできない女で、物心ついてから何人もの男たちが部屋にやって来た。一晩限りの短絡的な付き合いもあったが、大抵は半年くらいで喧嘩別れすることになった。

理沙子の知る範囲で最も長く付き合ったのは柳沢《やなぎさわ》という若い男で、真由子より五つくらい年下だった。理沙子が中学生になるまでの二年間、半同棲のような暮らしをしていた。柳沢は何をしているのかわからない男で、一週間も二週間も顔を見せないかと思うと、不意に戻ってきて居候を決め込んだ。

その頃、真由子は昼はスーパーのレジ係をし、夜は週に四日ほどスナックで働いていた。柳沢とも、そのスナックで知り合ったのだ。柳沢が真由子に金を渡している様子はなかったから、まるっきりのヒモだった。

今になって考えると、どこかの暴力団にでも出入りしているチンピラだったのだろうと理沙子にも見当が付く。金があるときは寄りつかず、素寒貧《すかんぴん》になると戻ってきて真由子にたかっていたのだ。真由子の他にも女がいて、だから腰が落ち着かなかったのかもしれない。惚れているのは、どう見ても真由子の方で、柳沢が現れると理沙子が恥ずかしくなるほど柳沢にべたべたした。理沙子は夜になるのが嫌でたまらなかった。奥の四畳間が理沙子の部屋で、母子二人だけのときは、その四畳間に布団を並べて寝たが、柳沢がいると、真由子と柳沢は六畳の茶の間に布団を敷いて寝た。夜毎、襖一枚隔てた隣の部屋で、柳沢と真由子が愛欲に耽るのを耳にするのが嫌でたまらなかったのである。

（あ）

不意に理沙子の脳裏に柳沢と真由子の諍《いさか》いの姿が甦る。真由子は柳沢に惚れ抜いていたが、だからこそ、嫉妬深く、時として柳沢の女関係を疑って激しく食ってかかることがあった。柳沢は切れやすい性格で、頭に血が上ると逆上して真由子に殴る蹴るの暴行を加えた。髪の毛をわしづかみにして真由子の顔を壁や床に叩きつけるようなこともした。

そんなときには、

「てめえ、ぶっ殺すぞ、こら」

と叫び、目が据わってしまい、本当に真由子が殺されてしまうのではないか、と四畳間の片隅で理沙子は震えた。真由子も、殺さないで、許して、と泣きながら詫びるのだが、一旦、火が付いてしまうと柳沢の怒りは容易に鎮まらなかった。

あまりの騒々しさに同じアパートの住人が怒鳴り込んできたこともある。体格のいいトラック運転手だったが、喧嘩慣れしている柳沢にはかなわず、前歯を二本折られ、鼻血で顔を真っ赤にして気を失った。それ以来、どんなにやかましく喧嘩をしても誰も文句を言いに来なくなった。

金曜日に、殺される、助けて、と電話してきたのは、柳沢に暴行された記憶が甦ったのではないか、という気がした。時系列が混乱するのもアルツハイマーの症状だと医者が話していたからだ。十数年前の記憶が、突然、記憶の深淵から浮上してきて、あたかも昨日の出来事のように錯覚したのだとしたら、真由子の奇矯《ききよう》な振る舞いにも説明がつくのではないか、と理沙子は考える。

だからといって、真由子に同情する気持ちはない。柳沢の悪夢に苦しめられるのは真由子の自業自得だからだ。最大の被害を受けたのは自分なのだ、と理沙子は思う。

やがて、アパートに着く。薄汚れた外壁を目にするだけで、自然に口から溜息が洩れる。外付け階段を上る。郵便受けを覗き込み、鍵を取り出す。ドアを開けると、むっとするような生ゴミの臭気が鼻をつく。部屋の中は散らかり放題で、先週訪ねたときと何も変わっていない。いや、この一週間で更にゴミが増えたに違いない。

「着替え、手回り品、洗面用具……」

看護師に指示されたことを思い出しながら洗面所を覗く。きれいなタオルが一枚も見当たらない。歯ブラシや櫛《くし》も汚い。タオルを洗う気もしないし、汚れた歯ブラシを看護師に渡すのも嫌だ。

「買うか」

病院に戻る前にショッピングモールに寄って買おう、この分では下着も買った方がよさそうだな、と考える。このアパートにあるものを持っていくくらいなら、たとえ安物だとしても、どこかで買った新品を持っていく方がましだと思う。

とはいえ、カーディガンなどの上っ張りも必要だろうが、そんなものまで買ったのでは、さすがに出費がかさみそうだから、持って行けそうなものがあれば持って行こうと思い直し、奥の四畳間に足を踏み入れる。

万年床が敷かれ、不快な臭気が澱《よど》んでいる部屋だ。

顔を顰めながら、タンスを開けて病院に持っていくものを選ぶ。次々に引き出しを開けていくと、黄ばんだ紙袋が出てきた。何だろうと思って中を覗くと、古い写真がたくさん入っている。

「こんなものを持ってたのか……」

古い白黒写真もある。真由子の昔の写真だ。赤ん坊の頃の写真、亡くなった祖父母の写真……。

真由子が小学生くらいになると写真がカラーになる。セーラー服姿の写真もある。

「ふうん……」

何となく写真を眺めていると、柳沢の写真があった。タバコを吸いながら、目を細めてカメラを睨んでいる。

不意に理沙子の脳裏にフラッシュバックが起こる。

中学生になってしばらく経った頃、理沙子が帰宅すると柳沢が部屋にいた。茶の間でビールを飲みながらタバコを吸っていた。真由子はいなかった。

四畳間に入って着替えをしていると、突然、襖が開き、柳沢が無言で理沙子を押し倒した。叫ぼうとする理沙子の口を左手で押さえ、柳沢は下着に右手を入れてきた。激しく抵抗し、揉み合った。そこに真由子が帰宅し、悲鳴を上げながら柳沢に飛びかかった。

「バカ、何をムキになってるんだ。ふざけてただけだよ。マジになるな」

そんな台詞を柳沢が口にした。

泣きじゃくる理沙子の背中を撫でながら、真由子が何か慰めの言葉を口にしていたことを理沙子はぼんやり覚えている。

それからひと月も経たないうちに、理沙子はアパートを出て、養護施設に移った。

写真から目を離し、四畳間をぐるりと見回す。このちっぽけな薄汚い部屋でいろいろなことがあったが、その中でも柳沢に襲われたのは最悪の記憶だ。

「あれ……?」

理沙子が首を捻る。

養護施設に移ったのは、理沙子が担任教師に事情を打ち明けたからだ。教師から児童相談所に連絡が行き、児童相談所の職員が聞き取り調査にやって来て理沙子と面談し、アパートにも足を運んで真由子からも話を聞いた。真由子はネグレクトも、柳沢が理沙子を乱暴しようとしたことも認め、自分の手で理沙子を育てていく自信がないと話した。

つまり、身の危険を感じた理沙子が自ら担任教師に話をしたことがきっかけで養護施設に移った……今まで、ずっとそう思ってきた。

(違う。お母さんが、そうしろと言ったんだ……)

泣きじゃくる理沙子の背中を撫でながら、ここを出なさい、先生に相談すれば、きっと何とかしてくれる。わたしが何とかしなければならないんだけど、何もできないダメな母親だから、どうすればいいかわからない。誰か他の人に助けてもらうしかない。今日、ここで起こったことは誰にも言ってはダメ。本当のことなんか話す必要はない。ひどい目に遭わされそうになった、そう言えばいい……真由子は、そんなことを話し、理沙子が落ち着くと、そそくさと部屋を片付けた。掃除なんかしたこともない真由子がてきぱきと動くのが理沙子には不思議だった。理沙子の下着も片付け、新しい下着を出してくれた。

（あの下着……）

目を瞑ると、真由子が急いで片付けた下着には血が付いていた、という記憶が甦る。柳沢が何をしたのか、あのときの自分にはわからなかったが真由子にはわかっていた。だから、本当のことを言うなと釘を刺し、ここで起こったことを忘れるように念押しした。

「そういうことか……」

目を開けると、理沙子は溜息をつく。

柳沢がしたことと一緒に、真由子が口にした言葉も封印してしまったから、ずっと自分の意思で担任教師に事情を打ち明けたと思い込んでいた。

しかし、そうではなかった。

真由子が、そうしろと勧めたのだ。このままでは理沙子をダメにしてしまう、自分の力では助けてやれない、だから、理沙子を手放そうとしたのだ。それが母親として真由子にできる精一杯の愛情だったのであろう。

「お母さん……」

体から力が抜ける。写真の束が手から落ちて床に広がる。

（ん？）

一枚の写真を拾い上げる。

親子遠足の写真だ。小学校三年生くらいのときだ。

参観日はおろか運動会にすら来たことのない真由子が、なぜ、そのときに限って参加する気になったのか、今となっては理沙子にもわからない。

その日、真由子は張り切ってお弁当を作った。卵焼きや唐揚げがおいしかったことを覚えている。写真の理沙子は、おにぎりを口いっぱいに頰張り、笑顔でVサインを向けている。その横で真由子が微笑んでいる。その一枚の黄ばんだ写真には、幸福というものが写し取られている。

「こんなときもあったのね。何もないわけじゃなかった。少なくとも一度くらいは幸せだと思えるときがあったんだ」

理沙子の目に涙が溢れ、頰を伝って、ぽたりぽたりと写真の上に滴り落ちる。

If music be the food of love
then laughter is its queen
and likewise if behind is in front

then dirt in truth is clean

もし音楽が愛の糧だというのなら、
微笑みは、その女王だね。
背後にあるものを目の前に取り出せば、
真実の中にある汚れたものすら、
実はきれいなものだとわかるはずだよ。

頭の中に響く繊細なメロディに耳を傾けながら、警察の寮を出て、真由子と暮らしてみようか、と理沙子は思案している。

注:この作品『生活安全課0係　バタフライ』は、『小説ＮＯＮ』(小社刊) 2015年6月号から11月号に連載され、著者が刊行に際し書き下ろしを加えたものです。また本書はフィクションであり、登場する人物、および団体名は、実在するものといっさい関係ありません。

生活安全課0係　バタフライ

一〇〇字書評

切り取り線

購買動機（新聞、雑誌名を記入するか、あるいは○をつけてください）

- □（　　　　　　　　　　　　　）の広告を見て
- □（　　　　　　　　　　　　　）の書評を見て
- □ 知人のすすめで　　　　　□ タイトルに惹かれて
- □ カバーが良かったから　　□ 内容が面白そうだから
- □ 好きな作家だから　　　　□ 好きな分野の本だから

・最近、最も感銘を受けた作品名をお書き下さい

・あなたのお好きな作家名をお書き下さい

・その他、ご要望がありましたらお書き下さい

住所	〒				
氏名		職業		年齢	
Eメール	※携帯には配信できません		新刊情報等のメール配信を 希望する・しない		

この本の感想を、編集部までお寄せいただけたらありがたく存じます。今後の企画の参考にさせていただきます。Eメールでも結構です。

いただいた「一〇〇字書評」は、新聞・雑誌等に紹介させていただくことがあります。その場合はお礼として特製図書カードを差し上げます。

前ページの原稿用紙に書評をお書きの上、切り取り、左記までお送り下さい。宛先の住所は不要です。

なお、ご記入いただいたお名前、ご住所等は、書評紹介の事前了解、謝礼のお届けのためだけに利用し、そのほかの目的のために利用することはありません。

〒一〇一－八七〇一
祥伝社文庫編集長　坂口芳和
電話　〇三（三二六五）二〇八〇

祥伝社ホームページの「ブックレビュー」からも、書き込めます。

http://www.shodensha.co.jp/bookreview/

祥伝社文庫

生活安全《せいかつあんぜん》課《か》0《ぜロ》係《がかり》　バタフライ

平成28年2月20日　初版第1刷発行

著　者　富樫倫太郎《とがしりんたろう》
発行者　辻　浩明
発行所　祥伝社《しょうでんしゃ》
東京都千代田区神田神保町3-3
〒101-8701
電話　03（3265）2081（販売部）
電話　03（3265）2080（編集部）
電話　03（3265）3622（業務部）
http://www.shodensha.co.jp/

印刷所　堀内印刷
製本所　ナショナル製本
カバーフォーマットデザイン　芥　陽子

Printed in Japan ©2016, Rintaro Togashi　ISBN978-4-396-34175-6 C0193

祥伝社文庫　今月の新刊

富樫倫太郎
生活安全課0係《ゼロ》　バタフライ
マンションに投げ込まれた大金の謎に異色の刑事が挑む！

南　英男
警視庁潜行捜査班　シャドー
監察官殺しの黒幕に、捜査のスペシャリストたちが肉薄！

内田康夫
氷雪の殺人
日本最北の名峰利尻山で起きた殺人に浅見光彦が挑む。

西村京太郎
狙われた寝台特急「さくら」
人気列車で殺害予告、消えた二億円、眠りの罠――。

安達　瑶
強欲　新・悪漢刑事《わるデカ》
女・酒・喧嘩上等。最低最悪刑事の帰還。掟破りの違法捜査！

風野真知雄
笑う奴ほどよく盗む　占い同心 鬼堂民斎
ズルもワルもお見通しの隠密易者が大活躍。人情時代推理。

喜安幸夫
闇奉行　影走り
情に厚い人宿の主は、奉行の弟⁉　お上に代わり悪を断つ。

長谷川卓
戻り舟同心
六十八歳になっても、悪い奴は許さねえ。腕利き爺の事件帖。

佐伯泰英
完本　密命　巻之九　極意　御庭番《おにわばん》斬殺
遠く離れた江戸と九州で、父子に危機が降りかかる。

佐伯泰英
完本　密命　巻之十　遺恨《いこん》　影ノ剣
鹿島の米津寛兵衛が死んだ⁉　江戸の剣術界に激震が走る。